悄吟文丛

第三辑

古耜 主编

蔡瑛

暮色明亮

著

中国言实出版社

图书在版编目（CIP）数据

暮色明亮 / 蔡瑛著. -- 北京：中国言实出版社，
2024.1

（悄吟文丛 / 古耜主编. 第三辑）

ISBN 978-7-5171-4744-2

Ⅰ.①暮… Ⅱ.①蔡… Ⅲ.①散文集－中国－当代
Ⅳ.①I267

中国国家版本馆CIP数据核字（2024）第011344号

暮色明亮

责任编辑：代青霞
责任校对：张国旗

出版发行：中国言实出版社
　　　地　址：北京市朝阳区北苑路180号加利大厦5号楼105室
　　　邮　编：100101
　　　编辑部：北京市海淀区花园路6号院B座6层
　　　邮　编：100088
　　　电　话：010-64924853（总编室）　010-64924716（发行部）
　　　网　址：www.zgyscbs.cn　　电子邮箱：zgyscbs@263.net

经　　销：新华书店
印　　刷：徐州绪权印刷有限公司
版　　次：2024年2月第1版　　2024年2月第1次印刷
规　　格：787毫米×1092毫米　　1/32　　10.875印张
字　　数：200千字

定　　价：59.80元
书　　号：ISBN 978-7-5171-4744-2

女性散文何以风光无限

古　耜

在中国古代，知识女性撰写锦绣文章虽系凤毛麟角，但属确切存在，易安居士和她的《金石录·后序》便是这方面的标本和佐证。不过作为一种创作现象或文学品类，女性散文终究是五四新文化运动推动妇女解放的产物，冰心、庐隐、丁玲、林徽因等才是其发轫与前驱，而女性散文真正的强势崛起和蔚为大观，则是从新时期到新世纪伟大时代的馈赠。

近半个世纪以来，在思想解放和改革开放历史大潮的强力推动下，从五四新文化现场一路走来的现代女性散文，越发显示出生机勃勃、阔步前行的态势：几代女作家进一步冲破陈旧观念的束缚和保守势力的阻滞，以崭新的精神风貌、饱满的生活热情和旺盛的创作精力,投身于变动不居而又生机盎然的生活现场,既积极参与公共空间的世相书写与问题探讨,又潜心关注女性自身的发展、提升与进步,从而不断捧出流光溢彩、质文兼备的散文佳作;一大批女性散文家正是在这种有内涵、有难度、有追求的创作实践中砥砺前行,逐渐登上一个时代的散文标高;而整个女性散文创作亦凭借持久的不间断的繁荣红火,成为当今时代散文现场勃发向上的重要一翼。恩格斯说:"在任何社会中,妇女解放的程度是衡量普遍解放的天然尺度。"而女性散文的蓬勃发展正是女性解放的卓然呈现,透过它,可以看到国家的昌盛、社会的进步和民族的振兴。

女性散文何以风光无限,其中的原因应该有以下几个方面:

第一,新时期以来的女性散文创作,蕴含一种多方探索,跃动不羁的内在活力。曾有如是说法:在新时期的文学领域,小说、诗歌、戏剧乃至文学评论,都经历了强劲大胆的文体变革,唯有散文安步当车,依然故我,给人以陈旧保守的感觉。这样的说法是否符合散文的实际尚待讨论,但如果拿它来评价女性散文,则明显是圆凿方枘,失之偏颇。

事实上,女性散文并不缺少试验和探索。二十世纪

2 暮色明亮

八九十年代之交，"小女人散文"不胫而走，风行一时。其中掺杂的琐碎、无聊和自恋固然需要摒弃，但它对世俗场景的关注，对笔调的经营和细节的把握，以及由此酿成的较强的文本可读性，还是给散文创作以有益的启示。稍后，一种直接以"女性散文"为标识的创作群体亮相文坛。叶梦的《羞女山》、王英琦的《女性的天空是高远的》、韩小蕙的《女人不会哭》、张爱华的《关于爱情：往错了说》、斯妤的《也是叹息》、匡文立的《历史与女人》、唐敏的《女孩子的花》等一批作品，勾勒了这一群体的早期阵容。毋庸讳言，这些作品或多或少带有西方"女权主义"的影子，但更多的还是连接着中国女性实际的生命体验和观念认知，是基于自我感受的艺术表达，唯其如此，它们对于强化散文创作的女性意识，推动女性散文向纵深化和个性化发展自有重要意义。接下来，"新潮散文"和"新散文"交叉或次第登场，其中一批才华横溢的女性散文家，如周晓枫、格致、冯秋子、张立勤、陈染、塞壬、洁尘、杜丽等，以特立独行，高蹈脱俗的创作吸引着文坛的目光，其新颖的散文理念，个性化、陌生化的叙事风格，还有在语言修辞层面的苦心孤诣，剑出偏锋，均为女性散文的柳暗花明、推陈出新提供了有力借鉴，进而成为女性散文创新发展的重要资源和不竭动力。

第二，历史语境的转换和社会氛围的变化，为女性散文的繁荣发展提供了特殊机遇。无论古代还是现代，个体人生的日常生活都是丰富和重要的，然而由于文化传统、历史条件和社会心理的复杂互动，在较长一段时间里，人们的日常生活并没有得到文学书写的青睐，相反常常被忽略或遗忘。新时期以降，随着社会主义市场经济的兴起和人的主体意识的确立，以及商品和消费理念的传播，日常生活开始越来越多地进入人们的视野，并迅速成为文学的主要表现对象。在这一过程中，日常生活不再单单是一种题材或景观，同时还是一种不可缺席的审美要素——即使是篇幅宏大的历史或地理散文，日常生活亦常常是一种基因性底色性的存在。也正是在这一过程中，女作家的特长和优势得以充分展现：约定俗成的社会伦理和家庭分工，决定了她们相对疏离公众诉求与商场奋斗，而更多同衣食住行、儿女情长缠绕厮磨；长期的家庭责任和亲情输出又让她们对日常生活拥有更多形而下的理解与把握；加之有现代女性的思想和知识就中加持，这使得她们笔下的日常生活不但栩栩如生，活力沛然，而且时常发人深思，耐人寻味。近年来很是活跃的女性散文家，如苏沧桑、陈蔚文、李娟、阿微木依萝、钱红莉、王芸、指尖等，虽然创作题材与艺术风格均有较大的差异，但其中异曲同工、美美与共的一点，便是对日常生活的准确把握和生动描摹。而正是这种对日常生活的成功再现，给当下的女性散文增添了别一种精彩和魅力。

第三，在散文和女性之间存在一种微妙而稳定的对话与契合关系。曾有研究者认为：散文是一种更接近女性的文体。这话初听会觉得笼统和偏颇，但细想又不无道理。如所周知，散文属于文学中的"自叙事"，它通常需要作家更多调动主体的才华和手段，以构建属于"我"的精神天地与情感世界。而在"表现自我"的维度上，女作家显然更得缪斯的神髓与钟爱。你看：抒情是散文重要而得力的表现手段，网络背景下，一些沉溺于匆忙叙事的男性作家不同程度地舍弃了它，而在阿舍、安然、许冬林的笔下，一种源于女性生命深处的汩汩深情，或与岁月同行，或请山川相伴，或携诗境共生，则是一派流光溢彩，沁人心脾，显示出"情为何物"的力量。自视与内倾是五四时期女性散文常见的言说特征，这一特征在当今女作家中不仅得以延续，而且获得新生。不是吗？同样的绵绵絮语和娓娓道来，以往主要是精神沉吟，心灵独白，如今则更多引入日月消长、万物更迭，将其化作人在天地间的哲思和同一切生命的对话，张映姝、祁云枝、朱朝敏、项丽敏等女作家的生态书写，可谓这方面的生动展现。尤其值得关注的是，一批女作家如李舫、何向阳、艾平、王雪茜、林渊液等，大抵从弗吉尼亚·伍尔夫的创作理论得到启发，在坚持女性散文基本特征的基础上，开始进行积极的吸收与拓展，如大胆突破约定俗成的题材限制，合理强化作品的理性元素和文化内涵，不断尝试多见于男性作家的技巧手法乃至风格营造等，所有这些都有效地强化了女性散文的表现力、感染力和影响力，同时也为散文的整体发展提供了启迪与借鉴。

正是基于以上事实，窃以为，当下文坛应当对女性散文多一些关注、研究和推动。也正是沿着这一思路，笔者在中国言实出版社的鼎力支持下，选编了旨在展示当下女性散文创作成就的"悄吟文丛"，并于2017和2021年先后出版了该文丛的第一、二辑，每一辑均包括十位女作家的潜心创作。现在该文丛的第三辑翩然问世，再次推出十位女作家，她们是朝颜、阿微木依萝、黄璨、宁雨、罗张琴、蔡瑛、蒿苕、张映姝、斤小米、张金凤。我热切希望读者能喜欢这些作家和作品，同时通过"悄吟文丛"，感受到中国女性散文的风采以及她们欣然前行的跫音。

（作者系著名文学评论家、作家）

目录

依呀

汹涌

暗语

后记

依

呀

一场预见的分离

1

我不止一次地去想象过他以后的样子，带着迷恋、深情以及伤感。我看不到我想象他的时候我的样子，我猜想，我那张还算年轻的面容上一定绽着花朵，眼里闪着星光。我只要一想着未来的他，我那张还算年轻的面容便要老泪纵横了。

你或许猜到了，这个他，是我的儿子。

一提笔写他，我便没办法克制。真的。在我而立之年遇见他之后，我就知道，从此之后，我有了更好地活着的理由，从此之后，我在这个世界上有了唯一的，至爱。

请原谅我的不粉饰不掩饰，我们还有父母，爱人，我也深深地爱着他们。但是，我必须承认，只有他，能让我不可抑制地想到这个词——至爱。只有这个人，他的生命是我创造的。在创造他之前，我对这世间还抱有怀疑，抱有迷茫；有了他之后，我对生活怀有了一种崭新的汹涌的热爱，与希冀。他由爱而来。他是爱本身。

作家苏童写他的女儿：我对她的爱深得我自己都不

好意思。我简直惊呆了，这明明就是我的话！天下的父亲之于女儿，母亲之于儿子，是不是都如此，在自己的孩子身上，萌生出一种崭新的纯粹的巨大的无限的爱恋？这份爱的能力与质地，这份爱的不可理喻，把我们自己都给惊住了。

一个母亲，第一次，面对一个从你腹中掉落的小人儿，是什么感觉？这个小人儿原是一粒小种子，他植入我的体内，在腹中一点一点地变化，开始像一粒芝麻，一只蝌蚪，一颗豌豆，一个苹果……慢慢地，他有了心脏，五官，肢体，头发，指甲，皮肤；他开始呼吸，心跳，吮吸，舞蹈；他开始有了感官，嗅觉，触觉，味觉，听觉；他开始去捕捉我，感知我，呼应我，迎合我。我是他的海洋，是他的宇宙。这个顽强的小人儿，一点点地向我宣告着他的存在，让我开始感知味蕾的突变，身体的沉重，未知的茫然，以及忐忑，疼痛，狂喜……这个小东西，不顾一切，拼尽全力，与我相见。这场相见，跋山涉水，轰轰烈烈，带着生命里绝无仅有的仪式感。他让我遇见了另一个世界，让我成为另一个我。他让我的生命通往繁复，丰盈，通往深沉与辽阔。

当这样一个异性，从我的身体里产生，赤裸裸地对我宣示着他绝对的爱与信任，是那么让我慌乱与感动。我一点点地去熟悉亲近揣摩这个与我的身体密切相连却结构迥异的小人儿。他向我展示着生命的另一种形态。他从我的身体里剥落，渐渐长成了一个独立的、自尊的小男孩，他快活，顽皮，率真，总有着使不完的劲头，像一头奔跑的小鹿。他自信，张扬，逞强，充满了蓬勃的求知欲与创造力。他一路牵引我，为我打开了另一个充满了无限可能无限魅力的世界。我简直对那个世界着了迷。

我总是在他熟睡的时候静静地看他，从他很小的时候就开始。这是一个母亲的好时光。如今这个躺在床上的少年，身体已经占了床的一大半了，他的双腿修长，结实，匀称，有了一个男子汉的雏形。他的脚掌已经跟我的脚掌一样大了。他还像小时候那样，趴着身子，卷着被子，睡姿憨稚肆意，睡得沉实香甜。他熟睡的脸那么美好，纯净，像一个闪光的梦，像世间最后一块净土。有时候，看着看着，他突然醒了，睁开眼叫一声，妈妈。将手臂向我环过来，像幼时那样。我的心一下子便化了。

每个周末，他都习惯地赖会儿床，唤我，妈妈，过来陪我躺躺，我们聊会儿天吧。我领了"圣旨"，乖乖躺过来。儿子，聊什么呢？聊什么都行。那你想跟妈妈分享什么？妈妈，我跟你说说我做的梦吧。母子俩窃窃私语，亲密无间。有一回，我突然矫情起来，问他，儿子，这个世界上，你最爱的人是妈妈吧。这个十岁的男孩突然字斟句酌起来，现在，当然是最爱妈妈。我惊住了，惶惶地问他，那，以后，你最爱谁呢？他想了想，说，妈妈，我长大了不是要结婚的吗？这个少年，是什么时候懵懂地知晓了男女情爱的呢？我有些猝不及防，我伤感地发现，有一个女性正一点一点地向我逼近，她要横亘于我们中间，理所当然地掠夺与侵占。我试探他，你有喜欢的女孩吗？他害羞了，笑一笑，说，我们班上有个女孩子很喜欢笑，她笑起来很好看。我又问，比妈妈笑起来还好看？他又想了想，笃定地说，嗯，跟妈妈一样好看。

我不知道有多少母亲跟儿子有过这样的问答。在某一天，一个母亲，在一个少年面前，充满了危机与失落。她们难以接受这样一个事实，这个从自己身上掉下来的小肉团儿，这个自己一寸一寸抱大的小人儿，会慢慢地离开自己的怀抱，去爱另一个女人。

2

母性，是不是女人身体里的一个泉眼，一旦触及，便汩汩而出，泛滥成河。

爱情让女人成为水，而母性，让女人成为江河，成为大海。

母性，会颠覆一个人。

我有个闺蜜，很早便做了母亲。十多年前，我在南昌遇见她，夫妻俩带着一岁多的儿子。我们在宾馆聊天，几年不见，有说不完的话。她儿子睡着了，我便提议去街上逛逛。我们曾一起在这个城市读书，厮混了三年最好的时光。那时，每到周末便是要约着逛街的。在这里遇着老友，我兴致特别高，一路的景致都让我流连与感怀。可她总是心不在焉的样子，刚出来半个小时便嚷嚷着要回去。我儿子会不会醒了？我儿子醒了会找我的。我怎么好像听到我儿子在叫我？咱们回去吧，我儿子肯定醒了。她神经质地一遍遍说着儿子，让人兴味索然。她从前是一个特别大大咧咧的人，洒脱，率性，玩起来忘了形。我简直无法将以前那个她和身边这个啰啰唆唆地念叨着儿子的人联系起来。我说，你老公不是在吗？他可带不了，我儿子只认我呢。她笑着说，又温柔又自得。儿子这个新生物种，把我俩的亲密与共鸣给覆盖了。她完全变了个模样。我记得，我们回到宾馆时，她是三步并作两步地跑上楼梯的，一副急不可耐的母亲的样子。

　　我在深圳生活的三妹，以前是个文艺青年。听爵士、民谣，看张爱玲、贾樟柯、毛姆。她并不向往婚姻，也不太喜欢孩子，对家里一些个外甥外甥女没多大热情，偶尔聚在一起，难得去主动逗抱。她也跟我们纳闷，我这人，怎么不太跟孩子亲呢？前几年，她生了女儿，像是身体里打通了某个穴位，整个人都温厚柔软起来。她跟我说，姐，真是奇怪，现在看到跟糯糯（她女儿小名）一般大的孩子，我就母性泛滥，像是看到自己的孩子。有一次，她出差，在地铁里看到一个抱在手里的女孩儿，忍不住上前去逗，还跟那位母亲提出来想要抱一抱，弄得那位母亲避之不及。以前，她心气高，不愿意回小县城，不愿意做小女人，她向往大城市，大世界。她喜欢漂着的状态，喜欢上扬的状态。女儿，让她一下子落了地。她开始变得琐碎，踏实。她从一个文艺青年变成了一个工作狂，一个女儿奴。她的微信朋友圈头像由一个手里扬着一根芦苇的女孩背影变成了跟女儿的亲密大头照，她在家人群里频频发她女儿的视频，发一些关于孩子的教育文章及社会新闻。一看到某个孩子失踪某个孩子死亡的新闻，她就心惊胆战，惴惴不安，感叹社会的风气，愤恨人心的险恶。她在深圳那样的都市里，活得努力又小心，忙碌而世俗。

儿子，也让我发现了另外一个我。

我是一个自私的人。很早我就知道我身体里欠缺温良恭俭让的美德，因为我外婆告诉我，小时候妹妹每次穿我的衣服，我都要让她脱下来。那是我为数不多的衣服，我不愿意跟她分享。外婆说起这事的时候，我觉得很羞愧。我怎么会是这样的人？孔融四岁就知道让梨呢。分享是美德，我也教育我的儿子要懂得分享。我觉得肯定是外婆记错了，她更偏爱妹妹，所以编出这件事来强加于我。后来，我父亲又告诉我，我六岁的时候，他吃了一口我碗里的鸡蛋饼，我便撒着泼不依不饶，恨不得父亲能吐回来。这两件事坐实了我自私的"罪名"。理智地想想，我确实是那种爱自己多过爱别人的人，便只有接受了自己的自私。

生命中注定有这么一个人，要来治一治你的劣性，让你彻头彻尾地改变，再也自私不起来。

是的，有了他，再也不能像之前那样任性地睡懒觉煲热剧，再也不能心无旁骛无所挂念地独自去旅个行宴个会。我变成了一个温良无私的老母亲，哪怕是，吃饭的时候夹块鸡腿或鱼肚皮，还没到碗里，半道拐个弯便到他碗里去了。想剥几个核桃吃，却总是入不了嘴，一剥出点好肉，都塞他嘴里去了。

儿子三岁的时候，我们姐妹几个带孩子去香港玩。第一次，去一个心心念念的国际都市购物天堂，我却对香港完全失忆了。我眼里全然只有一个幼儿，全程悬着一颗心，怕他走失，怕他生病，怕他冷着，热着，饿着。我带着他，背着一个大旅行包，里面有奶粉，奶瓶，食物，衣物，保温壶，湿纸巾，大浴巾，小毛巾，那是一个幼儿吃喝拉撒睡的基本保障。这个小幼崽，饿了就吃，累了就睡，从来不跟你商量。你抱着熟睡的他，找景点，找饭馆，找地铁。我那连矿泉水瓶盖都拧不动的手，硬是抱着他，走过了小半个香港。很多次，我觉得我的身体已经累到了极限，我的手臂已经要废掉了，可咬咬牙，又扛过去了。在迪士尼的夜晚，为了等一场烟花，我们支撑着又累又困的身体。烟花没等到，却等来了一场突至的暴雨。我冒雨去寻找可以遮雨的用具，一无所获，最后灵机一动，四处讨了一些塑料袋，把它们撕开，拼成小小的雨衣，护住孩子们。三个年轻的母亲，抱着孩子，在暴雨中一路狂奔。我一直记得那个夜晚，电闪雷鸣，劈头盖脸的雨水，繁华有序的园区被大雨浇得一片模糊，到处是抱头逃窜的人影。似是而非的路口，我完全辨不清方向，我紧紧抱着儿子，问他，儿子，怕吗？他摇摇头，有妈妈，不怕。那个精疲力竭一身狼狈的我充满了莫名的力量。那样的我把我自己都感动了。

母性，是女人体内自带的甘露。每次接家里的电话，我会有两种截然不同的语调。家里的电话，要不是丈夫打来的，要不是儿子打来的，通常，我都是那种惯常的语调，像一条直线，像一碗白开水，没有什么成色与波澜。好的。知道了。今天加班。下班后回家。电话背后的那个男人，曾经也让我痴狂，让我说过很多傻话，做过很多傻事，但终是经不住岁月。那种男女情爱的模样与表达，在日复一日流水般的婚姻生活里，像皮肤一样，流失掉了胶原蛋白，不再细腻饱满，不可避免地松懈了，喑哑了。可女人，注定是为爱而生的物种，她们骨子里滔滔的爱永远不会消亡。她们只是将爱转移了。有时候，以为是丈夫的电话，随口应着，嗯。那头突然跳出脆生生的声音，妈妈。我的语调立马就变了，完全不需要酝酿，我说，儿子，宝贝，好的，你今天想吃什么？妈妈马上就回家。我听见我的声音里带着蜂蜜水的质地，一种晶莹的琥珀色，温润，又甜蜜。

我可不是在歌颂我的母爱。母爱有什么值得歌颂呢？它像是女人的心跳，呼吸，歌唱，它是女人与生俱来的矿藏与信仰。是母爱，让女人变得丰美与丰富。没有母爱之前，女人多么单薄，干巴，她们只有皮相与肢体，她们的性情、神韵、品格并没有完全发育，她们体内的泉眼还没有被打开。母爱，是女人掷地有声的宣言，它让女人冲破性别桎梏，变得坚强，甚至刚强，变得高大，甚至伟大。在这世上，除了母爱，还有什么，能让女人的形象以绝对的碾压之势完胜于男人们，让他们为之噤声，为之羞愧，为之战栗。

母爱，让女人破茧成蝶。它是女人取之不尽亦享用不尽的乳汁。

3

母爱，大概是这个世上唯一不会断裂的情感。可生活谁也又能预料呢？

我能明显感觉到，面对女儿，她的紧张、局促与忍耐。她坐在那里，像一根绷着的琴弦。我很怕，那根琴弦，会"啪"的一声，突然地就崩断了。

然而，始终没有。

我们一起约着吃饭，我带着我儿子，她带她女儿。我们边吃边聊。她跟我说话，却总有些顾左右而言他。她不时看看她女儿，叫她，欣宝，多吃点。欣宝，少喝点冰的。她的声音像桌上翻滚着的火锅汤汁，轻缓，滚烫，把握着火候，不轻易溢出。她十八岁的女儿坐在一旁埋头吃东西，极少回应她。那是一个打扮极中性的女孩，刚见到她时，她戴着帽子，口罩，只露出一双淡漠的眼睛。此刻，她也只沉浸在自己的世界里，除了吃，便是埋头在手机里。

看得出来，她在极力地讨好、迎合女儿，极力地去营造一种温馨和谐的氛围。她太想好好珍惜这难得的与女儿团聚与相处的时光了。我知道，她想得太久，想得心尖发痛。

前些天，她就跟我说，我女儿要来我这了。她说得很郑重，像说一件很大的事。她跟我说，不知道为什么，我这两天都有点心神不宁，居然紧张到失眠。我看到她的眼里有泪光。

二十年前，她因为工作分到了一个小镇，遇见了她的前夫。那时候年轻，单纯得像张白纸，看人看事，哪看得准呢？便草草地把自己嫁了，生了孩子。孩子还在肚子里的时候，她就知道他绝不是个好归宿。可孩子已经来了。她左思右量，终是对肚子里那块肉团团下不了狠心。可没想到，接下来的生活无比跌宕，每天狂风暴雨地上演谍战剧家暴剧。她为了女儿，一忍再忍。她以为，再怎样的男人也是父亲，再怎样的男人也会老去，总有一天，性子就会磨平顺了，日子便也跟着平顺了。她甚至铤而走险，又为他生了一个儿子，因此连工作也受了影响。可她的努力换来的仍是无休止的羞辱与伤害，从身体到心灵。家彻底变成了炼狱。

我不知道当年，这个母亲的身份，给了她多少的勇气与力量，让她把生命中最好的十年时光置身险境与泥沼。她后来每每跟我聊起，眼里仍有阴霾，与恐惧。她后来终于离家出走，留下了两个孩子。她说，她的离开，也是因为孩子，她不想让孩子看到那样的母亲，在一个无用的男人莫须有的羞辱里，自尊全无，懦弱残败，让人轻视与唾弃。她想解救自己，同时护住一个母亲的体面。

她在外面的世界漂泊，重新获得自由与尊严。可是，她躲不开身后的两双眼睛。那两双眼睛是她终生的桎梏，也是她前行的光。

她回到县城，重新与女儿取得联系。她们隔了六年未见。六年的时光，像一个果核一样，坚硬地，生疼地，杵在她们之间。

在刚刚过去的一年，她变得一贫如洗。她把这些年来所有的积蓄陆陆续续寄给了十六岁的儿子。她儿子在网上欠了赌债，不敢跟父亲说，便找到母亲。他知道，母亲永远不会拒绝一个被需要的孩子。母爱的断裂，让儿女都偏离了有序的轨道，摆在面前的生活像一摊烂泥。可她一点都不泄气。她跟我说，我把俩孩子丢下了六年，是我的缺失造成了他们如今的缺失。以后，不管他们发生什么，我都会在他们的身后托住他们，护住他们。为了他们，我会努力活得更好。这个四十岁的离异女人，租着房子，兼着两份工作，起早摸黑，活得又辛苦又潦草。然而，每一次见她，我都会被她的乐观与通透所感染。

生活的这点难算得了什么呢，母性让她富足而发光。

还有一种更决绝的断裂。

我有个堂婶，年轻的时候是个厉害的狠角色。泼辣，蛮硬，遇着点事，跟谁都破相。听村里人说，她年轻的时候，跟她婆婆争执，生生扳断了老人的一根手指头。这么一个强悍的人，突然就遭了天大的祸事。

她的小儿子，在外面打工，出了车祸。三十岁的小伙子，说没就没了。她有两个儿子，大儿子从小会读书，考了大学，成了城市人，一年到头也难得回来。小儿子一直挨着身边长大，跟父母亲厚，大事小事都回来帮家里操持。她总是跟人说，会读书有什么用，得有良心。我就剩下这一个儿子了。可是，就是这么一个有良心的儿子，在他最黄金的年岁，留下了两个幼女，撒手人寰。

我去参加了葬礼。这个失去儿子的母亲，在儿子入土的时候，用身体死死地护住棺木，任谁也拖不开。

我那时候想，这个母亲，该怎么活呢？

我后来听说，这个婶子逼着媳妇再嫁了，自个带着两个孙女。为了让孙女到县城读书，两个老人在城里租了房，靠着收废品挣点钱。今年回村里过年，看到她，她来我家里串门，笑着跟我打招呼。她老了很多，但是并不衰颓，那张线条硬朗的脸松软了下来，笑起来，竟有点慈眉善目的样子。

那两个没有父母的女孩，和我儿子一般大，很是机灵活泼，她们和寻常的孩子一样穿着崭新的衣裳，和我儿子嬉笑打闹。一个年迈的母亲，用她巨大的母性能量，稳稳地周全地护着她们。

还好有两个孙女，妥善地修补了一份破碎的母爱。

一个孩子的离去，对于一个母亲而言，是怎样一种天翻地覆的变故！我只要一想起，就浑身战栗。

我是一个特别没有安全感的母亲。儿子一岁的时候，因为工作忙，没法照顾他，我婆婆便把他接了去，说在儿子上幼儿园之前，她帮着带两年。我从此神思恍惚，脑子里总会莫名其妙闪现他各种危险画面。我实在受不了那种臆想的折磨，不到一周便把他接了回来。直到现在，只要我儿子离开了我的视线，我还是会蹦出一些让我心惊肉跳的闪念，有时候，恨不得把自己脑袋撞开。我日常跟他说的最多的话，是要保护自己，珍爱生命。我一遍又一遍地告诉他，没有任何人，任何事，比他自己的生命更珍贵。

这是一个平庸的母亲，对于人世最大的祈愿。

这个瞬息万变的世间，在一个母亲的眼里，充满了险恶与不测。河水，汽车，红绿灯，流感，病菌，甚至人心，都让一个母亲诚惶诚恐，草木皆兵。

一个女人成为一个母亲，得练就多大的本领，承受多大的负荷，遭受多大的考验。

4

我的婆婆，是一个充满仪式感的人。

儿子们每置一样交通工具，汽车，摩托，甚至是电动车，她必去求了红布，郑重其事地披彩。婆婆说，上路凶险，得要它保佑平安。我家的每一辆车上都系着我婆婆求来的红布条。我开始有些嫌它土气，后来便也习惯了，每次开车看到飞舞着的红布条，都感到莫名地踏实。

我公公是个自私与大条的人，凡事都不太上心，每天只管喝着小酒，吹着牛皮，逍遥了一辈子。三个儿子成长路上的那一个个坎，一道道折，都是婆婆自个儿担着，守着。她简直担惊受怕了一辈子。如今，儿子们大了，又有了孙子。她是越发虚弱与胆怯了。每次，若是哪个孙儿头疼脑热，破皮流血，她就慌了神，念叨着，闭了眼，便就清静了，安心了。

这个只有一米四几、七十来斤的老妇人，为着儿子们，奔波了一世。二儿子去年开了个夜宵店，过上了黑白颠倒的生活，照看孩子的事自然落到了婆婆身上，二老好不容易在乡下置了菜园养了牲畜，准备在老家安度晚年，却要重新开始乡下城里两头奔波的日子。今年暑假，婆婆每天早上在家里拌好鸡们鸭们狗们的饭食，就坐着公公的三轮车进城，接送孩子们上培训班补习班，赶做两餐的饭，做好晚餐后又坐着公公的三轮车回村，趁着最后一抹晚霞，去菜园子里拔草，择菜，拾蛋。

那日复一日的劳作，那乱成麻的活儿，就是她的一辈子。她那单薄苍老的躯体里好像蕴藏着无穷无尽的能量。

她对于儿子的爱，绵绵地给了孙子，给了儿媳妇。每一次我回家，身子若不舒坦，必是瞒不过她的眼睛。她嚷着，这白面白唇的，可怎么好！然后转身去厨房冲一碗红糖鸡蛋端给我。有一次，我头昏脑涨，软塌塌地没劲。她过来要帮我捏捏。她从一个老中医那里学来了一套手法，说是祛风寒特别灵。她在我身上左一下，右一下，手法又娴熟，又力道。从脑门，脖颈，腰，腿，胯，手指，脚指，那老藤般的手掌一寸一寸硌着我的皮肤，哧哧地响，辣辣地疼。捏了半晌，被她捏得鼻子发酸。

这个和我没有半点血缘关系的女人，用一种陌生的肌肤之亲，让我触摸到了一个母亲的胸怀。

我和我自己的母亲都很少有肌肤之亲。我的文字里很少写到我的母亲。我不知道该怎么去写她。母亲看我的文章，我写父亲，写婆婆，她看着看着，竟流下泪来。她对妹妹说，你姐姐，从来不写我，在她心里，只有父亲亲，婆婆亲。我这个母亲的苦累与付出，她竟是看不到，竟是不屑于去写。她像是受了冷落的孩子，无比委屈，吃着醋，生着气，因为女儿的文字里落下了她。

我的母亲，在老了以后，开始像个孩子一样需要我们。她巴不得儿女们都围着她，重视她，在乎她。她跳个舞，想女儿们去看；拍个照，想女儿们去夸。她老了，却想在儿女们的眼里，活出自我，活出光彩。

我从不怀疑我对她的爱。她是我的母亲。我们同为母亲。这个世上，有谁能比我们更懂彼此呢？

可是，我写不出母亲。

父亲走后，母亲住到城里来了，跟着弟弟住。住儿子家，是理所当然吧，何况还要带孙子！

母亲回城后，我偶尔会去看她，但走得不算勤。偶尔因什么事想起来，在心里催促自己，去看下妈吧，便去了。去了也是逗逗小侄子，有时候留下来吃顿饭，也不怎么拉家常。有些淡淡的。

一直以来，总觉得，对于母爱感知极少。小时候对于母亲的印象，有些模糊。那份母爱，因为生活的操劳，因为几个孩子的分摊，变得稀薄。我不知道是因为那个年代，还是别的什么。母亲在我心里，始终是有距离的。有一次，看到一个朋友发的微信，说小时候总是赖在床上跟妈妈撒娇，她妈妈叫她猪宝宝，她叫母亲猪妈妈。不知道为什么，看着看着心里就酸了。我从来没跟母亲撒过娇。我其实多想对母亲撒撒娇啊。

母亲有五个孩子，四个女儿，最小的一个，是儿子。一直以来，我都觉得，在我们家，是有些重男轻女的。当然，也有可能是因为弟弟最小，又是唯一一个男孩。母亲始终护着儿子，弟弟一直跟母亲睡到十多岁。据母亲说，弟弟小时候很黏她，早上醒来都要去亲亲她的脸颊。我听了觉得极不自在，又有些羡慕。那种很寻常的亲昵行为，好像根本不可能会存在于我和母亲之间。

一直到现在，我和母亲之间都是客气的。我们之间，好像习惯了这样一种表达样式。这种样式，看上去也没有什么问题，然而，总是少点什么。正如我母亲说的，我常常写父亲，我在父亲离去之后，用文字一遍遍地祭奠与怀念父亲，仿佛是，我把我作为女儿的爱，只给了父亲。父亲的突然离世，打通了我们之间的一切屏障，我通过父亲的死，通过一种永别，才回过头来，给予了为人子女的理解与深爱。可父亲已经感知不到了。

我们总是这样后知后觉。我们对于拥有，总是习以为常，淡然置之，仿佛只有失去才能唤醒与戳痛我们。

有一次，爱人跟我谈到老家的房子，谈到母亲百年之后安葬的问题。他从房子的处置越到了母亲的死，我突然受不了，我跟他吵，说他杞人忧天，说他太理智，太现实。我给他乱扣罪名，心里却扑扑地跳。我才发现，我是如此接受不了，母亲有一天，也会死。我是被这件事吓住了。

我想都不敢想。母亲是我的源头，母亲不在了，我是谁？

其实，我只是不愿意承认，我心里对于母亲，存在一种挑剔，或者说是苛求。我把母亲捆绑在"母亲"这个身份上，她是我对于人世的一种向往，是人性光辉的范本。

可母亲，不仅仅是一个母亲，她还是一个寻常的女人。在我的成长里，母亲从来都在。我每一个毛孔，每一个细胞，都能感知母亲。我跟她那么像。我看她，就像是看我自己。她的善良，美丽；她的敏感，自尊；她的骄傲，虚荣。她的优点与缺点。它们，也是我的一部分。她是老去的我，我是曾经的她。

她的样子，是我成长的参照，是我老去的勇气。

她是与我婆婆不同类型的母亲。母亲为什么都要一样呢？我的母亲，是个美丽的女子，哪怕到了快七十岁，她跳起舞来笑着的样子还像一个少女。我越来越不希望，母亲只是个母亲的样子，我更希望她是个女人的样子。我越来越怕看到她的老去。每一次，若是突然发现她又老了一点，我的世界便也跟着暗了一点。

这种滔天的血脉之情，是多么的自私啊。可是，谁又能去质疑它责备它呢？这种生命的流淌，那么的迷人，又那么的不可抵挡。

5

有一次跟儿子聊天，让他用一个词来形容母亲。他歪着头，想了一下，说，善——我微笑着，信心满满地等待他说出另一个字。然而，他说出的是另一个词，善变。

孩子的眼睛是多么敏锐而清亮啊，他轻易就看穿了我们。我们是如此善变。有时候，我们那么自信与膨胀，觉得他是天底下最好的孩子，他要成为最优秀的，最耀眼的，我们在给他最好的与让他成为最好的路上跟自己较着劲。有时候，我们又突然无比谦卑与知足，觉得一切都无所谓，只要他健康就好，快乐就好，活着就好。我们的标准忽上忽下，我们的理想忽左忽右，我们的情绪忽好忽坏。我们从没有遇到，比怎样当一个母亲更让我们犯难，更让我们摇摆的事。

是的，这个十岁的男孩，我在他面前，总是不知道该怎么办才好。

在外人面前，我的修养与虚荣让我稳定地维持着知性从容的形象。可在他面前，我就垮了。我像一条变色龙，像一个极端分子。我有时候是柔情蜜意的少女，有时候又成了怒不可遏的巫婆。我那么迷恋他的笑。他一笑，我便想歌唱。没有什么比他的笑，更春风扑面的了。我回馈他更春风的笑。母慈子爱，万物静好，感念上苍，人间值得。可还有另一种情况，我们像两只兽，互相对峙。我变成另一种母亲的样子，严厉，方正，甚至气急败坏，河东狮吼。他那日渐壮大越来越无法掌控的个性与反叛，总是戳破我那可怜的修养与局限的智慧。

怎么办呢？这个一日不同一日的少年，他好像天生就是要来考验你的，考验你的耐心，考验你的精力，考验你的能力。稍不留神，你就乱了阵脚泄了底气。

我第一次当母亲，实在不知道如何是好。

我在儿子十岁的时候，突然发现我们之间的相处每天都在发生变化，我们开始面临一系列的问题。从前，他就是你的孩子，他需要你的爱与呵护。施与受，在那个时候，是对等的和谐的。而现在，他成了一个独立的人，他有了自己的性情，思想，个性。他开始强调"我"。我不喜欢。我想这样。我要那样。也开始质疑"你"——你说得就是对的吗？那是你认为的。你说话不算话。你不也犯过错吗？每一天，我们都要进行这样的对话，我每天都要在这样的对话里纠结与抓狂。

在与他的对话里，我也同万千母亲一样，重复着象征母爱的说辞，我一切都是为你好啊——

让你学钢琴是为你好啊。钢琴是乐器之王。钢琴可以开发智慧熏陶情致锻炼毅力。钢琴可以陪伴你。钢琴可以让你变得高贵。我小时候多么想学钢琴呀，可那时没有条件。我每天如此地灌输给他。可他说，我并不热爱弹钢琴啊。弹钢琴真的很枯燥。弹钢琴很浪费时间。我每天放学回家要写一大堆的作业，还要弹钢琴，我没有一点自由。我真的不想弹钢琴，我想玩！

让你打篮球是为你好啊。打篮球多好，多帅，可以锻炼身体，舒解压力，最重要的是可以长高啊。长高对于一个男孩子多重要啊。我还想跟他说，小女生都迷打篮球的男生呢。可他说，我就是不喜欢打篮球，我更喜欢打乒乓球。

诸如种种，不胜枚举。

一个母亲与一个孩子之间，永远无法步调一致，永远有着无法调和的矛盾。作家池莉说，母亲的施与和儿女的收受之间，有太多的误差与歧路。可是没人告诉母亲们，怎样的施与，才不存在误差与歧路，怎样才能为孩子找到一条笔直光明的康庄大道？

在陪伴孩子成长的路中，一个母亲，要经历多少坎坷跌宕的心路历程啊。我每天都在思考，我对他的要求到底是对是错？我是要坚持我认为的更好的选择，还是充分尊重他的个性喜好？我的经验之谈是不是也是一种偏激与垄断，尊重他的个性是不是也是一种纵容与放任？面对这个像小牛一样慢慢长出角的少年，在某些时候，是圈养更好还是野放更好？是教导规矩更重要还是释放天性更重要？是他优秀更重要还是他快乐更重要？

我每天陷在这些问题当中，自我斗争，自我怀疑，自我妥协，自我修正。我总是忍不住，将我自以为是的经验真理教授给他，我希望他善良但又怕他吃亏，希望他诚实又怕他上当，希望他勇敢又怕他莽撞。我用母亲的名义，恨不得制造出一套最标准的母爱范式，给他铺好一条最周全的最正确的成长之路。这天底下，有多少母亲，陷在孩子的成长与教育的泥沼里，无法自拔，终身监禁。在陪伴与付出的过程中，孩子渐渐包揽了我们的喜怒与忧思，包揽了我们的爱与寄托，甚至成了我们的天，成了我们的一切。

没有人规定母亲就应该是什么样子，更没有人规定孩子就应该是什么样子。我渐渐发现，其实是我自己被母爱所迷惑了，是身为人母的我们在夸大虚饰母爱，以为母爱是天底下最毋庸置疑的情感最不容分说的奉献。我们总是不经意地打着母爱的名号，让母爱成为一种模式，一种标榜，一种捆绑，累了自己，也累了孩子。

在做一个母亲的途中，我仿佛又重新活过了一遍。在我儿子十岁的时候，我突然意识到，我其实比儿子更享受与依赖自己的母爱。我的母爱过于汹涌，自己把自己陶醉了，自己把自己湮没了。

事实上，他在一点点地远离我。

我们之间需要与被需要的比重在发生变化。在他还是幼儿的时候，我是他的一切。他无时无刻不需要我。等他稍稍长大一些，会走路，会表达，会撒娇，我们彼此感受着母子之爱天伦之乐，我们互相给予互相需要。再后来，他对我的需要越来越少了，他走路不再愿意牵着我的手了，他越来越不爱跟我玩了，他越来越不愿意跟我表达了。他有了他的世界。以前，我乐于跟他营造一种仪式感，每天晚上跟他道晚安，说，儿子，妈妈爱你。他会热切乖巧地回应，妈妈，晚安，我也爱你。后来，他的回应变成了，妈妈，晚安。再后来，干脆变成了一个字。嗯。是的，他开始敷衍我了。他开始羞于表达或者不愿意表达了。有时候，在某个情境里，我突然母爱大发，也不管场合，亲昵地上前去抱抱他，以为他还是那个属于母亲的孩子，他却僵着身子，嘟囔一句，妈妈！语气里有着分明的抵触与抗拒。他在告诉我，他已经长大了，他不再需要母亲的怀抱。他是独立的个体，他只属于他自己。

　　人世间，所有的关系与情感，都注定是一场无法善终的缘分。在剪掉脐带的那一刻，孩子便已经不属于母亲了。母子情深，血脉相连，终是一场预见的分离。也许最好的母爱，是对母爱保持一种克制与警惕。默默地，看着他，一点点走远，一点点别离。请保持微笑。

夜行者

像突然中了邪一样，你躺在床上，眼神茫然，手却在空中乱舞，像风中凌乱凄惶的枝丫。瑛仍，瑛仍。你喊着我的名字。不顾一切，一声接着一声。瑛仍！瑛仍！仿佛一根箭，从胸腔里射出，高高抛起，又回落。再抛起，再回落。又悲怆，又狂热，电闪雷鸣般。

那还是二十世纪九十年代初，十八岁的你突然在我家犯了癫症，没人知道你的病因。

二十多年后，你的叫喊穿过厚重的岁月，再次在我耳边响起，重锤一般撞击着我。那样激烈决绝的情境，在我的生命当中，从未有过。

只是它就那样在我的青春里匆匆过了，谁也没有为你多做停留。

1

你是我隔壁村的，在你进入我生活之前，我跟你从未有过交集。那一年，我十四岁，你来到我家，跟着我母亲学习妇产科技术。二十世纪九十年代初，乡里的妇人生孩子，都叫当地的接生婆。我母亲是乡医，负责周边十里八村接生的活儿，技术了得，生意红火，因而有些名气。为了讨门手艺，你被家人安排来向母亲拜师学艺。

你当时的样子，我记不太清了，是那种看一眼便忘记的长相，扁平的脸，扁平的身材，留着短发。说起话来有点赶，大大的嗓门，很爱笑，让人想起屋后树上的喇叭花。你大我四岁，是个大姑娘了，却一点没有姑娘家的温柔水灵，好在勤快憨实，很讨母亲欢喜。

我也是欢喜的，因为突然间多了一个姐姐。我是家里的长女，一直被姐姐这个身份束缚，从小被父亲要求做表率，照顾与谦让弟妹。没人知道，我其实只想做妹妹。你简直是上天派来解救我的。因为你的到来，我逃脱了一些姐姐需要承担的责任，比如做家务。母亲工作忙，外婆的小脚又不便劳作，我不得已早早介入一地鸡毛的家务。我记得，我总是坐在厅堂里，面对着一大脚盆的衣服发呆，感觉日子像那间年岁已久对流不畅的老屋一样，困顿无望。全家人的衣服都挤在一个木脚盆里，外套、裤子、袜子，以及内衣裤。它们集体躺在浑浊不堪的肥皂水里，毫无尊严，互相嫌弃，却别无选择。我埋着头，将手泡在泛着一层灰白浮渍的污水里，一件件将它们解救，也解救自己。我的手总会突然触到一些来路不明的黏液在某条女人的内裤里，纠缠不清。我从不深究，只是充满嫌恶。

我必须去描述它，这些怎么也忘不掉的场景，它是那段岁月的底色。我的青春期，是一团郁结的灰色，总也学不进去的课本知识，总也做不完的家务，逼仄的乡镇街道，昏暗的煤油灯，被邻居封堵的家，父母突如其来的争吵，毫无方向的未来……我感觉自己就像盆中的那些泡泡，在一片狼藉的环境里，茫然、混沌，任由命运之手摆布。我对这一切，都厌烦透了。

也许，你就是唯一的一抹亮色吧。

你走进了我最灰暗的时光，成为我的姐姐，并给予我一个姐姐所有的温暖。你理所当然地接过了我所有的家务活，爱护我，对我笑，在跟着母亲下乡学艺之余，将家里收拾得干净整洁。你的大嗓门总是跟着我，瑛仍，瑛仍。声音落到哪里都一片明亮。你是一个多么有能量的人呀，身板壮壮的，干起活儿来总是利落有力，脸上总是落满阳光，仿佛对世俗的一切都充满了善意与热爱。

我享受着你这个从天而降的姐姐的关爱。我们一起玩，一块睡，成为最亲近的朋友，可我们并不是同一类人。你看不懂《简·爱》《傲慢与偏见》，也无法理解我的梦想与忧伤，而我，更加无法理解你的选择。一个还没结婚的姑娘，为什么会去走这样一条路，跟母亲学习接生？那是一个多么令人难堪与绝望的职业啊！

我曾经作为一个旁观者，跟着你去过一次学艺的现场。是同村的一个产妇。我至今记得那个场面，密闭的屋子，弥漫着潮湿而难言的气味，床上的女人，赤条条的，像一只待宰杀的青蛙。空气仿佛凝固。女人在嘶喊、咒骂，身体扭动，面目狰狞。母亲好像变成了一个巫婆，嘴里念着经，将手伸进青蛙的体内。更尖锐的嘶喊，刺鼻的血腥味，一浪接着一浪……我看见你，站在母亲旁边，全神贯注，一脸紧绷，手在微抖，额头全是汗。我不知道自己是怎么逃出那间屋子的。我感觉手脚冰凉，胃里翻江倒海。我突然对你充满了同情。

人为什么要生孩子呢？做女人真不容易呀。有一次你跟我感叹，其实，我并不喜欢这个职业，我也不喜欢做女人。

那你为什么要学这个？我问你。

我也不知道，人总要做些什么吧。你说。

你为什么不读书呢？或者，去外面的世界，更大的世界。

我妈不让我读，也不让我出去。人和人是不一样的。瑛仂，我这辈子就这样了，但你要好好读书，我只希望你好，你是我最好的朋友、妹妹，你好我就好。你看着我笑，眼里亮晶晶的。

那是记忆里我们之间唯一的一次深入交流。当我再一次想起时，心里溢满了悲伤与震撼，然而当时，我却没有细细咀嚼你的话，也没有试着去读懂你。唯有你的笑，在记忆里闪现，明晃晃的，清晰而动人。

关于你，我已经记不起更多了。当我试图从以往的岁月里打捞出更多关于你的信息，找寻出一些有所指向的蛛丝马迹，却一无所获。那段年少的时光，在我心里一团模糊，亦真亦幻。我似乎在刻意淡忘那段岁月。说到底，你不过是我年少时的匆匆过客，我从未将你放进过我的生命里。

唯有那件事，像一枚钉子般，深深扎进我的记忆里。如果没有发生那件事，我不知道，我们的命运会不会有所改变。

那件事的发生，像一个突如其来的巨浪，一下子将我们淹没了。

2

那是一个苦夏。我的人生直接掉进一个黑洞。记忆锁住的那个夜晚，是那个黑洞的伏笔。

那个晚上，下晚自习，同学们都散尽了，我落了单。那条回家的路，五百米左右，笔直，单一。沿路是一些店铺，理发店、粮油店、杂货店。我每天往返，闭上眼都知道它们的位置。我一个人在街上走着，端着煤油灯，抱着书本。书里夹着一张四十分的物理试卷。晚自习上，班主任刚公布一个消息，学校马上进行一次摸底考，公开排名，未过分数线直接开除。初夏，夜很清凉，我毫无倦意。天黑透了，整条街道空荡荡的，像一个巨大无边的黑房子。脚下的路被黑给吞噬了。只有一两星微弱的灯光，像赌徒的眼睛般苦熬着。

反正是黑，不如黑到底吧。我突发奇想，闭上眼睛，跟自己玩个游戏，在更深的黑里摸索着向前走。大概十来步吧，突然，脚底一空，我真的坠入了一个黑洞——我走偏了道，掉进了街边的下水坑里。好像从一个噩梦中惊醒，我鼻青脸肿地爬起来，一个人坐在沉睡的街边，嘤嘤地哭。我记得，我回到家里，母亲早已熟睡了。是你，在一片死寂里，在无边的黑里，留着灯，坐在屋里等我。

我满身狼藉的样子把你吓坏了，你手忙脚乱地给我打来一盆热水，又去母亲的药房取来红药水与药棉，帮我擦了脸，再帮我处理伤口。蘸了药水的药棉冰凉凉的，你小心翼翼地擦拭我的擦伤处，手肘，膝盖，背部，带着丝丝的刺疼。我忍不住龇牙咧嘴。疼吧？好几处都擦破了皮，渗出血了。你说。我记得，你竟然红了眼眶。

我只能模糊记起这些了。那是我人生中一个不太寻常的夜。我像一个笑话一样，自己跌进了一个下水坑，这让我又羞又恼，还夹杂着莫名的沮丧。至于你，就像逼仄的房间里那盏昏暗的煤油灯，被我习以为常地忽略了。我再怎么奋力脑补，也无法从你那张扁平的脸上唤起更多细微的记忆。

何止那个夜呢？那个夜晚之外的无数个夜晚，你为我守过门，留过灯，暖过被窝。在我身心动荡的少女期，你，我的姐姐，曾像个门神一样，守护着我。

那个像梦境与笑话一般诡异的夜晚，仿佛是一个预兆。

摸底考结束，校长亲自张榜，全校围观。我的名字赫然出现在开除名单里。我考出了一个出乎意料的低分，因为作文跑题，连最擅长的语文都只到及格线。

我被现实击溃，陷入前所未有的挫败与伤痛里，关在家里闭门思过。父亲震怒。一生规矩且要强的他，比我更加不能接受这个事实。我长跪不起，乞求父亲的原谅。我突然意识到，我的人生或许真的要滑向一个黑洞了，一个真正的黑洞。我才十四岁，不读书，我将何去何从？所有的骄傲与自尊都被那纸公示榜撕得粉碎。漫天的恐慌裹挟着我，我迫切地想要回归一个正道，一条大道。我哭着对父亲说，我要读书！帮我转学，我要复读！

谁也想不到，比我反应更大的是你。你跟我跪在一起，求着父亲，仿佛做错事的是你，仿佛我的悲痛全部嫁接到你的身上。你抱着我，泪流不止。你的泪，那么真切、汹涌，就像身体深处被捅了一个窟窿，后来，竟是怎么也止不住，直接哭晕了过去。

你竟然一下子病倒了。整个人发了癫狂般，哭叫着，一遍遍地喊着我的名字。瑛伱，瑛伱——你的手比你的嗓门更急切，不停在空中挥舞，在众人里寻着我。几个妇人围着你，拍打你的脸，可任谁喊你都无动于衷。你只认得我，也只记得我。我们都被你吓坏了。外婆说，这是怎么了呢，好好的，莫不是被鬼缠着了？晚上叫人喊喊魂吧。

然而，魂也喊过了，医生也看过了，你仍不见好。

大家都神神道道的，认定你是头天走了夜路，碰到什么脏东西。一定是中了邪了。围观的妇人们说，不然怎么好好的突然就发了癫病呢？

然而，你的病，并没有在我心里停留多久。我惊吓了一番，便不再关注你，每天把自己锁在房间里，完全沉浸到自己的悲伤里去了。

你病了一阵，像是真失了魂一样，整个人蔫蔫的，不爱讲话，也打不起精神。你母亲在我母亲几次催促下将你接了回家。你在我家待了大半年吧，因为这场莫名其妙的病，你的学艺之路草草终结。你就此从我的生活里匆匆退场，就像你的突然到来一样。

我们后来很少再有往来。

我走过了成长的阴霾，生活渐渐明朗起来。那个发生在我花季的淘汰事件，是的，对我来说，它绝对称得上是事件，几乎影响了我的整个人生。它像我身上一块丑陋的胎记，我只想将它深藏起来，永不示人。我从我人生的黑洞里爬起来，重新端正自己的步子，步入光明的正轨。我考上了中专，后来又成为一名国家公职人员，结婚，生子，写作，有了光鲜的生活与身份。我很少再记起那些陈年往事，仿佛它们不曾发生过一样。

我也很少再想起你——曾深深介入过我的过往，并与我共过深重悲痛的姐姐，我在之后的顺畅人生里，渐渐把你给忘了。

3

你后来的生活，我是偶然间听好友 Z 说起的。Z 是你的表妹。你出去打了工，经人介绍，嫁给了同村的一个男人。结婚几年一直没有生育，被男方嫌弃、家暴，便离了婚。后来，又经人介绍，嫁给了邻村的一个离异男子，成了一个男孩的后母。好在几年之后，你也生了儿子，总算是过上了安稳的生活。Z 用几句话，概括完你有些曲折的人生经历。这些年，我姐挺不容易的。Z 感慨着。我淡然听着，并没有特别的悲喜。谁的生活又容易呢？

我们行走在完全不同的生活轨道上，也许在某个时段某些场景，我们也有过短暂的会面与交集，但我完全不记得了。记忆中，我们的再次相遇，是我们相识二十年之后。

那天，我和先生逛超市，在不远的一组货架前，看到了一张熟悉的扁平的脸。那么多年过去了，我竟一眼认出了你。你穿着工作服，系着超市的围裙，在整理货品。尽管添了不少风霜，你的模样、举止，却还是记忆里的样子，依然是一成不变的短发，扁壮的身板，利落的动作。姐！我叫你，你抬起头来，看到了我，怔了一下。瑛伢？你看着我，脸上激荡着某种情绪。你说，瑛伢，怎么是你！你的声音有些喑哑。你走过来热切地拉着我的手。你的手掌宽大而温热。好多年没见了，没想到，在这里遇到你。才刚说两句，你突然眼眶一红，竟掉下泪来。这是妹夫吧，真好。你看向我先生，笑了笑，似乎还想再说什么，却噎住了。你背过身去，身体抖动起来。

姐，你怎么了？我问你。没事，看到你，真好。我，要忙去了。你仓皇地笑一下，便转身走了。我看着你的背影，你穿着中性的超市工作服，埋头走着，短发蓬乱，脚步滞重，看上去像个被生活挤对而活得潦草的男人。我突然有点心酸。

先生问，她怎么突然哭了呢？

我也不知道。我说。

我想，也许是遇着了多年不见的朋友，也许是生活刚受了点挫折，也许是激动，也许是难堪，也许都是。成人的世界，总有些说不清道不明的酸楚。

现在想来，这是一次多么特别的遇见啊！然而，我就那样匆匆地从你身边走过了，没有投入更多的关切，甚至没有留下你的联系方式。

你再次出现，还是因为Z。去年年底，和Z聚餐。她途中来了个电话。接完电话，Z很是不屑，嘟哝着，还有这种男人！我问，谁呢？Z说，我姐夫，我表姐的老公，竟然打电话给我控诉他老婆。说我姐不过正常日子，说她脑子有问题，整天操心别人的事，脾气火暴，不懂温柔，像个男人婆。哦，你还不知道吧，他正跟我姐闹离婚呢。

我震了一下。那你姐现在怎么样了？

她是二婚哦，当然不同意离啊。但也由不得她，我那姐夫到处编排她的不是，她在村里都快待不下去了。我怎么也想不通，我姐多好的一个人，怎么就把日子过成了这样……

我不知道该说些什么。算来，她现在快奔五了吧。都这个年纪了，怎么又走向了这样一个人生岔路口呢？

你不知道吧，我姐对你感情可深呢，以前老在我跟前说起你，一说就是老半天。Z说。

是吗？我回她。脑子有点恍惚，记忆一下子被拉回到从前。记起那个十八岁的女孩，在我最灰暗的少女时期，带着一身的阳光，一头扎进我的家庭，扎进我的生活。记起你对我说，我只希望你好，你是我最好的朋友、妹妹，你好我就好！你的眼睛亮晶晶的，温暖又真挚。记起你对我的好，你为我流过的泪。记起你的笑声，爽朗、明媚，像屋后树上的喇叭花，像阳光穿过灰色的云层。此刻，它再次穿越二十多年的光阴，在我耳边响起，青春而生动。

我心里弥漫着一种深重的愧疚与感伤。我怎么就轻易把它弄丢了呢，那个笑声，那段情谊？

4

我突然梦见了你。梦里你还是十八岁的样子，你在一片迷雾里跑，雾越来越浓密，仿佛一个巨大的怪兽，将你渐渐吞噬。我听到你在喊，瑛仂，瑛仂——

我是临时决定去看你的。我邀了Z一起，开车去往你的村庄。路上，Z 主动聊起你。她说，我一直想跟你说说我姐的事，你们有过交往，而且你是作家，或许你可以写写她的故事。她神情略显凝重，对于接下来的讲述，像是蓄谋已久，又像是顾虑重重。

我表姐那人，用我姨妈的话说，命硬。当然，我并不这么认为。命苦倒是真的。她婚姻一直不顺，嫁给第一个是被家暴；这第二个，夫妻感情也一直有些别扭。我觉得，遇人不淑是一方面，这其中一定也有她自己的原因。

她似乎有点反感婚姻。正如我这个姐夫说的，她不怎么挨他的边，我姐夫打工回来她也不愿意着家。我姐夫说，她心不在家里，太护娘家人了，尤其是对她那个弟媳妇，掏心掏肺地护着。她不愿意跟老公一起出门打工，却跑到弟弟家去住了，为了照顾她那个弟媳妇。

她弟媳，也就是我表嫂，是外地人，刚嫁过来不太习惯，我表哥在外面打工，常年不在家，都是我表姐陪着她。听人说，我表嫂怀孕的时候，妊娠反应严重，双腿肿得厉害，我表姐便陪着她睡，每晚帮她洗脚按摩，一直洗到她坐完月子。她生产的时候，也是我表姐一个人寸步不离地守着……

我表哥也不是好东西，媳妇还挺着大肚子，就在外面乱搞，又好赌，还打老婆。我表姐为这些事跟她弟闹过几次，姐弟俩还大打出手，弄得难堪得很，惹得村里人各种非议。

我那姨妈偏又是个好面子的厉害女人，为了这事，不让我表姐进娘家门，说她天生反骨。她一直就重男轻女，从小就不待见我表姐，老看她不顺眼，当着大家的面，也总是指着她鼻子骂骂咧咧的。我表姐第一次离婚的时候，我姨妈便扬言要跟她断绝母女关系，说她丢了娘家的脸。

车子行进在笔直的水泥路上。车窗外，草木葱郁，一片明媚。你的故事却像陈年的棉絮，带着一股腐朽的气味，向我层层压来。

我想起那个女人，你的母亲，我有点印象。你在我家犯病的那年，我母亲托了口信给你母亲，几天都没个回音。后来母亲又打电话催，才来了。那女人，细条的身材，精明的长相，只顾拉着我母亲的手家长里短地唠闲话，说起话来眉飞色舞，看上去，对女儿的病情毫不上心。走的时候，母女俩也是一前一后的。我母亲当时还说，没见过这样当娘的。

我无比唏嘘，谁能想到呢，当年从我家离开之后，那么阳光的你竟一脚踏进阴霾，走向这么晦涩的人生。

汽车停在一栋房子前。我们还是扑空了。一座未装修的两层半楼房，大门紧闭，还上了锁。

我姐去哪儿了呢？电话也联系不上。Z说。

走了，就前些天，一个人出门去了。一个邻居妇人走过来告诉我们。

怎么突然出门了？知道去哪儿了吗？Z问。

谁知道呢？走前也没跟任何人说起，怪得很。邻居妇人摇摇头。

返回的路上，日头淡了下来。车里一片沉寂，我和Z谁也没有说话，仿佛失了声。

邻居妇人后来的话，在我脑子里来来回回地缠绕，所有的信息交织在一起，结成一张让人窒息的网。

她那家子，是要败啰。你们还不知道吧，她弟弟前不久也离了婚，媳妇带着孩子回了河北的娘家。姐弟俩，离的离，散的散。那个当娘的，还跑来骂她，说她是扫把星，坏了门风，自己过不好日子，还拖了弟弟下水，把一家人都给拖累了。

你这个表姐，八成疯癫了。她走之前我去看过她一次，整个人呆呆的，来来回回跟我念叨着她那弟媳妇，说是自己连累了她。她一个人关在房间里，自说自话，哭哭笑笑的，村里人都说她中了邪了。

我感觉自己被推入一个幽深之境，四周昏暗，魅影重重，仿佛有重物击中我，一阵又一阵的钝痛，向我袭来——

中了邪了，多么熟悉而武断的说辞呀！我重新想起我们共同经历的往事。想起那年，那双为我挥舞的手，那风一般狂乱的呼喊。当年，我的姐姐，你的世界到底发生了什么？

5

也许，你猜着了吧。沉默了许久，Z突然又开了口。

我姐夫跟我说的，说她，生理有问题。我其实，很早就有过猜想，一直就觉得我表姐和我们不一样，从小就觉得，后来，越来越有这种感觉，她太不像一个正常女人。或者说，太不像一个女人了。

说实话，我还挺震惊的，真不知道，这么些年，她是怎么过来的……Z欲言又止。

我接不出任何话，只觉得车窗里气流不畅，让人发闷。我开了点窗。窗外，日色显得有些苍茫，一些景物涌过来，"哗"一下，又被抛在身后，叫人看不清面目，像倏忽而过的岁月。

我感觉自己需要捋一捋。所有关于你的事，全部聚拢过来，像一张张模糊的底片，渐渐有了一些轮廓、眉眼……

谁能想到呢？你晦涩的人生里还藏着另一个更晦涩的版本。一个人，更深重的痛苦，或许，并不是阳光底下的破碎，而是身陷一片黑暗里，无法走出的黑暗。

在那个环形闭塞的小村里，你一直活得像个异类。一个重男轻女的家，强势又刻薄的母亲，从小被嫌弃，被漠视。你在一片灰暗里成长，脚下的路一直跑偏——

有谁去窥探过你的内心呢？有谁试着去撕开表象，去走近与接纳，一个悖于世俗却真实滚烫的灵魂？

是从什么时候定性的呢？或许，你只是在母体中，染色体一不小心走偏了，一来到世上便披错了外衣。或许，是母亲的嫌弃，异性的排斥，是一次次扑面而来的伤害，是巨大的孤独中的自我寻求。那些看不见的推手，让你慢慢走向另一个你。

年少的我，突然闯入你的生活，成为你灰色背景里的一缕光亮，也成为你情感萌动时最初的安放与慰藉。

当我试图走进你的生命与情感，去还原真相，追溯来源，我心里弥漫着一种从未有过的悲伤与负疚。当年，那次莫名其妙的癫症，于你，分明是一次青春的地震，情感的海啸。是怎样的背负，才会让你在一份混沌未开的情感里被撕成碎片？那该是你生命里的初爱吧。那是一朵本该开在晨曦里的花苞呀，那么纯净、热烈，等待着被世界接纳与照耀，却只能独自在黑暗里走向凋零。而我却浑然未觉，从一朵夭折的花苞面前漠然走过，像一个事不关己的旁观者。

我从未走近过你们那个群体。但我知道你们一直都在，就在我们的身边，像我们一样，认真生活，渴望爱与阳光，却因为穿错了性别的外衣，而成为一个个夜行者，在又长又深的夜里挣扎，终生不见光亮。就像我年少时的那个夜。没有同行的人，没有星光，甚至没有尽头。独自在黑里摸索，自我怀疑，充满恐惧。脚底下，等待自己的，或许就是一个猝不及防的深渊。

姐姐，我感到更加悲伤的是，我猜想，不，不是猜想，我断定，你不仅看不见路，你连自己也看不清。你或许从来没看清过自己。你也根本不敢看清自己。你一个农村女子，只读过小学，你接受到的教育，身处的环境，狭隘的认知，让你的世界成为一个巨大的密封的牢不可破的铁桶。你被死死地困在那一团黑里，困在一团深重的迷雾里。

你只是在本能里抗争过。在第一段婚姻里，你突然意识到，你根本无法接受一个男人的身体。你别扭、排斥、逃避。你的身体会本能地僵硬起来，像一堵墙。体内总有个小人疯狂地跳出来，拦住你，制止你。一切都不对，你不喜欢，你不愿意，你不能。于是，你被家暴，成为丈夫口中的"石女"，成为有缺陷的人，成为弃妇。

你更成为家族之丑，那个从小就嫌弃你的母亲，扬言要跟你断绝母女关系。方圆四里的村子，是一个透明的容器，根本无从遁形。你怎么看不到呢？那些异样的眼光，猎奇的口水，从未远离过你。

你急于修正自己，急于回归光明有序的生活。一切都可以重新开始。像身边所有的女人一样，守着一个男人，为妻为母，生儿育女。这才是正确的，圆满的，稳妥的。这是必经之路，也似乎是唯一的路。

你再嫁。你用躯体为自己代言，为自己正名，你像每一个正常女人那样，成为妻子、母亲。你是想这样一直安稳地活下去的，你渴望这样的遮挡与安稳。只是，你不快乐，你从来都不快乐。你是活在躯体下的傀儡。

再婚之后，你一个人住到县城，以打工为名逃离家，逃离糟心的一切。那次，我们在超市相遇，你看到我，也同时看到了破碎而别扭的自己。你瞬间破了防线。你红了眼眶。你欲言又止。说些什么呢？你什么也说不出来。

6

一间温暖如春的屋子，坐着两个女人。

盆里的水滚烫，烟雾在升腾。你帮她脱袜子，捧起她的双脚。你用手去试水温，将水一点点浇在她的脚面上。水珠从她的脚背滑过，落在盆里，荡起一圈涟漪，倏忽间又不见了。水温适宜。水漫过她光洁的脚背。在温暖的水里，你的手，像一条酣畅而不安分的鱼。你轻轻地揉搓着她的脚，轻缓、细致，一遍又一遍。

姐，你真好。对面的女人说。你的手突然一阵战栗。你听到自己的心跳，热烈而慌乱，一种从未有过的灼热感包裹着自己，仿佛有巨浪在体内奔涌。

你多么想去抱一抱她呀！这眼前的女子，栀子花一般洁白而柔弱，带着一种致命的芬芳。可生活都给了她一些什么呢？这个苦命的女人！你看着她隆起的腹部，笨拙的体态，傻乎乎的笑，想象着她即将要遭受的罪——身体上的，情感上的，一切的。这个可怜又可亲的人儿，你无时无刻地想要去亲近她，想给她以呵护，以爱惜，以幸福。

如果可以，你甚至想替她受这份罪，替她挡了生命里所有的苦。这个念头多么强烈呀，简直像火一样焚烧着你。这是怎么了呢？难道是被鬼附了体吗？你深吸一口气，拼命地压制住自己。你一次次地压制自己。你想起身，去屋外吹一吹冷风，用凉水将自己浇透。你的心怦怦乱跳，仿佛要冲出胸膛。

这个外地嫁来的女子，进入你家族的亲人，是你生命中又一个电光石火的存在吧。这是个美好的女子，单纯贤惠，对生活充满了向往。最重要的是，她从未参与过你的过往。她走进了你的家，成为你的亲人。她尊重你，亲近你，依赖你。仿佛从沉睡中苏醒，你的胸膛蓄满了柔情，那是发自肺腑的欢喜与热爱。你弯下身躯，去给她洗脚，为她梳头，陪伴她，守护她，为她的痛而哭，为她的喜而笑。只要是她，只要她需要。

突然想起电影《自梳》的一个场景。大海茫茫，诀别在即。玉环站在那艘决定自己命运的轮船上，内心翻滚，双眼灼热，她在人海里苦苦寻求着那个身影，哪怕奔向安稳的前程，哪怕隔着浩瀚大海，只要意欢——那个她用生命珍惜的女子，看向她，需要她，她就可以毅然决然、不顾一切地往大海里跳，用尽一切力气，游向她，游向新生，游向幸福。

多好。你的躯体与灵魂都安全着陆。你重新活了过来。在亲情的幕布下，一切都能自圆其说。一切看上去都合情合理。那一份情感的归依，足以抵挡尘世所有的风霜，足以驱散命中的一切阴霾。

可是，你还是在漫长的生活里现了原形。你再次被丈夫拎出来，扒了衣服，推到大众与俗世面前，再也没了遮挡。

连那个给了你生命寄托的女子，也如昙花般，从你的生命中消逝。

你一个人坐在屋子里，像祥林嫂那样，反复念叨着永失的至爱。你陷入无尽的回忆与伤痛里。你在母亲的咒骂里自我捆绑。你怎么也想不明白，一切怎么就变成了这样？你不知道自己到底哪里做错了，又该怎么做？

我感觉又一次陷入一个黑洞里。

我像一个负罪而又无力的老人，一遍又一遍沉浸于我们仅有的回忆里。像是拿到了一个蹩脚的剧本，却不知道怎样去修正。我也不知道怎么去消化与安放，我一次次地问自己，我能做点什么呢？

我回答不了我自己。

像十八岁那年一样，你再一次黯然离去。孤独地走在一个光照不到的地方。

在那些光照不到的地方，还有无数个你。

你是一个被捆绑的夜行者。我写出你的故事，却倍感荒凉。

依呀

1

她一阵风似的进了厨房，一来便占据了我的主阵地。麻溜地系上围裙，撸起袖子，"腾"的一声点开灶火，大概嫌我碍手碍脚，直接将我从厨房支了出去。

我坐在客厅的沙发上，看着她。这个身高只有一米四七的妇人，似乎越发矮小了，站在灶台前，显得有点吃力，但这并不妨碍她麻利娴熟的动作。与她的动作形成反差的，是她的样子。

我好像是第一次这么认真地去看她——她的头发已花白稀疏，背也明显佝偻。巴掌大的脸愈发显得小，像是遇冷收缩了，两颊深陷进去，像一张皱巴巴的陈年的纸团。我突然记起我第一次见她的模样。那时候，她应该和我现在一般年纪吧，四十出头，一张饱满清秀如仕女图的小圆脸，虽然个头小，也丰腴窈窕，有着江南女子的娇美。一说话，却是快人快语的，眉眼生风，笑起来，露出一口碎玉般的白牙，英气明媚，颇有点王熙凤的韵致。我母亲也曾说，你那婆婆，年轻的时候是个美人呢。那个美人，是什么时候变成了眼前的样子了呢？经年的操劳，像把刻刀一样，蛮横，决绝。前些年，一场急性胰腺炎，像是在她的体内埋了一根吸管，将那曾经还算丰润的肌体一下子给抽干了。

可是，这个年老体衰的老妇人，在我的主阵地上，手拿锅铲，吭哧吭哧的，竟像个驰骋疆场手拿兵刃的将士。

我看着这个和我没有血缘关系，被我唤着"依呀"的女人，心想，她这劲头是从哪里来的呢？这个妇人，从中年到老年，每天围着儿辈们打转，像陀螺一样，操不完的心，做不完的活，仿佛没有累的时候，仿佛没有停下的时候。她是怎么做到的呢？

这是中秋。三个儿子坐在厅堂里，看电视，谈笑。孩子们围在一块下棋。公公坐在沙发上打盹。两个儿媳各自刷着手机。大家都在各自的世界里，休闲，享乐，只等她张罗出一桌皆大欢喜的家宴。

2

事隔二十多年，我还清楚地记得第一次见她的场景。那个淡淡的日光下疏离的侧影，那么遥远，虚幻，仿佛与我隔着江河。

那是城西一条老巷子的一栋老旧的楼体。同住一屋的还有房主老夫妻。天灰灰的，屋子不太透风，家具简陋，地面是褐黑色的，泛着一种陈年的油光。房东老夫妻坐在暗处的藤椅上，老爷子有些气喘的毛病，喉咙老呼哧呼哧响。整个屋子晦暗、局促，空气无比闷热。我茫茫地站着，不知所措。

二十岁的我，第一次踏进先生的家，确切地说，是他父母在那个城市的寄居之所。当我满心欢喜又惴惴不安地迎向我的爱情，我的准婆婆，一个小个子的秀气女人站在门前，淡淡地看了我一眼，说，来了，进屋坐。然后自顾拿了一篮空心菜，坐到门口择菜。

我第一次，偷偷打量着那个与我的未来有着紧密联系的女人。她坐在屋外，留给我一个坚硬的侧影，下午的日头打在她身上，像一团虚空的光影。明明近在咫尺，却让人觉得不可靠近。我很是不解与委屈，她凭什么对我这么冷淡，这个同样来自乡下的女人，过着这样并不光鲜的生活，可我竟然从她身上感受到了一种居高临下。我不知道她的优越感从何而来。先生走过来对我笑笑，我说，我想回去了。先生看看我，又看看他母亲，吃了饭再回吧，我送你。他说，眼里有讨好的意思。有人正好路过，跟他母亲打招呼，儿子回来了呀？她爽朗地笑，是呀，我大儿子，从部队回来探亲。她笑起来，居然有点好看，像阳光闪了一下。我很记得她当时的样子，神采飞扬的，志得意满的，好像她儿子是个多么了不得的人物，好像那屋里根本没有我的存在。

我后来才知道，这个场景之外的一些伏笔。在我到来之前，先生隆重地向他父母介绍了我。为了我的到来，婆婆还特意去美发店吹了个头发，并包好一辆出租车，打算一家子齐整整地去火车站接我。但先生却为此发了莫名的脾气，对婆婆叫嚷着，谁要你们去了！你们去我就不去了！丢完这句话，便甩给母亲一个倔强负气的背影，独自去了火车站。为了缓解我初次去他家的紧张不安，也为了多一点两个人独处的时间，先生带我去看了一场电影，一起吃了饭，在外面待了大半天才回了他家。

多年之后，我也做了母亲，有了儿子，我才慢慢理解，一个母亲当年的感受。对于一个突然心有所向崭露锋芒的儿子，对于一个从天而降的掠夺者，她内心的波动与抗拒。

但当年的我，怎么知道呢？我自然而然地在我与她之间划了一道屏障，还没有走近，我便清楚地看见了我们之间的隔阂与对立。我们是天然的敌人，我们永远无法心意相通。她怎能不居高临下呢？对于她来说，她的儿子，才是世上最好的。是稀有的珍宝。当着我的面，她也会和别人说，我的儿子，回到家我可是要看着的，不然，这四里八方的女孩们可都没了心思。

我和我的婆婆，像大多数人一样，在我们最初走近的时候，便彼此留下嫌隙，落入了婆媳关系的窠臼。

我还记得，我第二次到她家，她将一桶洗好的衣服递到我手上，说，帮我拿到阳台去晾下。先生跟过来，顺手接了衣服，要跟我一起去晾。婆婆在后面说，你回来！晾个衣服也要跟着去，成什么样子！我记得，那是一个寒风萧瑟的深秋，她的声音扫过来，又硬又冷，雨点一般，字字打在我心里。还有一次，婆婆端来一碗肉饼汤，我自以为是地上前去接，结果，她转身递给了她儿子。赶紧喝了，你看你，都上火了。她眼睛含笑地看着她的儿子说，语气温柔得都不像一个母亲。我站在旁边，手臂僵持，恨不得自己是个隐形人。

也许，这不过是我们最初相处的其中一两个片段。我们的记忆总是更容易被某种身份或偏见绑架。那些和煦的、轻松的，都飘过了。而某些尖锐的、灼痛的，却像钉子一样戳进了记忆深处。很多年，我深深记着这些细节，像是记着某种证据。

我以为，那些证据会成为我日后身为儿媳的行事准则。我甚至想过，有什么关系呢，你对我的好与不好。虽然我们爱着同一个男人，但我们完全可以过着井水不犯河水的生活。

3

我还是被爱情牵着，由一个外侵者变成了她的家人，开始随先生一起喊她"依呀"。依呀，是先生的村子对母亲独有的称呼。依呀，多么随意的一个象声词，就像喉咙发出的一声叹息。而且，它的发音，就像称呼一个普通的阿姨。我暗自庆幸，我从"姨呀"改口叫她"依呀"，几乎不需要什么情感过渡。

我每年跟着先生往返于那座城市，参与到一个全新的家庭，也由此窥探到婆婆一家的景漂生活。九十年代初，周边乡镇有不少人去景德镇谋生，流入一些瓷器行或菜市场，做点小本买卖。我公婆是较早一批进入河西市场的菜贩子。

记忆中，婆婆总是忙忙碌碌风风火火，除了早上帮着公公照看菜场的生意，她还一个人在巷口支起炉子卖过米饺与煎饼，做过糯米酒糟、手工棉鞋。每一样活儿，她都做得漂漂亮亮，仿佛有挥之不尽的能量。那个灰暗逼仄的出租屋，是她休养生息的避风港，也是她明亮蓬勃的生活场。她是那种，明明看上去像是陷在生活的泥潭里，却又能在泥潭里自由舞蹈的人。

我这么一个被动清高的人，一个远离生活的文艺青年，在她面前，愈发显出一种拘谨与木讷。但我不得不重新调整眼光与情感，去看待她。

我渐渐发现，我的婆婆不是一个寻常的女人，她天生有一种本领，或者说，有一种磁场，无论在怎样的环境都能自带光芒，并对周围辐射出强光与热度。

她一个乡下女人，在异乡租着房子，做着底层的买卖，可周边的景市人都跟她走得很近，都挺佩服她的样子。尽管，她在别人的嘴里，甚至没有自己的名字，只是因为生了三个儿子，而被人喊作"毛伢妈"。但我的婆婆"毛伢妈"是那整条巷子里极为重要的人物。那些城里婆娘们有个什么事，家里有谁头疼脑热的，或有什么棘手的活儿，都会说，去叫毛仍妈来。好像她来了，事情便都能解决了。我婆婆总是毫不犹疑地搁下手中的事，风风火火地凑过去，笑语盈盈地揽过来，从不嫌麻烦。这个不识字的小个子女人，似乎没有她做不来的活儿，会手工，懂中医，识大体，有主意。明明是捉襟见肘的穷人家，却常显出大户人家的大气——谁家里做个喜事，总是主动上前搭把手，人情礼金也从不含糊。家里做点什么稀罕的吃食，便要挨家送去邻里共享。做双样式特别的毛线拖鞋，总是朋朋友友人手一双。这样的人，谁不待见呢？

在丈夫与儿子们面前，婆婆的威望与地位更是毋庸置疑的。我的公公，是个无所求的人，慢性子好脾气，一生好享受，凡事不上心，只要能喝上小酒，天塌下来也无妨。婆婆恨铁不成钢，便只能将自己百炼成钢。一大家子的吃喝拉撒大事小情，都得婆婆来扛。在最难的时候，婆婆要帮公公操持菜场的生意，还要打理家务，做点私活儿，以及看护与管教几个儿子。婆婆家教甚严，在儿子的品行操守上容不得半点沙子。在那条巷子里，有不少乡下来的生意人，整日忙着生计，哪还顾得上孩子？那些半途进城的孩子，性子野惯了，又受不了生活的拘束，小小年纪便学会了抽烟喝酒泡舞厅，打架斗殴偷鸡摸狗更是家常便饭，对父母们来说，只要不进牢房便算烧高香。只有我婆婆的三个儿子是例外，一个个周正干净，规矩争气，每天准时回家，从不惹事。那些一到夜里便四处寻孩子的父母，互相聊起来，都说，什么都不羡慕，就羡慕毛仂妈生了三个好崽。

我公婆在那座城市做了十来年的寄居客，为了拉扯三个儿子，将自己湮没在菜市场与出租屋的辛劳里，每天凌晨三四点起来，摸着黑回家，耗尽了日子与精力。尽管如此，婆婆并没有置下任何家业。在公公嘴里，我婆婆是个大手大脚的女人，她把全部所得都用在了儿子们的成长以及生活的周旋里。在那十年间，他们先后搬了三次家。他们刚到景市的落脚地，据先生说是一间没有窗户的小黑屋。我和先生结婚时，原先住二楼的夫妇搬了新居，他们便搬到了二楼，用从前三倍的价钱租下整整一层。婆婆将一间朝南并带阳台与卫生间的房做了我们的婚房。

我的婚礼办得热闹而风光，宾客满朋，彩车酒店，像那个城市里所有的嫁娶一样，无论是礼节程序，还是排场菜品，婆婆都做到了一个寄居客的极致。婆婆用她一贯的做派，维护了我们共有的自尊与体面。

我在一间美丽整洁的租房里，成了她的长媳。我们像很多婆媳一样，给予了彼此应有的尊重与接纳。但我们依然是两条不同的河流，我并不以为，无论是生活还是情感，我们之间会有多少交集。

4

我行进在自己的人生轨道中，在县城安置了自己的小家，上班，生子，与婆婆保持着距离恰当的年节往来。直到那一年，先生到外地做生意，我无法照顾上幼儿园的儿子，婆婆便把生意丢给了公公一人，从那个城市搬来了我家，正式进入我的生活。和婆婆一起住进我家的，还有妯娌家的两个孩子。

这并不是我的意愿。可当她为了我义无反顾地奔赴，当她用祖母的眼神深深地凝视着我的孩子，我才知道，有些爱，会化解一切偏见，抵消所有隔阂。我们之间的联系，情感，纠葛，远比我想象的要复杂得多，深远得多。

起初，还是有些僵硬的。我们保持着微妙的间距，像两个目标一致的合作伙伴，分工明确，各司其职。我每天上班，下班后陪孩子们，婆婆包揽做饭与家务。我们客客气气地，维持着平静友好的同盟关系。

具体是什么时候变的呢？生活的细节，流水一般，汹涌，绵长，击溃与洞穿一切。

日子是一面镜子，让我们重新相认。我的婆婆，这个自带光芒的女人，开始将她的光悉数照耀在我这个家，以及我身上。

我这个人，外冷内热的性子，情感总是包裹起来，从不轻易外溢。看上去，对人事总有几分散漫，总有点端着。

这是基因决定的，我母亲也如此。我和母亲很亲，但看上去又没有那么亲，因为我们是同一类人，我们天生缺少一种外在的热度。但我的婆婆却是一个热度超标的人，我常常在她阳光直射般的热度里，内心如沸水暗自翻滚。

有一次，我身体不舒服，浑身乏力发冷。婆婆说我是寒"闭"了，要帮我"钳"一下。你别不信，很灵的，试一下，保管好，婆婆说。我将信将疑，却也不好拒绝。那是一套中医手法，类似于刮痧。婆婆将我头靠在她的胸前，用她砂纸般的手掌，从我的头皮、眉心、耳根，一点点地推拿，再到腋下、手肘、手指，一直到腿肚子、脚指头，手法老到地依次捏掐。当她的手刚接触到我的皮肤，既陌生又生猛，火辣辣地痛，又有些痒。我其实极不习惯那样亲密的肢体接触，哪怕和自己的母亲，也未有过。我自然地躲避着，扭动着身子。婆婆便笑了，痛吧，不用力没效果，忍一下就好了。她半蹲着，像个小矮人一样，一丝不苟地走完一整套程序。感觉怎么样，松一点没有？婆婆直起腰，问我。确实好多了，出了一身汗，我说。出汗就对了，赶紧睡一觉，睡一觉就好了。婆婆说完便去铺床。我像个听话的小孩，躺在婆婆铺好的被子里。被子是婆婆刚晒过的，带着阳光的味道，一种柔软而绵密的温暖包裹着我，我默默躺着，竟然涌出了泪。

我每一次的生理期，婆婆都能率先感知，是因为我的脸色。她总是一惊一乍的，你这白面白唇的，身体这么虚，可怎么好？于是，我体内会被迫装下许多我本能抗拒的东西，比如浓度非常高的红糖水，米酒冲鸡蛋，乌鸡炖党参等。自那次被"钳"过之后，我每一次头疼脑热，都要在用药之前被迫受一次"刑"。我后来竟有些成瘾了。

我渐渐习惯与依赖了有个人每天在我身边转悠，洗洗晒晒，唠唠叨叨，看着她瘦小的身板在灶前忙碌，就像幼年时看见外婆的身影，无比踏实安心。那是一段特别松弛安稳的岁月。我仿佛又从一个扛着生活的大人变回了有所依靠的孩子。每天下班回家，我的脚步都从容轻快，甚至会不由得哼起歌。那两个和我儿子一般大的孩子，从上幼儿园起，就一直被婆婆带在身边和我一起生活。我们伴着三个孩子，共同生活了五六年。

那时候，和邻居聊天，总能听到一些褒奖，都是转述婆婆对我的赞誉。你婆婆，总说你人好心善，好说话，又孝顺，待孩子也好。还有什么比别人在背后说你好话更令人感动与受用呢？

我们像两颗核桃，在生活的敲打下，剥落了坚硬粗粝的防御，互相坦露出内在的香醇。

5

生活是一口井，幽深，迂回。每个人都深陷其中。有多少人终其一生，都在井壁上匍匐前行，寻找着光亮与出口。

你很难想象，一个对周遭人都热情和善毫无脾气的人，在对着另一个人的时候，会是完全不同的面目。我的公婆，是一对很典型的夫妻，他们的相处方式在我看来像个谜。山道一般，充满了险境与反转，眼看着就要大打出手分道扬镳了，然而，下一秒，他们又同进同出，像是啥事也没发生。

我公公是个高中生，在那个年代勉强算个知识分子，说起话来，总是起调很高。我就说嘛，古话讲……公公常这样起着头，婆婆便冷冷地呛上一句，人屃嘴能。有时候，一家人，聊着什么，很轻松融洽的氛围，公公掺和进来，发表几句看法，婆婆突然就恶言冷语，毫不犹豫地反驳过去，仿佛这个人，是个彻头彻尾的"阶级敌人"。如果公公再辩驳几句，那便是炸了马蜂窝，马上会迎来婆婆劈头盖脸穷追不舍的攻击。大多数时候，公公都是笑笑，识趣地，卑微地，息事宁人地过去了。

有一次，公公来我家，一家人高高兴兴地吃着饭，好好地，气氛一下子僵了。是什么话题我不记得了，我只记得，婆婆怒目而起，顺手抄起旁边的一把扫帚，向公公扔了过去。我从来没见过婆婆那个样子，像受了天大的刺激。那是在饭桌上，我和儿子都在，并没有什么特别的起因，婆婆的反应把我吓坏了。公公起身，站起来，满脸窘愤，但也只是窘愤罢了，他嗫嚅地说，不可理喻，不跟你个浑婆娘计较罢了。这是他常说的话，不跟你计较罢了。有时候，气不过，也只是加一句，"好男不跟女斗，好男不跟女斗"，仿佛阿Q附体。

但公公对于婆婆，却常是称赞的。他喝着小酒，咂着嘴，红光满面，带着几分醉态，跟我们叨叨着，你依呀，这菜做得就是好，你依呀这手艺，真没话说，你依呀，就是能干。婆婆在一旁回他，吃都堵不上你的嘴！语气狠狠的，很不屑的样子，脸上却舒缓下来。在我们家，这是很稀松平常的画面。我的公婆，以一种绝对失衡的关系维持着属于他们之间的平衡。

我后来才知道了一些背后的事。年轻的时候，公公是个浪子，长得俊，好酒，多情，犯了糊涂，在村子里惹下了事。当年，他们去另一个城市打拼，除了谋生，亦是为了躲避一些纠纷与口水。我婆婆这种女人，怎么容得下呢？曾经，也是恨不得将眼前这个男人撕个粉碎，但为了三个儿子，只能将自己撕碎，从自己的尊严上踏了过去。只是，婆婆从此落下了病根。这个男人，成了长在婆婆身上的一个鸡眼，时不时隐隐作痛，被她嫌弃与挤对，却又血肉相融，无法剥离。

我和婆婆相处的那几年，公公常常往来两地之间，每一次来，他们总是起一些莫名的口角。在公公面前，婆婆从来都占着绝对的上风，指手画脚，像个不容侵犯的斗士。我后来才隐隐知道，这其中的缘由，大抵，也和我有关。婆媳之间，再和睦的相处，都有无法逾越的代沟，以及难以妥协的个性，在私密的空间与琐碎的生活里，那些细微的龃龉，像粉尘一般无法遁迹。只不过，婆婆顾了大局，将生活里的种种辛劳，不满，委屈，都一股脑地窝在心里，而公公，总是恰到好处地，毫无怨言地，收受了她的一切。

我的婆婆，也不过是一个普通的女人。这坎坷的辛劳的一生，这从来无法做主的命运，洪流一般裹挟着她，让她喘不过气来。她只有将她对生活的怨恨，将那些不为人知的情绪的暗流，找一个通道与出口。她何其不幸，遇到了公公，这个将她一生陷入泥潭的男人。她又何其幸运，遇到了公公，这个看上去与世无争的无用的男人，却也像河水一样，用无言的隐忍与流动，陪伴与包容她，舒缓与稀释了她生活的苦与痛。

她总是骂骂咧咧地对着公公一通斥责，然后，转过身，春风一般，照拂着周围的人。

6

我有时候会有一种错觉，二十年前的婆婆跟现在的婆婆不是同一个人。

真的。我几乎从她身上看不见了从前的影子。全然没有了女性的特征，那种柔软的，富态的，全然没有。脸上的肉像是被什么蛀虫吃掉了。我从未见过像她那样粗糙苍老的手，皮骨相连，筋络突起，像爬满了密集可怖的蚯蚓。有一次，她当着我的面换衣服，我不小心看了她一眼，我多么不忍心去细看，我简直无法相信，一个女人的身体，一个六十岁的女人的身体，会老成那样。二十年前，她还那么挺拔，饱满，有丰腴的曲线，怎么就变成那样，像被放空了气，全然耷拉着，漠然地，垂挂在那里。身体干瘦，肚子却蓬松着，皱皱巴巴，像糊了一圈醒坏了的荞麦面坨。那是一个被岁月使劲蹂躏过的母亲的身体。她是我曾经美丽丰润的婆婆。

岁月无情起来，谁能奈何呢？我是一路看着她变老的，何至于这么分明，这么残忍？对于自己的变老，婆婆大概并不自知吧。于她，皮囊早已是生活之外的东西，身体才是唯一要紧的。

婆婆面貌的巨变，来自一场突如其来的急病。也是因为那场病，结束了我和婆婆共有的安稳生活。

那是我第一次看见一个人痛成那个模样。婆婆跪在地上，整个人弓着身体蜷缩成一团，一声声地叫唤着，痛啊，痛死我了。那是元宵节的第二天，正月十六。所幸，先生休假在家，我们慌慌张张地将婆婆送到医院。印象中，那是婆婆第一次大动干戈地生病。她身体一向很好，能吃能睡能干活，我几乎从未见过她病恹恹的样子。

婆婆的病来势汹汹，一到医院便被送往急诊。医生给出的病症是急性胰腺炎，不是绝症，但危及生命。婆婆怎么就突然得了这个病呢？我通过查询相关资料才了解到胰腺炎的发作通常与饮食习惯有很大的关系。婆婆饭量一向很大，因为劳作需要能量，长年累月频繁不息的劳作，养大了她的胃，也形成了她自己的饮食哲学，要能吃，能吃才能做。婆婆认为肠胃是可以吃大的，吃进去了都对身体好。她还通过观察得出一套理论，跟她一起做蔬菜生意的都形体消瘦面色不好，而卖猪肉的屠户们却一个个身强体壮红光满面。因此，得多吃肉，荤比素对身体好。她秉持着这样的"饮食哲学"，深信不疑，并一以贯之。直到她的身体猛地对她亮出红灯。

婆婆躺在病床上，像一尊泄了气的模具，一根塑料管子从她的鼻腔粗暴地闯入她的体内。她需要插胃治疗，并禁食一周。儿子媳妇都围着她，慌手慌脚，忙东忙西。只有她静躺着，茫茫地看着大家。她显然极不适应。从来，都是她去为别人操心操劳，从来都是她走在前面，把控一切。她怎么也没料到，她一下子武功尽失，竟要别人来侍候了。

那一个多星期，三家轮流陪护婆婆。儿子们多是跑跑腿，媳妇们才是陪护的主角。多么微妙啊，明明是自己生的亲儿子，肚子里掉下来的肉，可有一天，当她真正需要他们的时候，他们却只能回避。儿大避母。换尿袋子，擦身子，换衣服，这样近身细致的活儿，只得媳妇来做的。

对于婆媳来说，那都应该是一种别样体验吧。我记得，我第一次，去帮她擦身子，她的心理活动直接反射到身体上，她的身体是紧绷着的。她背对着我，身体弓成一只僵持的虾。我竟然没有想象中那么不自然，当我准备去面对一个陌生的身体的时候，我发现在情感上，我早已接纳了她。我擦得认真而细致，耐心且温柔，就像她帮我"钳"病一样，从头到脚，一丝不苟。

我不知道，婆婆躺在那里，由着三个媳妇轮流侍候的时候，心里是否感到欣慰，或许也有心酸。一个大家庭的运转，就像一条河流的流淌。媳妇与婆婆的关系，就像支流与干流，像井水与河水，是相撞与相融，是个体到渗入。这三个媳妇，不同的出身与性情，一个个地介入她的生活，融入她的生命，婆媳之间的相处像错综复杂的棋盘，这其中的布局与对弈，费了多少心思，受了多少委屈，个中滋味怕是只有婆婆自己知道吧。

一周后，婆婆出院，但那只是一个起端。在接下来的一个月里，婆婆屡次复发，三进医院。几次三番的折腾，接连的插管与禁食，一下子将婆婆的肌体给摧垮了，她的身体极速衰弱。一场病，仿佛十年的风霜，有着摧枯拉朽的神力。从那之后，婆婆变成了一个瘦弱的老人，开始护着自己的胃，小心翼翼地，连盛个饭也左右为难，常常吃到半途就把碗放下了，生怕自己一不小心又变成了那个躺在床上任人侍候的一具无用的躯体。

7

那次病之后，儿子们主张婆婆回老家静养。先生左右思量，放弃了外面的生意，回乡建起了养猪场。所谓，父母在，不远游。母亲的病，着实是把他惊到了。那几年，公婆都回了老家，顺便在猪场帮忙做点杂活。老两口还在厂子边上另辟了一大片自己的"领土"，养了鸡鸭，种了菜园，日子过得充实而安乐。

去年猪场关闭，儿子们又都回了城。老二夫妻在县城开起了烧烤夜宵店，生活昼夜颠倒，婆婆便再次进城，住进了他们在县城的陪读房，照顾两人读初中的孙儿。

大家都埋头忙着自己的生活，渐渐地，又习惯了。仿佛忘记了她的病，也忽略了她的老。

一辆半新的三轮车，像一只不知疲惫的骆驼，每天驮着两个风雨兼程的老人，往返于县城与老家之间。从县城到老家，骑三轮车来回近两个小时。老两口每天早上五点起来，买菜、洗衣服、做早饭，送完两个孩子上学，便往老家赶。在老家打理打理菜园，捡几个鸡蛋鸭蛋，给鸡狗们放个风、备好食，十一点之前赶回县城，准备孩子们的午饭。对于老两口这样每天来回奔波，子女们费过不少口舌，担心他们太辛劳也不安全。可婆婆执拗得很，说乡下亮堂空气好，每天不走动一下身子都不利索。谁不知道呢，她就是舍不得乡下那点东西。

虽住老二家，婆婆也总记挂着我们。都是自己的孩子，一碗水要端平，个个都得顾上。早上去买菜，她不时也会给我们捎点时鲜。做了点好菜，哪怕走上十多分钟的路，也要趁着热乎给我们送来一碗。我理所当然地享受着婆婆的关照，却难得腾出时间和精力顾上她了。偶尔想着得抽时间去看看她，转身又忙得搁置了。仿佛这并不是什么要紧的事。

好在，婆婆又渐渐适应了城里的生活。先生给她买了智能手机，她还用上了微信。因为不识字，婆婆全是语音留言，家人群里数她最活跃，叮咛这个，嘱咐那个，声音却不似从前那么爽利响亮了。每天吃过晚饭，她还和一帮老姐妹们跳跳广场舞。自跳上广场舞之后，她的身体像是恢复了不少，便愈跳愈有了劲头。

中秋那天晚上，月亮又圆又大。一个人在小区散步，小区广场上音乐喧哗，一拨妇人们正跳着广场舞，旋律欢快而喜乐，打头的一个女人，看上去也有六十了吧，脸盘富态，腰身绵软，笑得跟朵牡丹花似的。我突然想去看看婆婆。

走过一条街，拐个弯，便到了婆婆住的小区门口。路灯下，一群阿姨们跳得正欢。我站在对面，一眼便看到婆婆。

她站在一个很不起眼的位置，佝着背，双手随着音乐划动，不太协调的样子，脚步也有些畏缩与迟钝。一件深红的花布裙子穿在身上，空荡荡的。橘色的光影下，她舞得专注又小心，像一个卖力的孩子，又像一只老迈的燕子。

我的心突然像被什么揪了起来，我远远地喊了声，依呀——。一阵秋风吹来，一下子把我的声音吹散了。

暮色明亮

1

　　闹钟再次响起时，我睡得正酣，像一条鱼畅游在水里。仿佛水闸轰然巨响，水突然被抽掉，"啪"的一声，鱼摔落湖底。我无比懊恼，摸到手机将闹钟摁掉，试图再寻找那片水域，却再也进不去了。不知从哪天起，每天早晨短暂的回笼觉，成了我每日赖以活命的水源。但水源紧缺，脑子依然一片混沌。

　　起身，去阳台待上一会。这十个平方米的空间，是我私有的旷野，在每个晨昏接纳与安顿我沉重的肉身。为了让阳台更接近旷野气质，我热情又盲目地养了一些植物，山茶，茉莉，蓝雪，月季，木槿。我越来越愿意跟它们待在一起，关注它们的每一枝新芽每一朵蓓蕾，流连于它们的颜色与气味，并因此获得某种寄托与安宁。除了植物，这个开放式阳台最治愈的是风景。正是春分时节，从八楼的阳台望去，这个赣鄱小城春意流淌，汁水充沛。小区里涌动着各种绿，层层叠叠，萦萦绕绕。绿的尽头，是一片湖，蓝色丝绸一般。再远处的乡野，色彩更是丰富，油菜花、杜鹃及桃花们，开得寂静而热烈。

可这样的清晨与春色又一次被我辜负了。我的身体仍被困在漫长幽暗的夜里，深深的疲倦感裹挟着我。我站在阳台上，不断地深呼吸，恨不得将身体打开一个大大的口子，像翻一件衣服一样将它从里往外翻个面，将那些暗处的霉菌或毒素全部抖落出来，在太阳下里暴晒。我伸展了一下发沉的身子，奶黄色的阳光像电棍一样击中了我，眼前猛地一黑，脚步也跟着跟跄了一下。最近我常有这种感觉，头晕目眩，重心不稳，需要几次深呼吸才能慢慢调过来。好在这是清晨，我情绪平和，目光呈平视或仰视状态，接收到的全是自然的美意。但到了傍晚，我的目光容易受到光线与情绪的指引，更趋于俯视。我常常盯着一楼的某块草地或某辆汽车，眼神涣散，自行脑补着一具身体向下坠落后与它们发生紧密接触的各种形态。我不知道我脑子里为什么会出现这种画面，也许来自网络或生活中一些负面事件的捆绑或暗示？我断定我没有抑郁，脑补画面与实际行动绝不可能产生任何联系，但我还是心有余悸，不止一次想过要不要给阳台的栏杆加高加固。

这是周末，儿子上课去了，我决定让自己喘口气，出去走走。出门，下电梯。出电梯前，我突然不确定自己刚刚有没有关家门。我按住电梯回想了一下，没有任何记忆。进电梯之前的过程全部断片。我只得复按了八楼，果然，门大开着。我暗自嘘口气。这不是第一次了。

沿着东湖的跑道，漫无目的地走。连续下了几天雨，东湖胖了些，像女人明丽丰润的脸。春风里带着腥甜，是草木与湖水的味道。湖边行人寥寥，花草却是繁盛，很喜庆的样子。而我，蓬头垢面，一身灰暗，像个乱入者。我发现，我搬来这东湖边近一年，却从没有这样认真地走近过它。我只是每天下班开车经过它，像一个旁观者。隔着车窗，常看到不少人，有一家三口，有年轻情侣，也有不少老头老太太，大家在湖边赏花遛狗，放风筝，拍视频，跳广场舞。那种闲适、喜乐，与身后波光闪闪的湖水，互相衬托，实在是一派人间好景。我与他们隔着窗玻璃，像两个世界。

　　橡胶跑道与鹅卵石小道在脚下交织，仿佛不同的人生，等待着我做出选择。但真正属于我的选择越来越少了。在这个人到中年的一个平常的春天，我有点茫然，也有些伤感，我不知道我要走向哪里。我第一次看清了我面前的路，那是一段人生的下坡路。生活已然对我长出了獠牙，露出张牙舞爪的面目。是的，没人知道，每天，我的心里都会无端长出一只手，撕扯着我，抓挠着我，让我无法平静。

　　是从哪一天起呢？我陷入了一种莫名的焦灼里，心里像装了一台加速指令器。心跳加快，脚步匆促，做什么事总是急吼吼的。就连刷个牙，也着急，手像是被什么东西拽着似的。我的大脑老停不下来，没日没夜地转，像一台上了发条的庞杂机器。我还出现了心悸，一听到什么声响，心就咯噔一下，迅速提起，坠落，慌得人不行。我又开始失眠，已经连续一个月没睡好觉。我的身体也出现了一系列反应，背部像装了一块铁板，肩胛骨里像插了一把刀片。我感觉我身体的每个部位都在相互掣肘，像一组失衡的积木，随时面临着全盘崩塌。

2

我觉得这一切，跟儿子脱不了干系。从十五年前开始，我便全情投入母亲这个角色，但我发现，这渐渐成为我一厢情愿的独角戏。我们之间的相处与沟通变得越来越困难。仿佛是要与我的着急形成坚定对抗，儿子变得特别磨蹭，他经常呈游离状态，磨磨唧唧，拖拖拉拉，像一只精神萎靡的树獭。

昨晚，为了儿子的作息问题，我又一次发了火。儿子初三，马上面临中考。初三以来，他每天早上六点起，晚上十二点睡，将近十八个小时被绑死在桌椅与书本前。我看着他那张开始长青春痘与胡须的脸，慢慢变得毫无表情与生气，便觉得一切都黯淡了。疫情这几年，丈夫先后关了三家店铺，待在县城似乎没有出路了，年初他狠下心决定重新创业，跟朋友去了外省捣鼓电商。丈夫走后，我才意识到，在儿子要面临中考且进入青春期的重要阶段，我成了一家之主，与他相依为命。我一想到这个，就感觉身体紧绷起来，仿佛面临大考的是我。

我必须复述一下昨晚的情景，这其实是我们现阶段的常态。这是月考的前一晚，没有作业，他草草吃过饭，便钻进了房间，说要看一会儿动漫。我觉得放松一下也好，便嘱咐他看着点时间，早些休息。儿子的头埋在平板里，嘴里"嗯"一声算是答应了。我转头去忙自己的事，收拾完厨房，拖了地，便觉全身酸软，哈欠开始一个接一个地来。我最近每晚不到九点就犯困，确切地说，是整天都犯困，仿佛瞌睡长在了身上。洗漱完，我抱了本书，上了床。没翻两页，眼皮直打架。看了下时间，十点半，便对着儿子房间喊，儿子，该洗漱睡觉了。儿子回了我一句，马上。我知道他的这句"马上"，就像机器设定的一种回复模式，没有任何实质性意义。但我还是闭了嘴，强打精神，接着翻书。十分钟过去了，我开始着急。十一点，儿子还没出房门。我再也按捺不住，敲门进去，怎么还没好？儿子在桌上东翻西找，淡淡地说，有张试卷找不到。我说，明天都考试了，现在找什么试卷？什么试卷那么要紧？儿子说，是要复习的试卷，说了你也不知道。我的语气开始急促，能不能不找了？都这么晚了，你明天还考试呢。儿子说，可那张试卷很重要。你别总催我，我整理好了自己会去。我用意念封住了嘴，退出房门，看了下客厅的钟，十一点十分。我的心开始扑扑乱跳，那只手又在胸口横冲直撞死命地挠我。

客厅漆黑一片，我穿着白色的睡袍，一个人来回走着，像个幽灵。我一次又一次地看钟，恨不得用眼睛将里面的指针定住。十一点三十，儿子终于出了房门，慢吞吞地走进卫生间。我虚弱地靠在餐桌前，看着儿子站在洗手台前拉锯一般抽着牙刷，几乎一秒才抽动一次，像按了慢镜头。我深吸一口气，强按住心里的那只手，低头给自己念经。我突然被一阵声音惊到了，是一种器具划过玻璃的声音，刺拉一下，再刺拉一下，像哪里划开了一道口子，要流出汩汩的血来。我抬起头，看见儿子将牙刷咬在嘴里，正在用我的眉钳一下一下地划着卫生间的长虹玻璃门。我感觉体内的血液奔涌出来，直冲我的大脑。我再也控制不住，咆哮起来，你在干什么！你有完没完！我被自己的声音吓了一跳，那是一种比金属摩擦更具有刺破感的声音。你干吗又发那么大的火！儿子朝我嚷，我做错什么了？我死死忍着一巴掌朝他挥过去的冲动，对着他喊，你到底还要磨多久？你干脆不要睡了！你什么都没做错，是我错了！我错了！！我一边吼叫，一边冲向自己的房间，用尽所有力气，将房门狠狠关上。

　　我知道，又是一个支离破碎的夜。我睁眼躺在床上，感觉心在绞痛，睡意再也找不回了。几乎每一天，我都成功以发火作为一天的收尾。然后，瘫在床上，在无边的懊悔中与漫长的黑夜做斗争。第二天，仿佛排戏一般，再重演一遍，像被困在了一个魔咒里。我在床上耗了近两个小时，感觉自己像一条沙漠里的鱼。我起身，给自己倒了一杯水，走到阳台，坐在一片空旷的死寂里。不知过了多久，夜渐渐淡去，我决定解救自己，在床头柜里取了一粒安定。

早上六点，闹钟准时唱起了歌。我挣扎着起来，拖着沉重的肉身，喊儿子起床。半天没动静，我推门进去，儿子正慢吞吞地穿裤子，见我进来，半睁的眼睛立马喷射出怒火，你干吗？出去！我慌忙关上门。儿子长大了。我有些心酸。从我肚子里掉出来的小肉团呢，才多大呀，就这么快将我往外推。至于吗！

儿子洗漱时，我凑近去，想跟儿子说几句软话。毕竟，昨晚是我发了火。我试探地问，睡得还好吗？儿子边刷牙边"嗯"了一声。我不知道再说什么，对着镜子拔起了白发，自言自语着，最近睡眠不好，感觉老了不少，新长了好多白头发。儿子瞟我一眼，你长白头发算什么，我们班同学都有长白头发的。我一下子被堵住了。我稳了稳情绪，忍不住又说了一句，儿子，咱们能不能和谐一点，妈妈，最近有点着急，脾气也有点……

又不是我的问题！儿子再次拿话堵我。

3

是的，我知道，是我的问题。

《论语》说，四十而不惑，五十而知天命。那么，夹在中间的四十五岁该怎么定义呢？毫无预设，毫无准备，我迎来了我的四十五岁。当事业晋升、学习深造，都在这个年龄上设了限之后，我才猛然意识到，四十五岁这个年龄，是我人生路上的一个分水岭。

事业晋升与学习深造当然要紧，但当活着这件事都开始变得艰难时，它们便也没那么要紧了。

对于四十五岁的警觉，似乎是从儿子的一次质问开始的。他郑重其事地跟我说，妈妈，你怎么就那么容易着急，那么容易发火？你知道吗？你跟以前不一样了。

我不一样了吗？难道不是被他逐渐外露的个性与叛逆给逼的？我努力回忆与反思，我身为人母的那份耐心与风度，是什么时候变得如此稀薄，简直是一击即溃。我的身体里像是被埋下了一根雷管，只要遇着一点火星，它们就要冲破我的身体轰然炸响。只是对儿子吗？对爱人更是如此，不耐烦的神情，干燥尖刻的言语，像霉菌一般，自动从身体里滋生出来，肆意蔓延。那份女性的柔软与温润，像胶原蛋白一样流失着，我根本抓不住它们。仿佛一条河流慢慢变干变瘦，一些深处的砂砾赫然显现，藏也藏不住了。

情绪脾气的变化，精神状态的变化，身体的变化，统统指向我的四十五岁。好像一副充满玄机又描述精准的卦象，只等着我对号入座，一一认领。我逃无可逃，只得惶惶地跟着它，走进了一片暮色。

我记得那天，阴雨。我一个人坐在阳台上，看着外面发呆。我的眼睛是灰调的滤镜，一切都是灰蒙蒙的，毫无生机。我什么也不想做，做什么也打不起精神。心脏像是被雨水浸满，淤泥一般，堵塞着我的胸口。我打开百度，第一次，输下一个灵魂问句：四十五岁对女人意味着什么？

手机像打开了一个密室，我被引入一条暗道里，一些面目灰暗的事物潮水般向我涌来。无论是医学认定，还是现实案例，都是有据可依的，消极的，不可逆的。在一些短视频里，各类医学专家权威发声，女人到了四十五岁后，由于卵巢功能的减退，身体与状态会出现一系列变化，开始向生命的衰老期及高危期迈进。他们一个个相貌敦厚，言语舒缓，长着上帝仁爱的模样，却散布着千篇一律的咒语。仿佛四十五岁，就是女性生命里的一个坎。

在我以往的人生经验里，"岁月"一直是个温柔的词语。单一的经历，平顺的生活，加上天生的文艺与感性，让我的心理年龄一直有美颜滤镜加持。虽有体制工作的羁绊，以及身为长姐的框束，平常主打一个端正自持的知性人设，但在某些情境与场合，我便会暴露我本质的天真与率性。哪怕人到中年，哪怕陷入生活的樊笼，我依然是那个拥有纤敏的神经末梢，努力与地面及世故保持一定距离，容易热泪盈眶，容易头脑发热，容易相信与热爱的人。会和路边的一只流浪猫一见如故，会穿着高跟鞋跳起来摘一片树叶，会和月亮清谈，用文字做梦。骨子里的热望从未冷却，心里的爱依然饱满，岁月并没有掠夺或腐蚀我内心那些丰盈或昂扬的部分。

除了超长待机的文艺与感性，另外两个特质也一直与我不离不弃，爱美，以及虚荣。对美的执念，无疑是一种正向能量，会充分调动与激发身体的荷尔蒙与多巴胺。荷尔蒙与多巴胺是比营养品化妆品还管用的冻龄剂。就像花的肥料，不但能让花开得更艳还能延长花期。虚荣当然不是好词，我羞于承认却不得不承认，它从娘胎开始便深入我的骨血，虽然随着年龄渐长，它外在的壳有所收敛与修正，但核始终都在。好在虚荣也并不是一无是处。尤其当它向内的时候，它可以生成某种推力，让人保持敏感与上扬。无数个时刻，我在感性与虚荣里自我感动，并确信我正年轻着。

蒙上天眷顾，我的外表似乎也与之同步。都说相由心生，但实际上，决定"相"的是基因。基因无从选择，全凭运气。我由衷地感谢我的父母，不但给了我一身平均线之上的皮囊，还慷慨地赠与我轻盈的体态及优质的皮肤与笑容。它们绝对是抵抗岁月的强大武器。因为它们，我轻松愉悦地走过了我的三十岁，三十五岁，以及四十岁。

但我的四十五岁悄无声息地来了。它是岁月的卧底，披着一身暮色的袍子，对我露出狡黠而狰狞的面目。

我挣扎着，却还是被它一把拽住了。

4

在一次例假突然中断之后，一个名词像一条毒蛇一般缠住了我。

王小波在《黄金时代》中说，更年期的女性在中国是一种"自然灾害"。当"更年期"这个名词第一次在我脑子里闪现时，我被惊吓到了，像是见着了什么不洁或不祥的东西。这是个多么令人绝望的名词！它代表着衰老，枯萎，甚至是扭曲，变形。年少时，那种刻板、凌厉、暴躁的更年期教导主任形象，是除了巫婆之外，在我心里最为厌恶与抗拒的女性形象。多么可怕呀，我怎么可以和它沾上关系呢？尽管我掉头就走，自动屏蔽，这个名词依然以各种形态朝我走来，执意要在我的生活里扎下根来。一次缺席的例假，便是它给我的当头一棒。

从月经初潮起，除了怀孕与人为干扰，它每月的到访，时长、经量，都显出一种特别稳定与规律的状态。在三十年的相处中，我充分信任以及习惯了它。它其实给女性生活带来很多不便与尴尬，痛经，气味，甚至突然而至的阴郁情绪，都是它的随从。但它是女性的一部分，它融入女性的生命，成为某种象征与隐喻。在古希腊月亮神话中，有人将月经与月亮联系起来，认为女性的生理周期与月亮周期时长相同，甚至将经血比作神圣的生命源泉。我没有经血崇拜，我当然不喜欢它，也说不上讨厌，它与女性身体的紧密性，让我对它失去了情感与态度，只是理所当然地接受着它的存在。但从它一次毫无预兆的缺席开始，我改变了对它的态度。

我惴惴不安地等着它的到来。我暗自祈祷，它只是偶尔的一次顽皮或懈怠而已。从来没有过这样的体验，我频繁地跑厕所，不是排泄需要，而是像渴盼一场烟火一样渴盼一抹鲜红的悄然绽放。然而，十天过去了，二十天过去了，它依然不见踪迹。

如果说失眠、易怒、情绪低落等症状带着几分扑朔迷离似是而非的意味，月经的终结则是更年期盖棺定论的证据了。我无比悲伤，给妹妹打电话，像汇报人生大事般沉重地说起一次月经的逃离。她在电话里轻描淡写，月经不调而已，不用那么紧张吧。我有些心虚气短，可是，都二十多天了，我从没有过这样的情况。你说，会不会是，要绝经了？我艰难地说出那两个字，仿佛说一件不可示人的丑事。妹妹大笑了起来，你想什么呢，怎么会想到绝经？如果是我，我只会担心怀孕。她的笑那么坦荡，没有任何粉饰与安慰的意味。但我还是有些黯然与嫉妒，毕竟是年轻两岁呀。

果然，在四十天之后，它重新降临了。还来不及感知失而复得的喜悦，我却发现在出走一次之后，它完全换了一种面目与脾性。我的体内像打开了一个闸门，血不断从里面哗哗奔涌，以一种决绝的失控的架势。我又不断地跑厕所，每跑一次都感觉身体里的血要被放空。我有些担心自己会血尽而亡，思量着要不要去医院输个血。第五天，终于有了一些收敛的迹象。我去邻县参加一个文学笔会，主办方别出心裁，将笔会放在一个景区的山腰举办。我虚弱地跟着写作队伍，强撑着走完白日的所有行程，却在临睡前突发眩晕。我躺在宾馆的床上，像行驶在蜿蜒陡峭的山道，天地摇晃，悬崖在侧，世界变得不可掌控。我感觉自己变成了一片轻飘的纸，素白，脆薄。一种深深的恐惧攫住了我。

当规律变得不规律，便是某种质变。

我知道，这是紊乱的开始，是绝经的前兆。从这个月开始，我生命里的每一次月经，都值得我悼念。

日本诗人伊藤比吕美在《闭经记》一书中悼念逝去的月经："经血啊，淅淅沥沥无精打采，透着寂寞。"

5

我又一次陷入失眠的沼泽里。

身体像一块饼，在床上反复煎烤。终是熬不住，我选择了寻医。与两年前那次阶段性失眠不一样，这一次，我从源头开始，精准扫描，直击靶心。谷维素，B 族维生素，坤泰胶囊，知柏地黄丸，安神口服液。这些药物，有一个共同的效用，缓解更年期综合征。在坤泰胶囊的药瓶中，充斥着妇女卵巢功能减退等触目惊心的字眼。说实话，哪怕放在自己私密的卧室里，我也会让这些字背朝着我。我抗拒看到它们，它们简直比中学物理试卷上的分值更令我难堪与忧心。但我又不得不面对它们。

成为一个睡眠障碍者之后，我开始认真审视我的睡眠。

我发现，我难以入睡主要是因为烦躁，更确切一点，是因为身体的燥热。在这之前，我是极度怕冷的寒性体质。每到冬天，我的双腿从膝盖以下宛如生长在南极，尤其是我的双脚，完全冷血，不是冰箱冷藏室里的那种冷，而是冷冻室里那种彻骨的冰。如果一个人睡，哪怕泡了热水脚，用了暖水袋，也无法长久焐热它。三十五岁之后，我就很清楚自己的生育能力永久关闭了，我的身体是一个严冬，这样一个寒冷萧条的环境，怎么能够繁殖生命呢？可这样一个身体，这样一双脚，突然间，开始燥热了。

开空调仍是不行，必须还得再开风扇。灼热更多集中在双脚上。我的脚心像是一个熨斗，它挨着哪里，哪里就滚烫。放在被子外面也不行，需得拿块冰来。它的性情大变让我切身体验到了冰火两重天。卧室里，空调刺刺地哈着冷气，风扇呼呼地吹着冷风，爱人用秋冬的棉被从头到脚裹得严严实实，而我裸露在外的脚，像在酷暑中炙烤。

我不知道这是不是潮热的开始。关于潮热，我的症状不过是冰山一角。

"这热，究竟是全球规模的呢，还是只发生在我身上？"在东京冬天的地铁上，五十岁的日本诗人伊藤比吕美脱得只剩短袖，仍感到"身体里仿佛燃起大火炉似的潮热"。作家斯坦克在《潮热日记》一书中详细描述了自己经受潮热的感受："我感到火焰从我的内脏燃烧到肌肉，再到皮肤。我想逃跑，但一个人如何逃离自己的身体？每根头发都如同盘旋着的电线圈，烘烤着我的头部。"热到无法入眠时，她只好走入厨房将冷水一饮而尽，从冰箱里拿出一袋袋冰冻食品，紧贴在自己的胸口。斯坦克还计算了自己一天中发生的九次潮热，她形容热气像蒸汽一样，从胃部向上辐射到她的胸部、颈部与脸部，睡衣就像是用热胶粘在身上一样，让她无比窒息。

比我大五岁的Z说她从去年开始正式进入了更年期，她感觉自己的身体像是关上了一扇门。在闭经之后，潮热像瘟疫一样缠上了她。在某个场合，身体里像是突然着了火，热浪直往外冲。我感觉汗珠一颗颗地往外冒，像是有一锅水在身体里烧开了。那种热，像刚完成了一次速跑，或洗了一次桑拿浴。很囧，也有些无所适从。我现在会随身带个小毛巾，潮热来的时候，就会躲去卫生间处理一下。她说。而好友L对于更年期的忧心更多体现在对外貌的在意上。她说，我感觉雌性激素从我体内一点点流失，我的脸开始发生变化，真的，我在慢慢失去我的女性特征，变得有些男相了。她开始害怕面对镜子，变得患得患失，对丈夫疑神疑鬼，自导自演出很多无厘头的戏码。L的更年期症状明显出于主观臆断，但臆想像一种不可抑制的毒气，侵蚀着人的正常认知与情感。

在中医院，一位老中医跟我聊起女性更年期症状，他说，我见过各种千奇百怪的情况。他说起一位女性，她的身体严重失调，上燥下寒。我见到她的时候，应该是秋天吧，她上身穿着一件短衫，下身却穿着棉裤。非常奇怪。而另外一位女性，则是心理上的突变，突然变得多愁善感，喜欢倾诉，见人就流眼泪。她说她控制不住，好像身体凿开了一个泉眼。其实她并没有遭遇什么悲惨厄运，只是在经历着无法自控的更年期。

在他的叙述中，更年期，像是女性生命的"潘多拉魔盒"，一经打开，便是历劫的开始。

6

朋友跟我聊起她的另一个朋友，一位姓郝的女士，在她绝经之后，突然迷上了写遗书。她将自己闷在房间里，沉浸于写了撕、撕了写的循环状态中，无法纾解与控制自己的情绪。写遗书，像个魔咒，把她引入生命的暗处……

我感觉自己也被郝女士引入了生命的暗处。一段时间以来，我一打开网络，铺天盖地全是关于更年期及抑郁的内容，我的电脑与手机仿佛集体患上了更年期抑郁，弥漫着阴郁的气息与灰暗的色调。各种抑郁测试层出不穷地在我眼前闪现，郝女士及一些不知名女士的故事像病毒一般侵占着我的大脑，它们构建起一个巨大的幽暗的磁场，将我牢牢吸附。

2023 年的这个春天，我被一团暮气滞困，无法挣脱。

每一个白天与夜晚都无比漫长。我继续陷在与儿子的拉锯中，继续与失眠做斗争。我感觉自己像一枚变质的核桃，里面的仁已然萎缩，慢慢地，只剩一个干枯嶙峋的壳。但我无力恢复它的光泽与香甜。

中考越来越近。积极规矩了十四年的儿子，突然变得颓唐，有摆烂的架势。他说，我不想卷了，成天像机器一样，我不知道我这样学为了什么，我看不到我未来的光。每天一回到家，他便向我索要手机，然后关上门，上锁，躲到他的世界里去。有一次，快十一点了，我敲门，要拿回手机。他说要再用一会儿。我不允，继续敲。门里面不再有回应，他以沉默抗拒。我站在那道紧闭的门前，感觉嗓子眼在冒火，心跳动得比敲门声还要急切与猛烈。终于，我耐心与风度尽失，抬起脚朝门狠踢过去，叫嚷着，你开是不开？开是不开！！里面依然沉寂。仿佛有无数条虫子从我身体里爬出来，噬咬着我的每一寸肌肤，每一个毛孔，我感觉整个人要炸开来。我回到房间找出儿子的房门钥匙，迅速开门，冲过去站在儿子面前，定定地看着他。儿子转过身来，随手拿起他的水笔，作势刺向他的脖子，他的脸充着血，青筋突出，像一个变形的怪物。他大声叫着，我学习得很累，我只是想一个人放松一下，想听听音乐，想和同学聊聊天，你为什么总这样管着我，逼着我，你是要我去死吗？你是要我去死吗！！我仓皇地后退，泪水汹涌而至。我在他愤怒的眼神里看到了自己，那不是一个人形，而是一摊烂泥，一地碎片。

我待在阳台的时间越来越多，用更多的精力去侍弄我的花草们，浇水、松土、施肥、剪枝。我买了各种肥料，以及一些关于园艺的书籍。我似乎在挖掘自己成为一个园艺师的潜质，但我知道，我并非真有热情，我只是需要它们。气温越来越高了，我的一盆长寿花呈现出凋谢的苗头。它刚来到我的阳台时，开得多美呀，像一团火焰。那是一种生命的极致。客厅的一棵幸福树也掉光了叶子，露出有些枯瘦的枝干。它曾经是我最钟爱的植物，那么美好的名字，那么清秀的模样，亭亭玉立，像温婉内秀的女子。为什么是它们，长寿花，幸福树，是不是所有的美好都容易夭折。我看着它们走向生命的暮色，沮丧又无力。我总是在黄昏时陷入混沌与沉默，目光呈俯视的时间越来越长，脑补的画面则越来越具象，充满细节，比如开始有了形态、声响与颜色：纸片，西瓜，红色的液体喷溅。

我在某个深夜拨通了丈夫的电话，我说，我的状态有点不对，我应该是到了更年期了。电话那头沉默了两秒，然后他说，明天我回去吧。

7

夏天来了。我的例假照常来临，它似乎又恢复了脾性，稳定而温和。丈夫接管了儿子的作息管理，我发现个头差不多的父子俩越来越相像，越来越默契。我退到一边，把更多的时候留给自己，重新恢复运动与阅读，身心渐渐松弛下来。中考比我想象中来得更快，它倏忽而过，倒让人有种没使上全力的空落，仿佛积攒多年的情绪没来得及释放。最后一场考试结束时，阳光的热气还没散尽，在汹涌欢腾的人群里，我远远地看到儿子。他全身落满了阳光，一张有了轮廓的脸依然存着分明的稚气。这个俊美的少年轻快地走上前来，一把揽着我的肩说，妈，小意思。你要相信你儿子！

父子俩开始计划暑期生活，他们进进出出的身影与日常琐碎的对话，比长寿花与幸福树更能给我带来慰藉。有一次，我在客厅看书，听到父亲在教育儿子，你之前怎么可以吼妈妈？我二十年都没吼过她，你可是她十月怀胎生的，凭什么吼她！儿子嘟囔着，她太要求我了，我都已经长大了，还不能有点空间与自由了？做父亲的又说，可你要体谅妈妈，你妈妈又要上班又要照顾你多不容易，她说她都更年期了。儿子说，怎么可能，妈妈这么年轻，我同学都说我妈妈很年轻，很漂亮。儿子的声线已经明显变了，粗粗的，却有着阳光的质地，让我迷恋。我听见他父亲说，就是，你妈妈年轻着呢。

我无声地笑了。窗外，夏意正浓。阳光猛烈，蝉声嘶鸣，绿色铺满了整个世界，又喧嚣又安宁。我突然有一种梦幻感，仿佛之前经受的一切，都是一个幻象。依然灼热的双脚却提醒我，潘拉多魔盒已经打开，岁月只会朝向更深的暮色。但暮色里，依然有着明亮。

我的四十五岁，是一个开端，也是一种警示。它向我撕开更年期的面纱，让我看到生命的另一面。它可以是洪水猛兽，也可以是云淡风轻。很多时候，我们只是被自己困住了。当我们不再将它妖魔化刻板化，它其实就是一段生命历程，就像每个女性经历过的青春期。不，它甚至不需要被命名，被界定。女人蒙着眼走过此遭，像完成一次生育，在蜕变与新生中，走向自己生命的另一重天地。

在英剧《伦敦生活》里，两位女性聊到更年期。我想跟大家分享其中贝琳达的一段台词："女人生来就自带痛苦，这是我们的生理命运。经痛，乳房痛，生孩子，我们一辈子都要自己背负……就在你觉得自己安然接受了，更年期来了。这是全世界最最美好的事了，没错，你整个骨盆都毫无用处了，还经常发热，也没人会撩你，但是，你自由了，变得富有魅力。你成了单纯的属于自己的人。"

归来

1

灯光下，东湖一片旖旎，空气里氤氲着夏的余热及桂花的香气。姐妹四个沿着湖散步聊天。这是国庆假期，老三从深圳回来度假，难得团聚，我们计划着过一个只属于我们四人的别致的夜晚，在东湖边吃点宵夜，甚至喝点小酒。其实在哪里什么形式都无所谓，只要姐妹四个聚齐了，对我们来说都是节日。

选了一个灯光通明的排档，姐妹几个围坐在一起，头挨着头一起点菜。

只有老四一个人靠着椅背，寂寂的。点两瓶啤酒？我问她。我不喝。她淡淡地说，一脸端肃，将椅子往外挪了挪，一副置身事外的样子。怎么了？我问。没什么，心情不好。她说，脸微侧到一旁。刚刚还在嬉闹的几个人，立时安静了，仿佛突然来了一阵凉风，把聚着的一团热气给吹散了。老四的手机这时一声声地唱起了歌，急急地要帮它主人解围似的。她揣起手机，一个人离席，蹲在十米开外的暗处，接起了电话。我们三个互相望着，有些无措。

散步那会儿，她已经状态不对了，你们没发现吗？老三说。

就在刚才，我们姐妹几个正在争一件事。这事还得从头说起。就在前几天，我们四个一起聊天，聊到从前，聊到我们生命里的一些憾事，老四便说起了一件往事。她说，那时候真想读高中呀，但家里条件紧张，拿不出学费，我记得我爹带我去家里向爸妈借钱，但没借到。她像是很平常地说起，语气淡淡的。有故意用一种淡来稀释某种沉重的意思。怎么可能，你记错了吧？我几乎是不假思索地质疑。不会记错的，这事，我还特别写到了日记里。她说。但这不合情理，咱爸怎么可能不借给你们？就算家里没钱，他去借也会借给你的！我无比肯定地说。呵呵，没事，就是突然想起来，我没在意的，都过去了。她笑了笑，语气越发淡，轻飘飘的，好像那件事也早已轻飘飘地过了。

但我感觉她没过去。她是在意的，在意到记了这么久。极有可能，这件事会同她日记本上的白纸黑字一般，哪怕在岁月里日渐发黄与模糊，也绝不会消失。它蛇一般盘踞在她心里，不时噬咬她一口，慢慢地，成为一个填补不了的洞，或一个无法愈合的痂。

我想帮她愈合。我们是亲姐妹，我不想我们之间，以及她与自己的亲生父母之间，留有嫌隙。我特意去母亲那里寻求答案。同我预想的一样，母亲一听，就摇着头坚决地说，没这回事。不可能的，你爸那个人你知道的，只要老四那边的爹开口，他无论如何也不会驳他情面的，何况是给自己的亲生女儿读书！母亲还给出另一个思路，而且，她那个爹特别爱面子，总生怕占了我们家一分一毫似的，来我们家吃两顿饭，隔天还要驮一袋米过来还情的。这样硬气争脸的人怎么会开口向我们家借钱？母亲得出一个结论：一定是老四的记忆出了错，记岔了。我松了一口气。这也是我心里的答案。一个孩子的记忆，怎么可靠呢？我们的父母亲，绝不可能是那么薄情寡意的人，他们，绝不会在弃了自己的亲生女儿之后，还要再次弃她于不顾。绝不会。

这个晚上，是我在散步的途中再次提起这件事的，我急于去修正老四的记忆，抹掉父母亲在她心里的那个污点。我向她复述了母亲的话，我说，老四，你真的是记错了，这件事不可能存在。老三也说，那个年纪的记忆，极有可能加了想象，也许是你爹曾经有过这个想法，但并没有付诸行动。他在你面前说起过，所以你在日记里自行添加了一些细节。老二接着插进来，老四，是不是你那个娘在你面前添油加醋的？她那人，你也说过，是有些虚头巴脑的。老四的脸在树影下忽明忽暗，像躲闪的镜头。

你们为什么要和妈说起呢？为什么要去求证这件事？我说了，已经过去了，现在去求证这个根本没有意义。她终于开了口。怎么没有意义呢？我们要帮你解了这个心结呀。我说。可我并不在乎，你们怎么就不信呢？老四说。她停下来，落到最后面，将自己埋进更浓重的树影里。在我们转向其他话题之后，她再也没开口。

我看了看蹲在一边接电话的老四，她正被一团漆黑罩住。她是故意的。她从来没有在我们四人聚会的时候去接过外人的电话。我们姐妹几个，只要在一起，可以聊天聊到天昏地暗，聊到屏蔽一切。任谁也插不进来，任谁也不管不顾。就连我们各自的另一半，都会识趣又心酸地说一句，她们姐妹是可以在一起过一辈子的。可是现在，在这样一个只属于我们四人的别致的夜晚，她躲到一边，去接一个完全不能和我们平起平坐的远方朋友的电话，还有点没完的意思。这太不寻常了。

老四，上菜了！就差你了。老三叫她，不够意思哈，我明天都回深圳了。又过了好一会儿，她才悠悠地过来，脸色却还留在那团漆黑里。哎呀，你这个人就是容易多想，心事重！老二不着重点地和稀泥。我移开话题，说起了菜。我不想这个夜晚僵持在一种低落的氛围里。

你们知道我为什么突然心情不好吗？老四抬起脸，问，谁有烟？每一次，情绪高涨或低落时，她总要找烟。仿佛烟是一种能托住她情绪的知音。她点了烟，缓缓吐出一口烟雾。烟雾让她的脸有种疏离感。她顿了一下，自问自答：你们以为我是在乎爸妈那件事吗？真不是，我说了我不在乎。她吸了一口气，接着说，刚才，我突然觉得，你们三个才是一个阵营的。我被你们从你们的世界里推开。我突然觉得，这世上，没有一种感情是值得永远相信与永远托付的。

这种情境在我们四人之间不曾有过，又似曾有过。就像某一次聊天，我们聊兴正浓，话题就自顾跑到童年去了，说起以前的老屋，外婆，那些斑驳又迷人的时光。我们三个集体在记忆里流连忘返，却突然发现她，怔怔地看着我们，明明坐在眼前，却被一堵墙隔着。我们才恍然过来，我们曾有的光阴里，没有她。她是我们的世界里那个唯一走失的孩子。

2

我永远不可能知道，被自己的亲生父母弃养，是一种什么样的生命体验。

母亲每次说起这件事，声音便会低沉潮湿起来。那是我这辈子眼泪流得最多的时候，真的，眼泪都要流干了。我还在月子里，乳房胀痛，想着你吃不到母乳，心里又急又疼，整天哭，眼睛都要哭瞎了。母亲的声音有种被水汽包裹的滞重，那时候真是难啊，我们到处打听，换了好几户人家，总是放不下你，想着一定要为你寻一户最好最靠谱的人家。母亲叹口气中，接着说，妹伢，我们也不想，真的没有办法，都是那个时代造成的，能把你的生命留下来，为你找到一个妥善的安顿，我和你爸已经是尽了最大的能力了。母亲说得丝丝入扣，情感饱满，在情在理。

母亲说得没错。老四的际遇，在那个时代并不鲜见。

超生与计划生育的对峙与拉锯，是时代之顽疾。在农村，为了多生一个娃，为了生一个男娃，多少家庭与个体笼罩在风暴与阴影之下，一边义无反顾一边战战兢兢。我们家也如此。超生，曾是父亲履历里唯一的污点。在生下老三后，身为公务员的父亲便受到了严重的处罚，丢掉了刚到手的副所长职务，还降了两级工资。代价够惨痛的了。如此，这个家怎么能容下老四呢？这老老小小一大家子得活命呀。可是，再缜密的逻辑，再充分的理由，再动情的述说，都无法篡改一个事实，不能抹去一个生命个体遭受的不公待遇及别样体验。何况，母亲的说辞有明显的漏洞。老四被弃养，并不只是因为她是老四。她并不是我们家最后一个孩子。在她之后，母亲生下了弟弟，我们家唯一的男孩。他不仅没有被抱走，还成了父亲眼里的光。为了他的到来，父亲几乎是不顾一切的。

父亲从不解释，只是默默用行动来表达对这个女儿的愧疚。每一次，几个女儿带着各自的儿女回娘家，孩子们亲热地围在外公跟前，父亲总是第一个抱起她的孩子。这个从不善于跟儿女表达情感的父亲，很自然地抱起这个外孙，把他放在自己的膝前，满眼慈爱。每次拍全家福，父亲也会将她的孩子抱在怀里，仿佛这个孩子才是他唯一嫡亲的孙子。偶尔来城里，父亲无论如何也要抽出时间，单独去下老四家里，捎点东西，或者塞点钱。给我外孙子买东西吃。他每次都这样说。好像他能通过这个外孙，抵达过去的岁月，接续起一份断裂的父爱。父亲生病后，没有给我们留下什么话，有一次却专门跟母亲说起来，以后，等我病好了，经济宽裕点，得顾下老四。

老四呢？没有人去问过她。她看上去早已释怀了。或者说，我们都觉得她早已释怀了。她在成年之后，很自然地融入这个家庭，融入我们。血浓于水，谁能阻挡血缘的找寻与回归呢？她的生父生母，一个给她复制了容貌，一个给她遗传了性情，她很小的时候看到他们，心就会莫名揪成一团。那些藏在年少里的刺，应该在岁月与亲情的浸泡下软化了吧。而我们姐妹四个，基因里自带磁场，早早就抱作一团，像从未分割的整体。我们长着同一个胚子，笑起来的神韵，就像老天给我们相认的铁证，任何外人看了，都要惊羡，这分明是一张脸嘛！连她现在的名字，跟我们也毫无二致。我们从小就那么叫她，好像那就是她从娘胎里带出来的名字。有一次出去旅行，我偶然在她的火车票上看到她的本名，我一愣，说，我都忘了你这个本名了，这名字好陌生啊。她淡淡一笑，那个名字，是被你们叫起来的。它只属于你们。这个名字，才是我在这个世界上存在的依据，是唯一被法律承认的名字。

她在这个名字里，姓林。我们的家谱以及户口簿里，从未有过这个名字。

是的，我们都忘了她的过去，那些经历与时光，是她一个人的丛林与河流。

3

我在一个原生家庭里正常地长大，作为家里的长女，我的生命显得无比光明正大。我似乎从没设身处地地去想过老四，那个生活在别处的小妹。

我第一次去看她，大概在我十岁吧。我对那个家庭已经没有任何印象了，但第一次见到她的情景，我至今记得。一个三四岁的小女孩，坐在屋前的小板凳上，单薄瘦小的身子，黄黄的头发，怯怯的表情，两条鼻涕挂在鼻前，一伸一缩，拉风箱似的。这个可怜兮兮的鼻涕王。我凑上前去看她，鼻子酸酸的，突然就流出泪来。血缘是多么神奇呀，只是一眼，我就将她相认了。我母亲一惊，也随即掉下泪来。她后来逢人就说，老大真是懂事，第一次看到妹妹就哭了。

我后来并没有更多地参与她的成长。她偶尔被她爹娘带来家里走动，总是怯生生的样子，对爸妈有些躲闪，却屁颠屁颠地跟在我们后面，欢喜地叫着，姐姐，姐姐。遗憾的是，我第一次见她的情感并没有延续及展开，仿佛那只是一种本能或者作秀。我们的生活被断开，进入两条不同的河流。记忆中，只有那个夏天，她第一次介入这个家，短暂地做回了我们的老四。

那好像是 1998 年的夏天，她那个家的村子发了洪水，她被她父亲送到家里来住一段日子。十三四岁的她，身板有些瘦小，眉眼倒长开了些，有了几分少女的模样。面对父亲与母亲，她低眉垂眼，脸始终拘着，看着姐姐们唇边才漾开一些笑。在家里待熟了一些后，她放下了些拘束，渐渐显出些灵动与活泛来。我那时候刚中专毕业在家，正沉浸在一段恋情里，眼里心里都是远方一个穿海军服的兵哥哥，无暇顾及她。因为年纪相仿，她跟家里最小的三姐迅速抱成团，老窝在一起聊天看书。那段时间，我们各自安静自足地待在自己的领地里，我躲在房间里偷写情书，两姐妹在房间如饥似渴地看小说。《红楼梦》《约翰·克利斯朵夫》《傲慢与偏见》《简·爱》《小妇人》，那些对我们来说像巧克力一样珍贵的书籍，大多是远方的兵哥哥寄来的，他用心良苦的别致表白，不但催开了爱情的花朵，还顺带给另外两个女孩种下了文学的种子。

我们有时也会围在一起聊书里的故事与主角，简爱与罗切斯特，伊丽莎白与达西，《小妇人》中的四姐妹。聊得最多的自然是《小妇人》，我们对号入座，自比梅格，乔，贝丝与艾米，争论她们各自的优点与缺点。问到她最喜欢谁时，她红着脸，傻呵呵地说，我都喜欢，既然我是老四，那就当艾米吧。艾米多好，有三个姐姐！我们便笑了。我发现，她比我们几个更乐意扎进书堆里，她捧着那些砖头般的书籍，像捧着宝盒，眼里发着光。基因真是不掺假。她和父亲一样，不但痴迷于书，还喜欢摘抄与批注。有一次，我看见她坐在房间里认真地写着什么，过去一看，竟然是在摘抄《红楼梦》的"好了歌",旁边还写满了注解。我问她干吗抄这个,她说,喜欢呀。大姐,你不觉得写得好吗?我不置可否。我其实无法理解,一个小丫头,居然不去研究宝黛的爱情,而是这个老气横秋的"好了歌"!

那个夏天过得很快,暑热刚过,她的爹捎来口信,说那边水已经退了,下午来接她回去。我们都有些不舍。饭桌上,母亲问她要不要再多住几天,语气轻淡,却很有慈母的样子。父亲不太吭声,只是频繁地往她碗里夹肉。外婆在一旁静静地吃着饭,眼睛却紧盯着她,她每夹起一片肉,外婆的喉咙就会发出莫名的声响,像要清掉嗓子眼里堵着的一口痰。痰老清不掉,这个偏心的老妇人终于忍不住,从盘子里麻利地夹起一筷子肉片压实到她唯一的孙子碗里,呵斥他,吃吧,就你会吃!吃了也不见长肉。我看见她默默低下头,一片肉含在嘴里嚼了半天。

她在家里住了一个多月,便被她父亲带回去了。我们又都照常地过日子,仿佛她并没有来过。只是我的那些书里多了一些她留下的稚嫩的字迹与莫名的划线。很多年后,我在一本有些发旧的《鲁迅全集》里发现了一页折痕,里面有一句话被红笔重重地圈了起来,那句话是:人类的悲欢并不相通。我心里顿时涌出一些波澜。我曾无数次从这句话面前掠过,直到多年后,才突然嚼出了些滋味。而我的妹妹,在她十三岁的那个夏天,便被它击中,触摸到了与她年纪不相符的人生况味。

4

我们再次走到一起，是五年后。

我因某个机缘留在江城，和二妹一起开了一家摄影书吧。她恰巧也在江城找工作，我便把她叫来帮忙。她很欢喜地来了，整个人大了一圈，一身宽大的中性衣裤，隐藏着发育过于旺盛的身体，一张脸像着了胭脂的面饼，粉白粉白的，又总挂着笑，叫人喜爱。她跟着姐姐们，盘起发髻，换上店服（一款淡绿色的合身旗袍），像个早熟又拘谨的小妇人，一双无措的手护在汹涌的胸前，粉白的脸涨得通红。

为了能继续穿回自己的衣服，她做起了幕后的美编工作，成天待在一间封闭的工作室里，与相册、相框、美工刀为伴。有一段时间，生意忙不过来，我叫来在深圳的老三，姐妹四个借着一起创业的由头，度过了一段相伴相守的亲密时光。好像是从那个时候开始，我们慢慢走近，近到仿佛从没有过分离。像四朵并蒂的花儿。

现在想起来，在那个时候，老四就开始接触烟了。在某些有风的夜晚，我们几个坐在小店的窗台上，聊天，唱歌。老四会向店里的男摄影师讨来一根烟，笨拙地点着，吸两口，一边咳出眼泪，一边笑着继续，样子仍是孩子气。有时候，她也会闷闷的，一个人待在某个暗处，将自己藏进烟雾里。只有在那个时候，我才发现她的青春与青涩里有一种我陌生的底色。

我是后来才知道，老四那时候在江城，有着更为复杂的背景。当时，她那个家里的二哥分配到江城某国有企业，一个人住单身宿舍。她待业在家，养母便催她去江城找份工作，兄妹住在一起能省些开支也有个照应。看上去似无不妥。可其实，这是一个母亲的私心与阴谋。她怎么不知道呢，早在两年前，她刚要长开时，她的养母就已经迫不及待了，明里暗里提起过多次，她是要留她做儿媳妇的。这是一件多么天经地义的事呀，她辛苦养大她，多不容易，图什么呢？

这世间的事多巧呀，我的母亲怎么也不会想到，这个被她抱出去的女儿，长得最像她的女儿，居然有着和她一模一样的命运。只是，她们的养母对于女儿爱的纯度截然不同，她女儿的处境比她当年还要难堪。

在老四明确表示抗拒后，养母似乎变了一个人，眉眼冷下来，说话也常带着刺。这个她叫了十六年娘的女人，将针尖般的人心摆在她面前，让她不知所措。那一段日子，家像个牢笼，到处是无形的枷锁。她想挣脱。可去哪儿呢？没有成年，初中毕业，从未出过远门，外面的世界对她来说太大太遥远，她怕自己一踏进去就被淹没了。那年她舅舅舅妈在邻省做早餐生意，有次打电话来家里说他们那缺人手，她毫不犹豫地抓住机会，逃离了那个家。

那是她第一次离家。她后来跟我们聊起那段日子，情绪依然激荡，说到途中，眼睛会自顾湿热起来。

早晨四点不到就得起床，街市一片漆黑，我要一个人先去菜市场的档口做准备工作，清扫，烧水，再等舅舅舅妈来开摊。档口是由油布支起来的简易棚子，夏天闷热，冬天漏风。下起大雨来棚顶就像犯了哮喘一样。旁边卖卤味的大叔脸上有颗很大的痦子，总是拿眼睛扫我的胸，笑起来油腻腻的，会让我想起他铺子里的卤猪脸。是的，卤猪脸，特别瘆人。总是憋尿，因为公厕在两米之外，要经过一段幽暗荒僻的小路，每一次走过，我都腿脚发软。有一次，我也不知道几点，我蹲在清冷的市场里，街上的灯还没来得及熄灭，有几家做夜宵的铺子还在清场。旁边的住宅区突然响起一首英文歌曲。那旋律一出来我的头皮就开始发麻，然后跟着手和脚一并麻了，眼泪紧跟着哗啦啦地淌下来，完全没经过我的同意。我那时并不知道，那是卡朋特乐队的 Yesterday Once More。当时，就像梦醒了一样，突然看清了自己的命运与处境。我问自己，为什么要过这样的日子？没有尊严，没有梦想。被遗弃，被安排。就连生理排泄都无比窘迫。你知道吗？我甚至留下了后遗症，总是在梦里找厕所，找呀找，好不容易找到，打算方便时，却猛然发现厕所是油布支起的棚子，没有顶，没有遮挡，我像个怪物一样被暴露在众人面前。我无数次被这样的梦境吓醒。

　　但怎么办呢？自己太弱小了。我没有其他退路，只有回家。她笑一笑，轻描淡写地收了尾。

回到家后，养母似乎又回到了从前，她改变了策略，对她关爱有加好言相劝。父亲对她更是小心翼翼。她被一座养育的大山压着，不知如何是好，开始收起性子，用一种安静乖巧的假象将自己包裹起来。那个时候，她是想那个家的。她被一场洪水带回了那个家之后，她连做梦都想它。她不得不承认，她对那个家，怀揣着一种微妙而复杂的情感，心里明明存着几分怨与恨，却又被它莫名牵系与吸引。她喜欢跟在姐姐们后面，跟她们一块看书，玩耍，她们的模样性情让她觉得个个可亲。只是，某个时刻，看着她们天真快乐的样子，她会突然黯然下来，一种难言的情感在她的血管里无声流淌。

十八岁那年，养母又开始旁敲侧击地给她施压。那个精明而强悍的女人，软硬兼施，长袖善舞，掌控着家里的一切。终于有一天，她亲自上阵，收拾了行李，把这个初长成的养女送到了儿子工作的城市。

我记得在江城找到她时，她在她哥哥的宿舍里，正系着围裙低头炒菜，像一个笨拙又贤惠的小媳妇。一看到我，便欣喜地迎上来，大姐。大姐。她围着我，双眼灼热，叫了一声又一声。

她的二哥，却是个本分规矩的人，他违了母亲的意愿，没有冲破兄妹的情感与界限。也许是血缘的召唤，在她难堪与无助的时候，我们姐妹走到了一起，用一份亲情与时光，护了她最艰难的一程。

5

老四很少聊及自己的亲生父母。对于身世，也从不深谈。有时候避不开，她也只是笑笑，自嘲是个没有气性的人。但她常常说起她那个家里的爹。

她也是那个家的幺女，上面有两个哥哥。那个忠厚寡言的老爹，独疼这个抱来的小女儿，对她倾尽了一个老父亲的爱。她总是絮叨地说起一些细节，小时候总是尿床，娘老骂骂咧咧，爹却护着她，帮她换衣服。没有替换的棉被，爹便把她换到干爽的地方，自己睡在一片洇湿里。爹喜欢用自行车带她，把她放在车的前杠上，有时还把她驮在肩上，带她在田野里奔跑飞驰。她喜欢在爹的头上做窠，把他的头发弄得像乱糟糟的鸟窝一样，但爹从来不恼。爹坐在椅子上打盹，她一时调皮，往他耳朵里塞棉花，爹惊得跳起来，佯装要打她，巴掌却从没落下过。小时候她身体弱，扁桃体老发炎，疼得哭，喝不下水，也吞不下药丸，只知道哭，她一哭爹就红了眼眶。童年里，她是村里最野的女孩，因为有爹宠着护着，让她像野草一样肆意疯长……

遇见我爹，是我这辈子最大的幸运。因为他，我可以原谅世间的一切。真的，可以原谅一切。她一遍一遍地说，言语滚烫，双目湿润。

但她后来又说，我要努力活得好好的，我不像你们，我其实是个没有退路的人。

她是那个时候才发现，这个疼她的爹，这个她心里神一样的存在，在这个家里面并没有话语权。面对她许多的窘境，他更多的是沉默。母亲掌管一切。她看着家里的每一个人，牢牢被母亲拽在手心里，心里一片悲凉。所有的明亮与温情都随着童年远去。在她进入敏感的青春期后，那个家仿佛打开潘拉多魔盒，一波又一波的霉运，病菌一样蔓延开来。

永远弥漫着争吵。母亲是绝对的主角，精力旺盛，游刃有余。激将。哭号。晕倒。为了达成所愿，她竭尽所能，歇斯底里。她总能一眼识穿母亲的把戏。在她眼里，她的母亲，像个巫师一般，在那个家里修炼与施展着她的巫术，牵制着家里的每一个成员。

先是大哥。她的大哥，曾是村子里的传奇与门面，第一个考上大学，成了乡里的干部，娶了自己漂亮的同事。他的人生开了挂一般光鲜顺畅。除了爹，大哥是这个家里最让她仰望与信赖的人。可是，他偏要跟他的命运作对似的，忽然就从高高的云端跌落下来。婚姻，事业，前程，面子，像老屋的墙皮一样，纷纷败落。她虽然还小，却也能看出些端倪，那一切，都跟母亲脱不了干系。先是婆媳不和。后来大嫂生了一个女儿，不肯再生。两个要强的女人就像两颗石子，相互硌硬，无法融合。无数次争吵之后，那个性子清冷的女人终于拂袖而去。离婚后，大哥便有些颓唐了，老不着家，后来鬼迷心窍一样迷上了赌博。嗜赌成瘾，竟收不了场。接着是二哥。在江城找了个对象，母亲不同意，硬给他说了一个同村的堂侄女，两人感情淡漠，常年分居，也落得离婚收场。这个家，像被乌云笼罩。她悲伤地看到，她的爹，她生命中的光与救赎，那个曾经体面伟岸的汉子，迅速衰老，黯淡下去。他的眼睛仿佛蒙上了一层灰。为了给大儿子还债，他离开了家，从一个身板挺直的退休村支书变为某个城市工地里的直不起腰的水泥工。

　　她只身去了广州，漂泊了近三年。那三年里，她只跟父亲通电话。她咬着牙，一心想跟命运较个劲。但身单力薄，任凭她怎么挣扎，都撑不开一片天地。她退无可退，依然逃不开那个家。那年她回来，家里没人，母亲在县城给上初中的孙女陪读。没地可去，无处安身，她和母亲一起住进了县城的陪读房。

　　那是一个二十平方不到的出租房，房子老旧，局促，潮湿，昏暗，终日散发着一种难言的气味。她每次走进去，都会觉得生活暗了下来。二十岁，最光彩的年华，她躺在那间屋子里，有种衣不蔽体的羞惭与委屈。然而，环境的窘迫并不是最重要的。她要和母亲生活在这间屋子里，她要和母亲睡在一张床上。这才是最令她窘迫的。这个养育她的女人，她从没对她生出过亲昵，也不愿意与她有亲密的肢体接触。因为她，她愤恨过命运，同情过父亲。她就像她生命里的一个无法割除的瘤子。那个瘤子在一间不透风的屋子里，不时向她散发出毒气，把她当成垃圾筒，絮絮叨叨地谈起家里的各种糟心事，唉声叹气，怨天怨地。她甚至还说起那个她最不愿意触及的话题，语气里含着怨艾，好像她当时的违抗，才是改写这个家命运的起因。她意识到，彼时，她再也无法与这个瘤子共存了。

她想有个家，有个真正属于自己的家。于是，她像一个溺水者，在自救中慌忙抓住一个婚姻，让一个工作稳定性子沉静的男人成了她的丈夫。她挺着肚子，住进了丈夫单位的宿舍，脸上浮起安恬的笑容。

很多年后，她跟我们谈起她的婚姻，总是回避爱情，而聊起他的家庭。那是一个特别简单的家庭，一儿一女，女儿善良温顺，儿子稳定争气。忠厚老实的老两口，心无旁骛地护着儿子一家三口。过年的时候，她随着丈夫回到他的村子里，再也没有鸡飞狗跳的场面，再也没有惊心动魄的戏码，那个家的平静纯粹，让她感到从未有过的轻松与安宁。这个单纯稳固的家庭，包括那个总是乐于奉献做得一手好菜的姑姐，稳稳地托住了她漂泊了半生的身心，成为她生命的支点。

她珍视着这样一份安稳。她跟我们说，安稳，才是一个人的体面。我的安稳，不只是属于我一个人。它还是那个破碎的家里最后的体面与底牌。它是我对我爹的守护与交代。她认真地说，我得好好护着这份生活，因为我是一个没有退路的人。

6

我们在各自的婚姻与生活里悲喜得失。即使是并蒂的四朵花，也不会生发出完全相同的枝叶。但我们何其幸运，比起旁人，因为流着同样的血，我们更懂得彼此的美丽与脆弱，也因此能成为彼此的养分与支撑。

在不同的河流里，面容相似的我们，被淘洗出各不相同的性情。比起我们三个，她似乎更有一种静气与狠劲。默默地结婚，生子，从懵懂的姑娘跃为年轻的母亲，中间似乎没有一点铺垫与波折，让我们颇为意外。但她显然极适应她的新身份，抱着孩子的样子，老练而从容，周身溢着母性的光彩。岁月不动声色地徐徐向前，我们都成了母亲，成了给他人庇护的人。

孩子大了些之后，她一个人开店，健身，读书。坚持不懈。她成了我们中间最手不释卷的人，床头放着《毛姆》《叔本华》《罗曼·罗兰》。她把健身当成了生活的一部分，每天拿出两个小时来与身体对话。她认真地赚钱，执意保持经济独立。她像一个斗士一般，身披盔甲，跟那纷繁的生活，艰深的文字，难缠的赘肉，一一斗争到底。她好像是揪着自己的过去不放，又像是要与自己的过去彻底剥离。

总之，你再也无法从她身上，看到半分过去的影子。我们好像是突然才发现，老四，那个最不起眼的小妹，长成了我们中间最有韵致的那个。仿佛岁月专门为她设置了一扇蝶变之门。有时候，我们有些忌妒，故意找出以前的照片，指着里面那个双手无措眼神闪躲的胖姑娘，说，老四，你以前分明长这个样子！她莞尔一笑，谁还没有个过去！

她有时也会拉开生活光鲜的帘子，给我们看里面的暗疾。那个家还是一片狼藉。七十多岁的老父亲仍在外面务工。大哥仍陷在生活的泥沼里。这个家里的顶梁柱，曾让她仰望的人，被生活拖累得挺不起了腰背，只得把她推在前面，变成那个收拾残局的人。家里遇到一点难事，那个娘必第一个打电话给她，还没开口就哽咽起来。她平和地收受，淡定地背负，从不跟丈夫说起。

她比从前更频繁地回家。年节的时候，总要带着儿子，回去陪老爹吃个饭说会话。两个老人总是巴巴地围着她，眼光呈仰视，像两个孱弱的孩子。她说她的爹已经老得模糊了性别，她看到他，竟然有了一种深沉的母性。再跟我们说起她那个娘，她的语气变得浓稠起来，她也挺可怜的，她这一辈子，不容易。当这个用了一辈子力的老妇人，用树皮一样的手掌摩挲着她的脸，用她那双浑浊潮湿的眼睛黏附着她，微颤着叫她，妹仍，妹仍。她不再全身紧绷。她温和地看着她的养母，心里竟充满了怜惜。

姐妹亲情，是父亲与母亲留给我们最好的礼物。除了老三，我们姐妹三个都在县城安了家。频繁的往来，与血缘的相亲，将老四渐渐拉回到这个家庭。对于这个家，她也和我们一样，参与及输出，保持着与亲生父母的礼节及情感的往来。父亲走的那天，我们姐妹四个守在他的身边。母亲一直用毛巾给父亲热敷，缓解他的疼痛。我们围着他，沉浸在一种巨大的悲伤与无助里。老四默默接过母亲手里的毛巾，一遍遍地给父亲热敷，为他揉腿。动作轻柔而熨帖，像每一个贴心的小女儿那样。

近年的每个清明，我们都要约着一起去看父亲。每次的聚会，每年的出游，全家的合影，她再也不会缺席。每逢她的生日，她都会主动跟母亲合个影，两张相似的笑脸，像两条河流的交错与汇聚。

她被时光与情感推着，重新回到一个婴孩的姿态，走回出生的路。

但总有不一样。有一次，我们姐妹三带着母亲去深圳看老三，一起去大梅沙游泳。我记得，我和老三一同湿淋淋地从海水里起身，站在沙滩上的母亲忙拿起一条大毛巾，急急地走到老三跟前，说，赶紧包一下，当心着了凉。我在一旁朝母亲大叫，我不是人呀，你怎能这么偏心！母亲笑了，就老三一个人常年在外，这也要吃醋！我们都没注意到，老四一个人从海水里上来，独自坐到远远的沙滩边。她那天跟我说，我真羡慕你，可以对母亲说出来。而我，只会将它烂在肚子里。

我怎么不知道呢？在一些情境里，她会突然沉默。她退回到最初的荒芜里，将自己缩起来，结个茧子，自我包裹。国庆节姐妹四个的聚会，她在一个整体里自行抽离，回到过去。那是一种惯性反弹，是她的身世留在她身体里的黑洞。

她一遍遍地返回。回到那个林姓村庄，那个承载了她的生命又被她几次抛下的乡村。一个人在一条长坝上走很久，看着眼前日渐变小的村庄，以及脚下那片生生不息的稻田与河水，她心里溢满一种深沉又崭新的情感，仿佛被母体温暖的羊水包裹，笃定又安宁。

有一天，她站在古老的昌江河边上给我打来电话，她说，大姐，我突然想写点东西。我要用文字，给自己铺一条回家的路。

月光光，照四方

在我老家，有一座山，叫烟坡山。那是我的村庄蔡家村的祖坟山。村子的蔡姓祖先们都住在那里，"房子"上刻着他们的名字。在名字前面，他们有统一的尊称：蔡公，蔡母。我的外婆也葬在这座山上，但她"房子"上的名字，是钟母严氏。

我的外婆，钟母严氏，在一个蔡姓村庄生活了近四十年。她死了，还继续留在那片土地。

1

那是我第一次，看见一个人濒临生命尽头时的样子。她是我的外婆。

外婆八十八岁，身体没任何毛病，除了腿脚不便，耳朵不聪。腿脚不便，很大的因素是缠足的后遗症，因为气血不通，疏于行走，她的腿先于她的身体奔向生命的冬季。外婆的双腿极瘦，柴杆一样，尤其是小腿，苍白，干瘦，像一截风干的枯木。我摸过她的小腿，冰凉，僵硬，没有一点弹性，只剩下斑驳无用的老皮。里面仿佛插了一根管子，将所有的血肉都吸尽了。她极少走动，常年坐着，慢慢地，她的腿像一个废弃的零件，功效渐失。

可这跟死亡有什么直接关系呢？

她只是跟之前一样生了一场普通的病。在她刚病时，母亲打来电话让我们去探望，我们姐妹仨便带着孩子都去了。那天，外婆精神还很好，同往常一样坐在客厅里，看到我们来很高兴，孩子们扑到她怀里叫她时，她像个孩子似的咧开嘴笑，露出几颗稀疏的牙齿。离开的时候，我让四岁的儿子去抱抱她，她拥着她的曾外孙，左瞧右瞧，瞧不够似的。这孩子长得真好看，像妈。她说。

我们一直以为外婆会像以前一样，就那样自然康复了，她会等着我们陪她过年，等着我们明年开春为她做九十大寿，等着她最疼爱的外孙结婚生子。是的，我们从来没想过她会猝然离开。她怎么舍得离开呢？我们这四个孩子，是她一个个地从小一手拉扯大的，为了我们，她抛家舍夫，甚至背负骂名。她怎么能舍得这一个个让她含在心尖尖上的外孙们独自离去呢？

母亲再给我们打电话，是十天之后的事。这十多天里，外婆像个睡反了觉的孩子，白天安然无事，晚上却不断折腾，刚躺下又要起来，起来了又要躺下，一下都不安生，嘴里老喊着我们几个的名字。母亲问外婆，要叫孩子们回来吗？外婆点点头，遂又摇摇头。母亲不知如何是好。一个人整宿整宿地熬着，身体也有些扛不住了，母亲便给我们打了电话，让我们回来一趟。你外婆怕是不行了，这两天晚上老念叨你们。母亲说。

再看到外婆时，我惊住了，才十天不见，外婆的样子完全变了。她躺在摇椅上，整个人是晦暗的，形容枯竭，嘴巴张着，一口痰堵在喉咙里，像风扑着一块棉布，呼哧呼哧地闷响。看到我们去，她几乎没什么反应。我叫她，她茫茫地看着我，茫茫地看着面前这些她心心念念的人。她的眼神是空的。我从来没有见过她这个样子。

我突然意识到，外婆要老去了，老到生命的尽头去了。

就是那一天，我的外婆，在外孙女们的怀里平静地离去了，像熟睡了一样。她等到了她深爱着的孩子们，连一宿也不舍得磨了累了她们。

2

外婆名叫严凤英，跟黄梅戏名家严凤英同名同姓，也长得跟旦角一样美。

外婆有三姐妹，据她娘家的大侄子说，当年她们三人是乡里有名的三朵金花，一个个生得如花美貌，水灵灵齐整整的。姐妹三个里，外婆老小，最得曾外祖父的宠爱，也唯有外婆读过几年私塾。少女时代的外婆白皙秀雅，心性高傲，爱整洁，好讲究，总是把自己收拾得干净漂亮，很有些大家闺秀的风范。在那个流行缠足以小脚为美的年代，只有外婆公然抗议，却仍拗不过威严的曾外祖父。外婆偷偷放过足，但没放成，被曾外祖父发现的后果，是重复着再缠上一次。几经折腾，外婆的脚反倒是比别的姑娘受的折磨更多，也缠得更小。

我后来认真看过外婆的小脚。是真小啊，像鞋的模具一般，呈锥形，脚背高隆，脚趾狭尖，像鸟的嘴。让我尤为震惊的是，那双脚上竟然只长着大脚趾，其余的脚趾全被折弯，反向长在了脚掌上。那是怎么一种受刑啊！外婆后来跟我说，你们赶着了好时代，不用受这份罪。她叹口气，又说，我这辈子，都是被这双脚给困住了。

十六岁，一个少女最为风华正茂的年纪，外婆由父母包办，嫁给了大她足足十岁的外公。外公个头不高，且老实内向，曾外祖父之所以舍得将最疼爱的小女嫁给相貌普通的外公，是因为外公家境还好，最重要的是外公有一个在当时很吃香的手艺，在乡里的榨油厂当榨匠，擅长维修保养榨油器械。那时十里八乡的食用油，全靠外公所在的榨油厂来生产运作，榨油厂里整日轰轰作响，几十名青年后生赤脚赤膊吆喝着干活，一派热闹红火的景象，那醇厚浓郁的油香味弥漫着整个乡村。而外公，是那个榨油厂里最不可或缺的人物。

我不知道，抗议过缠足的外婆有没有抗议过她的婚姻。我也不知道，读过几年私塾又漂亮讲究的外婆，对于爱情有没有过幻想，是不是也有那么一两个挺拔俊朗的秀才后生曾让外婆相思惆怅。我不懂那个时代，也不懂外婆。

据外婆娘家最年长的舅舅说，外公是一个不善言辞的人，平时特别寡言，开腔总是硬邦邦的，凶声恶气，却是一个内心极为忠厚豁达的人。他对外婆的疼爱如兄似父，每日在榨油厂干活回来，还包揽家务活，外婆除了织织毛衣做做女红，就是收拾自己的头脚，仍是一副女儿家的清闲清爽的模样。

据母亲回忆，夏天每逢外婆一洗完澡出来，外公总是急忙递个蒲扇给她，去，给你娘扇扇，别又出汗热着。外公平日里闷声闷气，从没个软乎话，却总是将滚烫的饭碗茶水送到外婆手上。

3

外婆生过一个女儿，幼小不幸夭折，后来不再生育。没有一儿半女的外婆从自己的亲姐姐那里将其中一个外甥女——我的母亲过继过来当女儿。母亲的到来，从此牵系了外婆的一生。

母亲是我亲外婆的第八个子女，她三岁送到外婆家时，骨瘦如柴，一身长满了触目的疥疮。这样一个瘦弱丑陋的孩子激起了洁净讲究的外婆全身心的母爱，外婆不顾别人的劝阻，从此起早摸黑，精心照顾着这个不是自己亲生的唯一的孩子。

在那个封建又封闭的年代，在一个自己并不称心又缺少交流的婚姻里，一个孩子对一个女人的意义难以言喻。母亲填补了外婆内心里巨大的缺失，成为她终身的希望与依托。

母亲在外婆的呵护下，慢慢长成一个美丽聪颖的少女，过着锦衣玉食的日子。外婆从来不让母亲吃半点苦，凡事都护着母亲，连外公也不能训斥她半句。母亲去乡里读书，外婆每天风雨无阻地接送，每次把母亲送到学校，外婆还要站在校门口张望许久，然后一路数着泥路上女儿小小的脚印独自返回。母亲自小有文艺天赋，每次学校或乡里的文艺演出总少不了母亲。外婆总是穿得一身崭新站在台下，望着女儿美丽的身影，对旁人说，看到了吗？我女儿，台上笑得最甜跳得最好的那个，是我的女儿。

母亲初中毕业后，省城一家大型国有企业到乡里公开招生，母亲瞒着外婆去参加了面试，获得了难得的录取资格。母亲像只渴望飞翔的小鸟，对即将到来的广阔天地无比憧憬。可这个好消息对于外婆来说，却是一记炸雷。她第一次对着女儿不依不饶，任凭母亲哭着求着，坚决不允。对外婆而言，没有她羽翼的呵护，她那小小的女儿怎能独自飞翔？

为了将母亲长久留在身边，外婆做了一个决定，将母亲嫁给她的养子——外公的亲侄子。那是一个长相与性情都很像外公的男子。外婆以爱的名义，草草地塞给了母亲一个婚姻，让同一个屋檐长大的哥哥成为她同床共枕的丈夫。

外婆这样一个旧式女子，从来没有尝过爱情的甘甜，也从来没有去过外面的世界，她的世界，只有女儿。她只想把毕生的爱，给她唯一的孩子。她想终生护着女儿，护着她的世界。

外婆没有想到，母亲竟然那般刚烈与违逆，她在一桩包办婚姻里变成了一个战士，那桩婚姻拉锯一般磕绊了三年，如了母亲的愿——以离婚收场。这桩婚姻虽然终结，却成为母亲的历史，成了一个女人的"破相"。在那个年代，尽管母亲依然年轻貌美，有文化有才情，却是一个带了"破相"的让人挑拣的妇人。我不知道这件事，对于外婆与母亲，是不是始终是她们内心深处的一道沟壑一块疤痕？

后来，我的父亲，一个刚从部队复员回来相貌普通一无所有的小伙子，捡漏一般，娶了我美丽的母亲。

4

母亲嫁到父亲的蔡家村后，外婆每天都在牵挂与泪水中度过。母亲从小娇生惯养，不擅家务，父亲又是孤身一人，无人帮替。外婆便颠着一双小脚，三天两头地往返十余里路去帮衬母亲。

那是一条长约十华里的土圩。从外公的钟岸村出来，途经八甲里、其里安、刘凤咀、李家、潘家等五六个村庄，才到蔡家村。外婆心里着急，一双小脚又走不快。乡村的土路粗粝不已，硌得外婆的脚掌生疼。那样一双受过酷刑的脚，怎么适合长途行走呢？她不得不在中途一次次歇下来，找个树桩靠一靠，好让脚松快一下。我后来去看外公，都是父亲用自行车载我去的，我坐在自行车的前座上，数着一个又一个村庄，看圩堤上的风景。对童年的我来说，这就像是一次旅行。我从来没有用脚丈量过那条路。那个心焦的小脚母亲，当年，她是怎么走过来的呢？一次次走在这条路上，她的心情是怎样的呢？清晨的风抚着她的脸颊，她是不是想到了女儿幼时的手？她那么急切地见到她的孩子，虽然她已长大，嫁为人妇，可在一个母亲的心里，她依然是那个当年单薄弱小长满疥疮需要她精心照顾的孩子。那一个个返回的傍晚，天色渐渐暗下来，四野寂籁，圩堤上树影绰绰，脚下的路像一条黑色的无尽的蟒蛇。我的外婆，那个小脚母亲，那个四十来岁的妇人，她怕过吗？

我出生之后，外婆更是一天都放心不下，一边要侍候母亲的月子，一边要照顾襁褓中的我。她的脚也经不得劳累奔走，便在女儿家里住下了。

她那时候也许并不知道，她这一住下，就再也走不开了。

听母亲讲，我自小最是得了外婆的好。我出生后正值寒冬腊月，外婆每天早晨天不亮就起床，做好饭后，把我所有的衣物被褥都用炉火一件件烘热，将我的摇箩安顿得干干爽爽暖和和的再抱我起来。在别的小孩躺在摇箩里拉屎拉尿无人管顾时，外婆从不图省事，每天几次地帮我清洗换褓，把我弄得香喷喷舒舒服服的。

母亲在乡卫生院工作，父亲又在工商所上班，除了照看我，家里所有的大小家事几乎都是外婆包揽。接着，二妹与三妹又相继出生，这个家更是一天也离不开外婆了。

外婆来我家后，外公一个人随着他侄子生活。每一次挂念外婆及我们，外公总是一大清早地赶来。若听闻外婆哪里不舒服，他常常风雨不顾地第一时间赶到。在我模糊的记忆里，外公苍老瘦削，他每一次来我家都会带来满满一纸袋香喷喷的油条，临走总要往几个外孙女口袋里每人塞一张油腻腻的五角纸币。我那时总是盼着他来，像盼节日一样。他从来没有多余的话，我和他几乎没有过什么言语交流，却能深深地感知他对我的爱。

我们这个一百余平方米的家成了外婆全部的世界。

在我的印象里，外婆几乎没有外出过，连门都极少串。只是偶尔村里来了戏班子，才会去凑个热闹。我们不管什么时候回家，从来不会担心家里没人，因为有外婆在。有外婆在的家，让我们无比心安。后来父亲调去外地上班，母亲忙工作，外婆更是里里外外地一人操持着，守护着我们。有时候，她突然记起她妻子的身份，心里涌起歉疚，想回家看看外公，却又不舍我们几个孩子。听母亲说，外婆每一次打算回家就心神不宁，颠三倒四地念叨，一会儿说太阳好要晒洗被子，一会儿说她晒着酱怕天落雨，一会儿惦记哪个孩子头疼脑热，一会儿担心母亲没时间给我们做饭。仿佛回趟家是一件千难万阻的事。哪怕已经走在了路上，外婆也是三步一回头，一边走一边抹眼泪。

从蔡家村到外公村子的那十华里路，大概是外婆这辈子走得最远最不容易的路。

为了母亲与我们，外婆真正负了那个她也许不曾爱过却疼爱了她一辈子的丈夫。在外公最后生病的三年里，外婆都没顾上服侍，甚至在外公临终前都没能守护在身边。对于外婆的选择，外公从未有过抱怨，在旁人对外婆有微词时，他憨憨地为外婆辩解着，默默扛下一切。哪怕在最后弥留之际，他仍央求他的侄子不要责怪记恨外婆，一定要在他走后好好孝顺她为她送终。

5

小时候，外婆是比母亲更亲的亲人。

姐妹几个，都是跟着外婆睡的。外婆的房间，有一张雕花老床，后来，又支了一张木板床铺。小的跟外婆睡老床，大的睡木板床。可到了冬天，我们全都挤到了外婆温暖的老床上，外婆笑着说，小丫头们身体暖，正好焐焐外婆没有血气的脚。外婆在她那个洁净的小房间里，微笑着为她的外孙女们一个个梳小辫，穿小花衣裳，用雪花膏把她们的小脸擦得粉嫩芳香。那时候，在村子里，搽雪花膏是一件很高级的事情。那些个夜晚，我们在外婆房间看书写作业，陪伴我们的除了那盏昏暗的煤油灯，还有外婆。暖暖的灯火下，外婆低头为我们织着毛衣，脸上像有月光流淌。

外婆好收拾，常穿着一身洁净的蓝布便衣，头发梳得整齐油光，盘一个发髻，手腕上戴着一只白玉镯子，身上散发着一种淡淡的清幽的肥皂芳香。在最初的记忆里，穿着蓝布便衣盘着发髻的外婆便是一副老太太的样子了，但比起村里其他一些老太太，又有些不一样。

母亲是乡里的接生员，很多个深夜，我的梦总是被突如其来的敲门声惊醒，那声响惊悚而急切，在漆黑的夜里，如野兽来袭。母亲随时跟着待产的家属们摸黑出门，一阵杂乱的声响过后，夜色恢复沉寂。我搂着外婆，在她温暖的怀抱与熟悉的气息里再次安然熟睡。

有外婆的夏夜，像梦一般温存美好。那些月色溶溶的夜晚，外婆坐在我们的竹床边，一边用蒲扇为我们扇风，一边给我们念着歌谣："月光光，照四方，照得姐儿洗衣裳，洗得白，晒得香，打发哥哥上学堂……"那些漫长的夜，我们从未觉得过炎热，外婆的歌谣与蒲扇似乎有着某种魔力，让我们一个个变得安宁乖巧，只一会儿便张着轻盈的翅膀飞到香甜的梦里去了。夜深了，外婆帮我们一个个轻轻盖上单被，等到凌晨有了露水，外婆又和母亲一前一后用竹床把我们抬回里屋。

我们理所当然地享受着有外婆有歌谣的夏季。我从没想过，那些漫长的夏夜，我的外婆在想些什么。天上的月亮，时圆时缺，像这人世。我的外婆，那个把自己活成守寡般的女人，那个看戏只喜欢看秀才小姐的爱情戏的妇人，她想起过她的"哥哥"吗？她童谣里的"哥哥"是谁呢？是外公吗？

那头的家，那个永远等在那里的"哥哥"，是不是她心上一弯缺着的月亮？或者，作为一个女人，在她漫长的人生里，始终有一弯缺着的月亮？

外婆后来说的，这辈子，都是被这双脚给困住了。是对命运的一声叹息吗？抑或是，一种自嘲？

6

日子在月光下流淌。

孩子们念着歌谣长大，一个个离家走四方，求学，工作，结婚。与对母亲不同，外婆总是鼓励我们多去看外面的世界，对我们的一次次远行，她从未阻拦，也没有表现出不舍。时代不一样了，妹娃长了大脚，就是要走路的，走远路。外婆说。我不知道，这份不同里，是不是也藏着她对母亲的一份歉疚与悔过。

外婆越来越老了，像一个被遗弃的老物件。

她守在那个家里，连门槛都没再跨出过一步。有一回，她娘家的侄子想接她去村里看戏，知道外婆走不得，说是要雇个轿子抬她去。外婆坚决不肯，说，还抬着去，难看死了。外婆的腿脚越来越不灵便，母亲买了个拐杖给她，她嫌弃推阻了一番，还是接受了。她拄着拐杖，在厅堂与房间里走动着，挪两步歇一步。孩子们一个个在外面安了家，有的留在了县城，有的到了更远的地方，回家的次数越来越少。但每次打电话或者回家，我们第一个要问的要看的便是外婆。只是，外婆的耳朵也越发聋了，和她说话，扯着嗓门说个老半天她也没听明白，我们便也渐渐没了说的兴致。外婆行动不便，但脑子还利索，常拉着母亲絮叨，来来回回说些旧事，母亲也失了耐心，专门买来一台电视放在一楼厅堂里给外婆作伴。母亲去跟村里的妇人们打牌跳舞，外婆便常常一个人坐在厅堂的藤椅上，呆呆地，从清晨坐到日暮。厅堂的电视整日开着，定格在戏曲频道，总有旦角在咿咿呀呀唱着戏文，高亢婉转，如泣如诉。

　　外婆让我们把姐妹几个的合影放大，挂在厅堂的墙上。她因此有了除听戏之外的消遣，看照片。她经常饶有兴味地盯着那张照片看，仿佛能看出花来。偶尔还对着照片自顾自地说话，像跟人唠嗑。若来个人串门，不管是否熟识，外婆都要热情地起身，用拐杖指着合影照，跟来人一遍遍介绍，这些个外孙女，都叫什么名字，多大年纪，做什么工作，有几个孩子。不厌其烦，眉开眼笑。

我们每次回家，外婆便像逢年过节一样，老小孩般乐呵呵地，咧开着没了门牙的嘴。看到两个活泼可爱的曾外孙，总要兴致勃勃地拄着拐杖挪到房间，找出一些宝贝家什或饼干果糖塞给小家伙们。每一次离开，她还会像很多年前一样打开她那年岁已久的老木箱，从里面掏出来一些十元二十元的纸币，像孩提时那样偷偷地塞在我们的口袋里，拉着我们的手，一遍又一遍地嘱咐：

　　宝呀，上下车要小心啊，要带好孩子啊。

　　一直到最后，外婆还像小时候那样把我们唤作"宝"。她是我生命里唯一一个叫我"宝"的亲人。

7

　　模糊的记忆里，常常有父亲与母亲的争吵。每一次，似乎都与外婆有关。怎么说呢，印象里，外婆一直是家里的主管，是家里最有话语权的人。外婆偏护着母亲，却让一份母爱堂而皇之地，变成灰尘，变成利器，将父亲越推越远。

　　我记得，有一次，父亲拿了一个橘子递给屋后的一个姑娘。说起来，那姑娘只比我大几岁，是父亲的晚辈，父亲跟她说几句话给人家一个橘子，挺正常不过。可外婆，用一个母亲的嗅觉，嗅出了危机。在很多小事上的认定与处理上，外婆都会因为母性而发生偏差。很小的时候，外婆总是悄悄嘱咐我，去看看你爹在哪里在干吗。我总觉得，对于父亲，外婆的眼睛像长着钩子。可外婆，明明又是心疼父亲的，每每做了什么好吃的，总是第一个想到父亲，每次吃饭，若父亲没来，外婆总是在一旁唠叨，别只顾着自己吃，给你爹留点！有时候干脆用一个小碗，挑出些荤腥来，藏到橱柜里。

每一次父亲与母亲争吵，母亲只管在一旁垂泪，而父亲，总是像个孩子一样，收拾几件自己的衣物负气离家。每一场争吵的残局，都由外婆收拾。我们尽量躲避着父亲迁怒的手掌，依旧吃着外婆做的饭菜，照样上学，写作业，好像什么都没发生。

我是后来才慢慢懂得，父亲对外婆有嫌隙。那种嫌隙，随着天长日久的相处，变得越来越深。到后来，甚至生出了恨意。我后来听我一个舅舅说起，父亲对外婆最大的不满，不是外婆作为丈母娘对自己的猜忌与管束，而是外婆舍弃自己的家，舍弃憨厚寡言的外公，连外公临终也没到床前服侍，才对她心生愤怨，认定她是一个冷漠自私的妻子，是一个品性操守有失的女人。而这样一个母亲，对于他的妻子，是一个极坏的参照。这让他细思极恐，心生寒凉。

憋屈与偏见，让父亲善良柔软的心生出了厚茧，有很多年，他一直对外婆很是冷漠，有过一些刀剑冰霜的言行，甚至累及他的妻子儿女。

父亲用一个男人的视觉，看到了一个女人的自私与任性，他体会不出一个母亲的心，他看不到一个母亲巨大的能量与付出。他不知道，如果没有外婆，我们四个孩子会怎样长大。他不知道，那些漫长的岁月，我们所有成长的细节。

好在，父亲终是善的。也许是他也渐渐老了，岁月像春风一样，让他心底结冰的河床开始回暖融化，潺潺流动。我记得有一次，他从外面接到一包好烟，进门便拿给外婆，说，妈，这个给你抽。外婆犹疑着接过来，半晌才说，这么好的烟啊。我看到她背过身，揉了揉眼睛。

好像是，从那以后，外婆便总是将父亲的名字挂在嘴边，跟我们说话也总是你爹长你爹短的。

8

外婆临终留下遗愿，不葬回夫家钟岸村，而是要求葬在蔡家村的祖坟山上。那座祖坟山，葬的都是蔡氏祖先。我以为，外婆应该与外公葬在一起才更合理。可外婆肯定有外婆的想法。

她在这个蔡姓村子里生活了近四十年，她早已把自己活成了蔡家村人。她理所当然要像村子里的那些蔡母一样，葬在蔡氏的祖坟山上。她就是蔡氏的祖先。也或许，她并没有想到那些。她不过是惦记着孩子们，惦记着，每年的清明，孩子们去看她时，不用辛苦地绕上十里路去另一个村子。她到死都不舍的，到死都着想的，只有我们。

对于外婆死后的安置，父亲有过犹豫，但最终还是尊重了外婆的意思，也担当起了一个儿子应该担当的责任。外公的侄子，也顺了外公生前的遗愿，放下了心中的芥蒂，一家子赶来帮忙置办丧事，所有的程序礼节一个也没落下。

　　父亲将院子里的花盆悉数搬来，绕在外婆的棺木周围。外婆一生爱美。这个对她生过嫌隙的半子，终于以一个孝子的样子，送别她。在鲜花的环绕中，外婆安详地躺着，任凭她最疼爱的女儿与外孙女们流泪哭泣。在她的一生里，无数次地因为女儿与外孙女们的泪水而妥协，可这一次，她再也无法妥协了。从深圳赶回来的弟弟——她唯一的外孙，在她入棺前，死死拉着她那没有任何温度的干枯苍白的手，泪流满面。

　　出殡的那天，送殡的队伍颇为热闹，都是蔡家村的家亲邻里村民后辈。一路爆竹脆响，烟雾弥漫。我茫茫地跟在队伍里，一阵又一阵潮水漫过心脏，世界在我身边静止，疏离，我脑子里像电影那样反复地闪现着一幅画面：一个盘着发髻身着蓝布便衣的妇人，颠着小脚提着包袱，走在回乡的路口，她仿佛看到她那两鬓斑白的哥哥正站在村口默默遥望，可身后两个小跟屁虫依依不舍地拉着她的衣角，仰头看她的小脸蛋上眼泪汪汪……老妇人走一步停一步，终是叹口气蹲下身来，拥着两个幼小的孩子转身返回。

汹

涌

汹涌

1

我对我生长的村子，并没有什么惦念的了。可我的家在那里。确切地说，是我娘家的房子在那里。我其实很不愿意说娘家，总仿佛隔着一层。父亲走后，母亲随我们进了城，家里便空了。我们难得再回去了，也很少去想起它。平日里，忙忙碌碌，工作，家庭，孩子，时间总是不够用，精力也总是不够用。很少有情绪想起它了。我们没有家可回，日子也照样过着。只是，那所无人的房子，就像是一个遗弃在外的亲人，就像是父亲的替身，它在你内心的某个角落扎下根基，盘根错节，在你看似平淡的情感河流里暗自汹涌。

清明，去给父亲上坟，顺便回了趟家。还没拐进家门，心里就酸楚起来。

以前，老远就能闻到院子里花花草草的香气。母亲最是喜欢门前的茶花，可它性子慢热，总是缩手缩脚的，开得不尽人意。母亲看着桂保伯家一园子挤挤攘攘的花儿朵儿，眼馋不已。有一回，这树茶花突然地满枝缀满了花朵，热烈，耀眼，一朵挨着一朵，很是热闹。我觉得奇怪，凑近了去看，花朵上还沾了金粉，亮闪闪的，不禁哈哈笑出了声。竟是一朵朵插上去的塑料花。一问，原来是父亲的杰作。便跟母亲打趣，我爹挺懂浪漫的嘛。今年回家，发现茶花果真高出了院墙，满树的花朵，从未有过的明艳，蓬勃。我看着它们，有点儿激动无措，像是见到许久未见到的孩子。这一树茶花，无人照管与惦念，竟在天地间兀自丰盈，让人欣慰又羞愧。它们开得如此卖力，盛装出席，仿佛就是为了等待我们的到来，来证明一种存在，证明一份根系。惯性般，凑近着看，花朵肥大饱满，香气浓郁。是真花无疑。

世上怕是再也不会有塑料茶花了。

门前的铁树更是生猛。不知什么时候，它们的根须已经撑破了父亲精心砌的石墩，不可抑制地往外疯长，它们高大威猛不顾一切的样子简直让人惊惧。当初寻这两棵铁树，父亲颇是费了一番心思。一运到家，父亲便亲自用水泥给它们砌了房子，还颇讲究地选了同楼房外墙同样配色的瓷砖来装修它们。它们的翠绿配上外墙的素白，愈显出一份清秀，雅致，与端庄。有了它们之后，我们家的精神气质都显得不太一样了，怎么说呢，很像是一个体面的人家了，甚至有那么一些文化府邸的意思了。于是，对于这两棵铁树，父亲愈发重视。打扫院子的时候，总要站上片刻，看上一番，颇为得意的样子。如今，它们仿佛性情大变，树干肿胀外翻，基因变异般，有些面目狰狞了。

我很是害怕面对它们，又忍不住要细看，心里怦怦地跳。它们也像父亲一样，染了重病吗？或者，它们是因为父亲的走，而神思错乱，形态癫狂，变得衣衫不整，容颜尽失了？

我总觉得，它们的变异，一定跟父亲有关。它们，也许比人类更长情。

2

回家总要去父亲的书房坐坐。

书房在四层顶楼。顶楼原是堆放杂物的地方，父亲将一个小间收拾起来，放置了一张书桌，一把椅子，一张竹床，便成了他的书房。顶楼自在，父亲一个人读读书，写写字，累了，便在阳台上活动活动身体。书房很是简陋，连张书柜都没有，父亲将一些日常看的书籍堆放在竹床上。除了书，还堆放了厚厚的一沓稿纸及写满书法的废报纸。墙壁上没有画，只贴了三张写满字的白纸，是父亲写的。一张是二十六个英文字母，一张是电脑五笔字根。字的中间密密地做满了标注，显出几分憨稚，像小学生的笔记。学英语和电脑一直是父亲的心愿，然而，我们总是没有多大的耐心去教他，他自己摸索了不少时日，终是不得要领，便也罢了。另一张白纸算是书法作品，不是什么诗篇名句或人生箴言，而是父亲写给自己的一段话：

> 心态平和，生活规律。有所追求，无须强求。与
> 人为善，助人为乐。家庭和睦，子女孝顺。日行八千
> 步，夜眠八小时。

纸张有好些年头了，脆薄发黄，中间鼓起，边角剥落，一阵风吹来，便簌簌地哆嗦着身子。那些字却苍劲有力，像父亲一样，一副笃定执拗的性子。有一次，我想着要用胶水将它们修补下，但回过头又给忘了。每回来这书房，我都要将这些字看上良久。我后来把这段话抄到了我的笔记本里，心情浮躁虚空的时候，默念几句，便会安静平和下来。

父亲爱读书，是那种可以拿书当饭吃的人。不但喜欢读，还喜欢写。父亲的钢笔字也写得不错，留下好几本笔记本。里面除了他摘抄的一些生活宝典或文学金句，还有他写给几个子女的信件，以及一篇篇短文。我大概记得几篇文题，《有"理"也要让人》《人到中年万事"忙"》《把握人生》等，这些质朴的鸡汤文，基本都变成了县城报纸副刊上的豆腐块。父亲喜欢写。写得很纯粹，也很满足。很虚心，又很得意。父亲是一个只有小学文化却能将文字写成铅字在县报发表的人。可我那个时候，从没有将这事放在过心上。我年少时也喜欢读书写作，成年后中断了很

多年，因为觉得它对于生活并没有多大用处。我后来重新去写，像父亲一样，又笃定又执拗，越来越有些进步，也有些收获，只是父亲不知道，我后来的很多文字，写的都是他。父亲的突然离去，竟让我对文学开了点窍。这事，总让我感觉有点讽刺意味。我不知道怎么去跟父亲分享这件事。

我以前很少来这书房。有时候母亲让我去叫父亲下楼吃饭，我嫌爬楼费劲，便在一楼扯着嗓子喊，父亲也在楼上扯着嗓子应。我以前怎就那么懒呢？我现在不偷懒了，每次回家都要一个人走上四楼，在父亲的书房里站上片刻。书房本就简陋，没人来了，所有的物件都荒置着，落满尘灰，更是添了萧瑟。然而，总让人感觉亲近。书房的窗户朝北，正对着一条昌江河，抬眼望去，河水平静，万物静好，像是一切都没有发生。

恍惚间，父亲还坐在椅子上，回过头来，又谦卑又热情地对我说，妹伢，你再给我念念这二十六个英文字母；妹伢，你帮我看看这篇文章……

3

父亲走后，我一下子从青年步入了中年。时光仿佛按了快进，我突然变得和父亲的年龄很接近了。

我开始有了一系列的变化。首先是懂人情世故了。以前回到家，很不愿意去走亲访友，对于村里的一些家长里短客套寒暄总是躲避不及。现在回趟家，总要到村里四处走走，去德保伯、凑保伯、来保伯他们家看看，用和父亲一样老成温和的语调，跟他们唠上几句话。我越来越感知到，我和他们之间的某种深刻的关联。他们都和父亲年龄相仿，是父亲的家亲弟兄与年少玩伴，一同喝着河水长大，一同伴着村子老去。他们的模样亦是父亲的模样。洪米伯伯家，更是每次都要去的。他是父亲的战友，也是唯一的胜过兄长的兄长。以前，父亲若不在家，除了单位，必是在洪米伯伯家。父亲与洪伯伯的知心话，比母亲都多。自记事以来，我家里每逢有些事体，大到红白喜事，小到农忙插秧割禾、年节踩糖做粑，都离不开他操持。他总是像某件农具一样杵在我家里，包揽最重最脏的活儿。我每次去见他，内心里都涌动着一种仪式感，他的浑浊而温良的眼睛像河水一样，能让我获得一种力量。

近几年，我总会寻着机会去汪家村看看姑姑与叔叔。姑姑与叔叔和我父亲同母异父，他们不在一起长大，却是真正的亲人。我父亲三岁丧父，母亲改嫁后，父亲跟着祖母相依为命。在那个灾荒年代，我的曾祖母，一个七十多岁的孤老婆子住在牛棚里呕心沥血地将幼孙拉扯到十四岁，便撒手而去。父亲靠着村大队读完小学，无依无靠，便去当了兵。父亲小时候，不太同姑姑与叔叔们走动，因为继父总是像贼一样提防着父亲。对于这个无法带在身边的儿子，我那个柔弱的祖母瞻前顾后，将爱层层包裹。那份颤颤巍巍小心翼翼的母爱，总是还来不及施展，便被丈夫的呵斥惊得魂都没了。对于那个夺走我祖母的男人，我还有些许模糊的印象，黝黑，躬背，一张猫头鹰一样的大脸，眼神像瓜子一般。但姑姑与叔叔对于父亲这个长兄，却是极为敬重与深爱的。血缘从来掺不了假。

姑姑跟父亲长得一点都不像，说起话来嗓门总是高八度，又尖又糙，落到我们这些侄女侄子身上，却阳光一样温热绵软。姑姑命不好，很年轻的时候就死了丈夫，一个身无所长的妇人带着两个孩子苦熬着日子，后来熬不下去，就和从牢房里出来的小叔子一起生活。她来我家比较勤，一来便灶前屋后寻些活儿干，哥呀哥地唤着父亲，对这个吃着公家饭的哥哥充满了一种超出亲情的敬仰。叔叔是个极内向的人，不爱说话，来我们家总是讷讷坐上一会儿就要走，饭都难得吃。他常年在外做苦力，把攒下的钱都存在父亲这里，让父亲替他管着。走前总要跟父亲说，我这钱还用不上，若是家里急用尽管用着。他其实一直过得很艰难，为着不争气的儿子，像陀螺一样抽打压榨自己。父亲走的那天，叔叔从宁波赶来，跪在父亲的棺前，像孩子一样恸声哭泣，将头磕得砰砰巨响。

以前，姑姑与叔叔每年都让堂妹堂弟来我家拜年，我有个叫秀兰的小堂妹，每个年节都要来我家，老远就喊舅舅舅妈。她声音跟姑姑极像，嗓门尖，声调高，嘴又甜又快，像鸟儿一样，热情又聒噪。每逢端午或中秋，母亲便要多备点菜，说秀兰会来送节呢。我们姐妹几个却是极少去的，有时被父亲压着，也总是不情不愿磨磨蹭蹭的。父亲对这两个弟妹话不太多，却总是实心护着的。母亲原先对于姑姑与叔叔并不亲厚，后来却变了。母亲说，父亲对你舅舅们太好了。每次舅舅来家里，父亲都掏心掏肺地热情，把舅舅们的事当天大的事。母亲说，你父亲这是做给我看呢。我怎么不知道呢？人啊，总要将心比心。

今年正月去给叔叔拜年，突然发现他很老了，更令我吃惊的是，快六十岁的他竟长着和父亲一样的脸，周正，瘦削，方颌，耸鼻，不仅是脸，还有神态，声线，笑容，都与父亲惊人地相似。他站在门口对我笑，我一阵战栗，不待开口，泪便滚落下来。

4

我总是会在某个时刻，突然看见父亲，笑容满面地向我走来。父亲走了五年了，还是那个样子，一点都没老，一点都没变。

父亲更老一点，会是什么样子？

父亲走的时候六十二岁。我从此对所有这个年龄段的老男人有了情感。

走在街上，我总是情不自禁地去观察他们，关注他们。他们走路的背影，说话的样子。他们无端让我觉得亲切，亲近，我有时候会有上前跟他们中的某个人说说话的渴望与冲动。他们是我陌生的亲人，是我活着的父亲。他们没有广场舞大妈们的洒脱、喜乐、放达，仿佛越活越有劲头。他们大多都有点拘着，光芒暗淡，有种生命透支的虚弱。他们有的看上去体面悠闲，眼神却藏着寥落；有的拖孙带口，脸上却布满孤独。他们总是比看上去，更丰富，也更单薄；更坚韧，也更脆弱。他们比女人们更加速地走向生命的衰败期，不管以前怎样风度翩翩，怎样叱咤风云，都已终结，他们面临的，是社会的遗弃，器官的衰退，亲人的嫌弃，伴随他们的将会是空屋子、轮椅、拐杖，是偏瘫、疾病、恐惧。他们奋斗了一辈子，一点点地武装自己，自以为练就了钢铁之躯，却又要被岁月沦为婴孩打回原形，在不可预测的生命险境里与肉身搏斗，在等待中苟活。他们比之前任何时候，都更需要生活的耐心与勇气，也比之前任何时候，都更需要亲情的理解与陪伴。

我在我父亲走了之后，以一个女儿的视角去理解他们体恤他们。可我没来得及理解与体恤我的父亲。他还没来得及老去。他大概怕我接受不了考验。他也怕他自己接受不了考验。突如其来的重疾帮助他选择了匆促却体面地离去。

我和父亲匆匆永别。

5

父亲走了，但他仍然用某些方式来向我证明他强大的存在。

　　这两年，我突然冒出了一些白发。开始是一根，两根，很突兀很微弱，犹犹豫豫，躲躲闪闪地出现。我每发现一根都会果断把它揪出来清除掉。后来才知道，我根本没办法清除它们，它们的生命力非常旺盛，在我的黑发里呼朋引伴，渐渐毫不避讳，越来越猖狂。我每回将头发随意拨开，都有新的发现，一次比一次多。我每拔掉一根白发，会拿在手里看，我打量着它们，这些长出来的白发，都是一个样子，微卷，粗硬，发亮，像折弯的银色钢丝。可我的黑发明明细软，顺直。我细软顺直的黑发里居然长出微卷粗硬的白发，我诧异又震撼。

　　我的父亲少年白头。父亲年轻时就有一头桀骜不驯的头发，又粗又硬，自然卷曲。他的头发，先于他的年龄，早早地沧桑老去，一片花白。头发，就像身世一样，让父亲无法选择也无法回避。父亲年轻时当过兵，他所有留下来的年轻时的照片，都是戴着军帽的，戴着军帽的父亲英俊不凡。我那时不知道，军帽里面藏着父亲的自卑与烦恼。

　　父亲一直是个不爱捯饬的人。然而，对于头发，却是真上了心。他常年坚持吃黑芝麻，生吃，炒熟磨粉吃，吃了很多年，都不见效。每回看到有治疗白发的小广告小偏方，都会头脑发热跃跃欲试。可他的白发总是毫不动摇。后来，便依赖于染发，每年至少染两回，一是重阳节单位老干部们的聚会，一是过年。每次染过发，他都特别地精神焕发，仿佛一下子年轻了。父亲得病之后，不再染发了。他的发量明显少了，白得也不那么执拗与分明了，有点接近麻灰色，仿佛换了脾性，软塌塌的。有一次，他洗完头发，我拿毛巾去给他擦头发，然后给他吹干，我第一次亲近与观察父亲的头发，它们在我的手指间绵软无力，垂头丧气。它们不再是我记忆中的父亲的头发了。吹风机轰轰地响，吹得我眼里一片热浪。

我们姐妹几个中，老二、老三还有小弟都遗传了父亲的头发，发质粗硬，黑白参半，让他们苦恼至极。以前每回说到头发，她们便会恨声怨父亲，都怪你的遗传！父亲站在一旁，任凭儿女的数落，歉疚地憨笑着。我一直都随母亲的头发，发质细软，乌黑顺直。我暗自庆幸，我在头发上逃过了父亲的基因。我顶着这头黑发满意地过了四十年。我没有想到，我在父亲去世了之后，突然长出了他的白发。是的，那明显就是他的白发。它们在我其他的黑发里倔强地特别地存在着，像深埋于地基下的钢筋。

我慢慢接受了我的头发里长出了父亲的白发的事实。我和父亲，隔着性别，隔着生死，仍然牵扯不断。我不再去拔那些新长出的白发，我让它们留在我的头皮上，与我一起变老。

6

我重新对农村怀有一种崭新的热爱，好像我之前并不是一个农村人。怎么说呢，以前，心在城里，回家，就是年节的一个形式。我们总说，忙呢。其实，也没有那么忙，只是没有那么地依恋那个家了。乡下，还有乡下的那个家，毕竟局促了，也寒碜了。我们都有小家的温存，有城市的繁华，我们步履匆匆地赶路，心越来越大，越来越糙。我们总以为那个家永远都等在那里。谁知，等我们回过头来，它已经像月亮一样，缺了。

它缺了，再也圆不回来。

母亲住进了城里的弟弟家。我们还是会在年节的时候去看母亲，在弟弟家陪母亲吃个饭。我伤心地发现，娘明明还在，娘家却没了。一些个年节，都没了滋味没了念想。娘家，好像就应该在乡下，在一个没装防盗窗的有点年岁的大房子里，父母健全，花草葱郁，有满院子的阳光与风，有大把的光阴与记忆。这样的娘家，怎就没有了呢？我记得，有一年端午，姐几个回去，父亲在餐厅里包饺子，父亲说，我给你们包了三种馅的饺子，你们好好在家住几天。我们一个个，撒开了手，敞开了肚皮，疯吃疯闹，都没了正形。如今，那样的家，再也没了。

我是有多想念乡下的家啊。这个家缺了，便去圆另一个家。我尽可能地腾出时间，周末带上孩子回乡下的公婆家。我重新去亲近泥土，庄稼，河流，云朵，重新去学着做儿女。我陪婆婆去园里择菜，有时候也试着陪公公饮一杯老酒。我在那样的日子里，身心柔软、松弛，像是回到水里的鱼。我在家乡的土地上大口大口地呼吸，读书，写字，劳作，我甚至开始期待老去的生活。

我渐渐地，习惯了周末随丈夫在乡下老家住上一晚。丈夫老家的房子在河边，地基很高，站在阳台上能看到昌江，它一路蜿蜒，一直流向天际。昌江的对岸有我的娘家。我是喝着昌江水长大的。我们其实不叫江，叫河。一代又一代人，去河里担水，去河里洗衣，去河里打滚泅，去河里坐渡船。人死了，去河里取水，去河边烧包，祈福。我们逆着河流出发，又顺着河流回来。河水，是母体的羊水，不离不弃，温暖，深情，滋养与安抚着我们。

深夜，站在老家的阳台上，能听到河流的呼吸，它潺潺而歌，辽远动人。世间万物，唯水流不竭，生生不息。

房子，房子

1

那天，母亲进门就跟我说，有人打电话问家里的房子了，像是有意买的意思。母亲说这句话的时候，语气是欢快的，眉眼舒展着。父亲去世后，母亲随我来县城住了，乡下的那栋四层楼房便一直空置着。久了，成了母亲心里的一个结。每次下雨，母亲便像风湿发作般跟我念叨那栋房子，你说，家里——会不会进了雨水？

遇到梅雨季节，一想到那见不着日头的房子，母亲心里便滴滴答答，长久不得干爽。

其实，我也一样。

那栋房子建于1998年，是父亲手上的第二套房子。父亲当年像个将军，在一张稿纸上挥斥方遒，亲自规划设计。那时候，村里的楼房还很稀有，父亲一口气做了四层。

谁也没料到父亲会突然走了。最没料到的，也许是父亲自己。他一辈子都像在跟自己的命较劲。比如，他小时候和祖母相依为命住牛棚，所以，他这辈子要自己造房子，不仅造一套房子，还要造两套房子，三套房子。不仅要造房子，还要造更好的房子，更高的房子。还比如，他爷爷走得早，他父亲也走得早，所以，他这辈子要长寿。他把养生看得极为重要，每天坚持跑步，叩牙，梳头，他说，他要把祖辈们缺的寿命都给补回来。

可是，人有时候还真没法跟自己的命较劲。

父亲在病中的时候，有一次，谈到过这房子。父亲说，要不，咱都搬到城里去吧，你弟弟也在城里买一套房子，我们一家人都在一起。把这房子，卖掉去。父亲说这话的时候，挺寻常的样子，我有点摸不准，他是知道自己将不久于人世，经过了深思熟虑做的决定，还是只是心血来潮时的随口一说。但这确实是父亲不久于人世之前对于房子的提议。我们都觉得这该算是遗嘱吧。

所以，母亲便放出口风，想把房子卖掉。毕竟，是没有人去住了。毕竟，还没结婚的儿子面临着在城里买房装修，需要一大笔钱。

房子没人住没人管，一日一日，衰颓着，像没人管的孤寡老人。按说，也是该卖掉。

那天晚上，母亲又跟我说起房子的事，不知道为什么，突然地，就黯然神伤起来。她喃喃地说，房子若卖了，总好像和你父亲断掉了什么，而且，没了房子，咱那村子，可能，再也回不去了。

似乎真是那么一回事。那房子，是父亲留在村子里的脐带，连着筋脉呢，怎能说断就断了？

事实上，房子没卖，我们也不怎么回去了。偶尔，因为其他一些事，路过镇里，却并不愿意绕去看看它。离它稍近些，心里便会突然地潮湿起来。那房子，时时刻刻，角角落落，都是父亲的气息。父亲走了。很猝然地走了。可大多数时候，生活里一片喧哗，阳光灿烂，秩序井然，好像忘记了父亲的走，便也寻常地过着。但是一面对那房子，父亲猝然走了这件事便又跳了出来，像里面的每寸墙面每块瓷砖般杵在那儿，我们不得不复制着某种悲凉，像是，生活突然又暗了下来。

所以，我似乎有些不太愿意面对那房子了。

我有时候会为这种情绪而羞愧，甚至是悲伤。仿佛是，我在潜意识地想要把父亲忘掉了。

2

父亲做这房子的时候，特别有劲头。他一个人关在房子里，像模像样地在一张稿纸上画了几天的设计图。然后，他拿着那张看不出所以然的图纸，兴致勃勃地要跟我们解说。我们却一副很不以为意的样子。

楼房做起来之后，确实和村子里其他的楼房样子不太一样。外观格外清秀，素雅，透着点文化的味道。可事实上，这栋房子除了观赏性，实用性极为欠缺。父亲为了弄出些不凡的样子来，打破常规格局，楼房的正面，也就是朝南的方位，做了整体的墙面凹凸设计，把最为紧要的阳台设计到了西边。父亲颇为自己的设计得意。我们居住之后，才发现，我们连个正经晒太阳晒衣服的地方都没有。我们极少去西边的阳台，那儿的阳台总显得有点矫情，冬日里，阳光总是磨磨蹭蹭地从中午之后才出来露个脸，夏天，却又是劈头盖脸地，让人避之不及。我们才恍然起来，阳台设在南面，才是最正确最合理的呀。然而，我们总是不太好当着父亲的面说。

我特别记得，造房子的那些日子，天微亮，迷迷糊糊之间，就听到父亲叮叮当当使锤子的声音。清脆，紧凑，结实，一声接着一声。父亲坐在一个小凳子上，细细磨磨，没日没夜，做一些力所能及的碎活儿。那些个日子，父亲整个身心都扑在造房这件事里，前前后后地操持，从不懈怠。父亲黑瘦了许多，也显老了。造这房子耗时了大半年之久吧，我感觉像是耗上了父亲大半辈子。我那时候正在省城读中专，暑假回来，也被父亲抓着做些小工，搬砖，提水泥桶之类的。弟弟还小，我这个长女不做谁来做？然而，我总是不太情愿的，只巴不得赶紧开学。有一次，搬砖头，心不在焉吧，一不小心，跌在坚硬的水泥石阶上，小腿骨磕出一个大口子，鲜血喷涌。我的小腿到现在还有一个很难看的疤，这让我穿裙子的时候特别介意。那个时候，我大抵是在心里怪过父亲的。我是父亲的女儿，可我那时候总是娇气懒惰得很，贪恋优越享受的生活。

因为这栋房子，父亲欠下不少债，也落得些非议。因为父亲那时候在单位做会计。人的眼皮子都很浅。父亲是个特别重声誉，也特别严谨低调的人，这栋醒目的四层楼房，很有些与父亲格格不入。父亲有时候，又是个让人难以捉摸，且特别固执的人。

对于这四层楼，父亲是有规划的。第一层是客厅、厨房、卫生间；第二层是他和母亲的卧室，弟弟的房间。第三层，他很费了些心思。这层楼，是专属我们三姐妹的，有三间房，带一个小露台。父亲请了木匠，将东边及中间稍大些的房间做成了小套间，给每间房做了整体衣柜与书柜。还根据我们的意愿，上了淡蓝色漆，显得特别清新别致。那个时候，"装修"这个词极少被人提及，那种衣柜与书柜在乡下极为少见，一些比较讲究的人家一般会用在儿子的婚房里。我们那时候颇有受宠若惊之感，因为在我的心里，父亲一直是有些重男轻女的，我暗暗觉得除了我这个长女之外，下面的几个妹妹都不过是弟弟的铺垫而已。我暗想，这多少有点像是父亲要弥补我们的意思。

房子做好后，有乡邻到三楼参观，便说，妹头伱的房间搞这么好干吗，以后不都要嫁出去的？父亲笑着说，妹伱也一样，嫁出去了，也还是要回来住的，住得舒服，才会多回来嘛。父亲极有远见。我后来结婚，把我那个小套间布置成了自己的婚房，也是因为，它比我在婆家的婚房要体面舒适得多。先生在部队，回来得少，便依了我的意思。我们郑重地在房间里贴上金闪闪的红喜字，重新置了窗帘，沙发。它看起来，特别像一个理想的婚房的样子。先生在部队的那几年，我几乎一直住在家里，仍然像闺中女儿。一直到后来，房间都保留着我们最初布置的样子，我们姐几个每每回去，总要在家里过个夜，大大小小十来个人，特别人丁兴旺的样子，整个楼房都欢腾得很。

在做这楼房之前，我们家是一个老式的土面瓦屋，总共有三间房。父亲母亲一间，外婆一间，还有一间是母亲赖以生计的药房。我们姐妹仨曾和外婆一起挤在她的小房间里，小妹和外婆睡她的雕花老床，我和二妹在旁边支了张铺。那房间有些阴暗，外婆一双小脚，夜起不便，便习惯在床头放置尿桶。那个时候，好像大家都习以为常，尿桶从不及时清倒，一直积着，使得房间里终日弥漫着一股浓重的尿臊味。不知道什么时候开始，我们打起了母亲药房的主意。母亲的药房有些杂乱，有股酒精味儿，但总好过尿臊味。我们将药房归置一下，从中间扯上个布帘，便给自己隔出了一个小小的闺房。那个不到十平方米的闺房，让我们无比欢喜。我记得，我和妹妹用一些彩纸折了很多千纸鹤和幸运星，挂满了房间，在墙上贴了"小虎队"的挂画。我们还在窗口挂了一个风铃。我记不起风铃的由来了，玻璃的，有阳光的时候，一朵朵水晶花，随着风儿，叮叮当当地摇曳。那时候，我们特别满足。

谁想到呢，我们还能住上有衣柜和书柜的套房。现在想来，真的，那段闺阁时光，美好得像个梦。

3

房子，也是父亲心头的痛。

父亲后来说，那房子，卖掉吧。父亲说得很平静，我不知道，他是经过怎样复杂的心路历程才说的那句话。

父亲在村里，曾是一个人。一个人的意思是，在他出生成长的这个村子，他没有任何血缘至亲。父亲不记得他父亲的样子，他三岁之后，唯一的亲人是祖母。等到十五岁时，他连祖母也没了。很小的时候，父亲对我们说起他的身世，像说一个很久远的故事：我那时候，一无所有，跟着我奶奶住村里的牛栏……

父亲曾住在牛栏里，但他还有祖宗留给他的地。他要在那块土地上生根发芽，首先，得在那块地上做上房子。房子，是父亲生活的起点。

那个年代，封闭、贫瘠，村子里还很蛮夷，往往是人多势强。哪家出现个什么纷争，兄弟叔伯便一齐上阵，武力解决。为些并不多大的事，动辄全家人去"讨人命"，甚至村子与村子之间齐殳杀阵。很小的时候，模糊记得，屋前的一个老实巴交的李姓汉子，在一次与邻村的杀阵时被斧头砍了，好几个后生把他抬回家，殷红浓稠的血洒了一路。

那个时候，村子纷争最多的，是土地。

说回我家那间土面的瓦屋吧。在村子里，那是一栋很特别的房子。

那是父亲生命里的第一栋房子。父亲做那栋房子的时候并没有我，因此我无法去想象父亲当时做这栋房子的情境。但我是在那个房子里出生长大的。它承载着我成长的无数细节，它的样子是我生命的原色。我想告诉大家的是，那是一栋没有后门的房子。不是父亲没设后门，而是，我家的后门被邻居家的猪栏给死死地堵住了。邻居是在我家做了房子之后，才把猪栏做过去的。他们说我家后面的地是他们祖宗的菜地。他们紧紧地挨着我家后门，做了一个大猪栏。猪栏与我家后墙之间，只留了十厘米左右的间隙。我家的后门，成了被扼住的咽喉。邻居说来和我们家还算是宗亲，按辈分，父亲称他为叔叔。我这个宗亲爷爷兄弟七个，兄弟七个又各自开枝散叶，一大家子几十口人。记忆中，父亲像是一直在为后门的事据理力争。有一个场景，至今盘踞在我的记忆里，像萧瑟的秋冬里一群乌鸦在头顶无声盘旋，散发着一种凛冽的气息——我的瘦弱的父亲，被邻居家六七个兄弟围在中间，他们孔武有力的身板，像一团乌云，向父亲一点点压过来，父亲张着嘴，喉结上下挣扎，刚发出一点声音，便被面前的乌云给笼罩了……

父亲无法跟他们理论，但父亲从来没有松过口。父亲始终跟我们说，那后面的地就是我们自己的，是祖宗留给我们的。邻居后来搬到景德镇去了，猪栏空置着。空置着的猪栏仍是堵在我家后门口。后门与猪栏间的那条过道，因为终年不见阳光，地底又不得通畅，总是积着苔藓与污水，像条发炎糜烂的阑尾。我们这些小孩子懂什么呢？那个与众不同的后门倒是给我们带来些乐趣，若是父亲打骂我们，我们集体一阵风似的往后门钻，那条窄小的过道从不刁难我们瘦小而灵活的身体，却把父亲给难住了。父亲站在自家的后门前，深深叹口气，便也罢了。

父亲后来坚决拆掉老屋，在原地重做楼房，是不是想迫切地改变这个境况？我那个邻居有个长兄，是个读书人，很早便到景德镇去安了家，在我父亲小时候曾给予过关照。父亲觉得他应该是个明事理且说得上话的人，便在某个夜里，点灯熬油，恭恭敬敬地给那个宗亲叔叔写了一封长信。我后来看过那封信，父亲还把它重新抄在了一个笔记本里。那封信情真意切，字字句句极尽恭谦，父亲说到从前，也说到未来，说了祖辈，又说了后人。父亲说，你们难道打算堵我一辈子吗……

那封信终究还是半点回音也没有。

后来的那栋楼房，父亲绕过那猪栏将后门偏移，辟了一条胡同般的狭窄院门。那栋楼房，总算是舒出了一口气。

4

卖房的事终究没有谈成，母亲嫌对方出的价太低了，几乎比我们的预期价格缩了两倍。母亲说那人不实诚。其实，我们的预期价格只不过是我们自己一厢情愿罢了。时代毕竟是不同了，那房子无论是结构布局还是装修陈设都极为落后，地段又不好，院子倒是有，只是前院通不了车，后院呢，就一条窄小的胡同，畸形一般，总让人不太舒服。谁会出高价买这样的房子呢？

可好像，还不仅仅是价钱的事。我们其实都还没有做好卖掉它的准备。

先生一直不主张卖，他说，叶落归根，房子在，根就在。人，不能忘本，不能断根。然后，先生说起了我母亲百年以后的事。我们说的百年以后，是指一个人的后事。对一个在生的人说后事，自然是不太合适的，但时间总得往前走，人也得往前看，有几人能活过百年？这样去说，就不难听了。先生说，咱妈百年以后，总还是要回去操办的。妈以后，总还是要和爸在一起的吧。再怎样，得在村里留个安身的地方。

我们那个村子，凡是村里老了人，都葬在一座山上，那是祖宗待的地方，也是祖宗传下来的。父亲自然也在那里安了身。先生的意思是，如果房子卖了，跟村里没了联系往来，母亲随了我们在城里，这百年以后怎么去办这后事呢？先生的意思，一是以后或许不好再回村里去了，二是也没有地方好操办。我是有些忌讳的，也有些不以为然，便说他，怎么就扯到这事，想得也太远了吧！这身后的事再怎样比得了身前的事？再说了，这和乡下断了根的，这住城里的，就不老人了？就不办后事了？先生便说，你们女人家，懂什么呢！

先生去年也在老家做了房子，方正气派的四层楼。当初，为做这房子，我挺有些意见。太折腾了。好不容易从乡下都到了城里，事业家庭都稳固了，父母也都跟在身边住，为什么还要回乡下做房子？这日子才舒坦些，又要真金白银地往外抛。然而，先生特别坚持。房子做起来之后，最高兴的，是我的公公。他说话的声音一下子敞亮了起来，好像从前他都是憋着嗓门说话似的。

我的公公曾经在壮年时离开他的村子，去邻市景德镇打拼，做了十多年的蔬菜批发生意。我记得，我和先生恋爱时，住在他们在景市租的房子里。一个很有些年岁的房子，寒碜老迈的样子，总共六十平方米的样子吧，三间房，隔音特别差。睡觉的时候，好像每个角落都窸窸窣窣地发出可疑的声响。我总是极难入睡，往往是好像刚睡着，又被公公凌晨起身咳嗽的声音惊醒。公公的动静极大，咳嗽起来，一声连着一声，一声比一声急剧，我总是担心他会把胸腔咳出一个洞来。过一会儿，又恍惚听到隔壁房间里传来霍霍的磨刀声。当然，极有可能是我耳朵的臆想。隔壁的房子里，合租了一个乡下来的屠夫，我偶尔碰到他，四十来岁，默默的一个人，身上总是套着一件油腻腻的黑褐色皮围裙，脸膛像是那块皮围裙裁剪出来的，黑褐色，抹了猪油般光亮，倒给他整个人衬出一种生机。后来，公公几次辗转搬家，终是在一个半新的楼房里租下了整个一层。在那个城市，公公把夜里当成白天来用，却也只是把几个孩子拉扯大了，没有在城里谋得属于自己的一砖半瓦。到了老年，便也只有依附儿子了。依附儿子，是最理所当然的。他重新回到村子里，住上了村子里最醒目的大楼房。这个一辈子都没怎么伸展开手脚的男人，仿佛天地重新开阔了。逢年节，他总是在楼房上挂灯笼，扎彩旗，格外地招摇。有人路过，赞叹，这房子真气派。他听后对我们转述，一次又一次，说过又像忘了，下次又津津有味地说起，某个路过的人，说我们房子气派。呵呵，气派。他拣着字眼，重复地强调着，回头来打量着自家楼房。像是第一次说起，也像是第一次打量。公公没事的时候，将手背在背后，悠悠地踱着步子走家串户，村里人聊起他现在的生活，都说，还是你有福气呀。公公便笑，哪里，哪里，享儿子的福罢了。像是很低调谦虚的口吻，却又有着分明的得意。

公公原在这个村里只留下半座废墟似的瓦屋。一间没有做成器的房子。当年，也是拼着全力想做成，却终是不了了之。先生叫来挖土机，把那半座房子推平。挖土机轰轰隆隆的，声势浩大，横冲直撞，顷刻便改写了历史。其实，村子的地很富余，完全可以重新在一块更好的平地上做房子，但先生说，还是在老地基上做吧，那是祖宗传下来的。

有了房子之后，我们会在周末的时候回乡下，像有些城里人那样，享受着田园周末。房子面向昌江，背靠青山，我们跟着太阳一同醒来，日子像河水一样发出原始的光泽，缓慢而悠长。先生说，以后我们老了，还是会回来住的，这里的天地，多敞亮。

对于我们老了之后的生活，我并没有过多去想，然而，每一次回来，看着这里天空与河水，总觉得无比心安。不管怎样，我像是逐渐习惯了这样的生活。

5

德国著名小说家帕特里克·聚斯金德在小说《鸽子》中，描述房子对于主人公约纳丹的意义，"这是他在这个动荡不安的世界上的安全岛。是他牢靠的支撑点，是他的庇护所，是他生活中唯一被证实可以依赖的东西"。约纳丹是个朴素禁欲的小人物，他在动荡与被遗弃中守护着房子里安稳牢固的生活，画地为牢，在房子里构建自己的全部自我与世界。然而有一天，他的内心平衡与生活秩序却被一只外来的鸽子扰乱与打破，最终分崩离析。

对大多数人来说，房子是生命栖息之所，它证明我们在这个世界上安身立命，证明一种存在，一种尊严。人赤条条地来到世上，要奔波劳碌，要天天向上，要衣冠楚楚。人活着不容易。所以，需要庇护，需要支撑，需要包裹。房子，对抗着一切外来因素，房子是自己的地盘，是安全岛，是遮羞布，是母体。

我想，对父亲而言，更是如此。一个孤独的人，一个无依无靠的人，更需要一种有形的物体，将他包裹起来，给他在人世取暖。父亲无从选择他的出生来路，而房子，是一个可以推翻与重建的载体。他曾经，竭尽全力地，想要用一所房子来为自己证明，想要在一所房子里重新生产出他想要的生活的模样。对父亲而言，房子除了安身之所，还是重生，是希望，是他的诗歌与远方。

我是在父亲走了之后，才突然又记起那条曾横亘在我家后门数年之久的"阑尾"。回过头来细细思量，那何尝不是父亲世界里从天而降猝不及防的"鸽子"。对于父亲，那是一种关乎生命尊严、精神信念的摧毁与嘲讽。我后来想，那些关于房子的九曲回肠的心结，抑或也是种在父亲身体里的一种病因？那些不得舒缓的经年的痛，在无数酒精的辅助下，一点点地，变异，肿大，悄然植入父亲的生命深处。

从上海确诊后，我留父亲在城里住，父亲执意回家。父亲说，你们有你们的生活，我在自己的屋子里更自在。在他生命的最后一个月里，除了看书，写书法，便是整日地打理院子侍弄花草。我周末回家，看到父亲穿着一件白色汗衫，在院前的花圃里拔杂草。他背着我，弓着身子，缩成瘦小的一团。他拔得很认真，身体随着手的用力微微起伏，偶尔，他或许有些累了，手略略一停顿，歇口气，又埋头继续了。那个身影，单薄，执拗，像一芯火苗，在风里颤抖着身子，弯腰，又直起。我双目灼热。我突然想起他当年建房子时的情景。那时候，他也这样，弓着身子，给旧木板起钉子，清理废砖头，他的身体起起伏伏，流畅有力，臂膀坚实地鼓起，像藏着一头小兽。他多么欢喜，亲手给即来的新生活清除障碍，铺呈秩序……

父亲身后的那四层楼房被父亲的瘦弱衬得无比伟岸，在阳光里熠熠生辉。院子里葱郁井然，看不出任何生命衰败的迹象。

6

就在房子没谈成的那天，我去政府部门办事，听到两个办事员在闲扯，说一个老人办后事的事。一个女人对另一个女人说，是我们小区的老头，有好几个儿子呢，都在城里买了房的，结果，最后停在我们小区临时租来的棚子里头。她又说，真是，你说有多大意思，到头来就那样停在外头，想着都凄凉。另一个女人接了一嘴，是哦，这叫死去的人怎么能安？女人摇摇头，有些唏嘘又有些鄙夷。是极看不上这件事的意思。

我由此想到先生曾提及的母亲百年以后的事来。

在乡下，在传统的观念里，百年以后这件事，是件庄严庄重的事。讲究热闹操办，讲究入土为安。仿佛是为在世一遭，画上一个圆满体面的句号。死者为大。后人之孝，不仅仅体现在生上，更要体现在死上。在我们这个地方，一个有家室有子孙的人过老，入土之前，安放在自个的房子里，方为妥当。一个人生前有归宿，死了却停在外头，像是孤魂野鬼，是件极难看的事了。这难看，不仅仅是凄凉的意思，还有着很多枝枝蔓蔓的世故与讲究在里头。死去的人，自然是不会不安的，心脏都停止跳动了，早就安了。不安的，是在生的人。

要买我家房子的原也是我们村里人。很早便离开村子去外面打拼了，如今后辈都成了城里人，自己却想回村里来。饮水思源，叶落归根。老头七十多了，脾气拗得很。他说，外面再好，老了，还得回家。他说的回家，是回到源头，从哪里来回哪里去，你出生的那个地方才是灵魂的最终归处。这个执拗着回乡买房的老人，与其说是安排自己的余生，不如说是在打算自己的后事。

母亲对于房子与她百年之后的事的联系，并不以为意。她觉得对她而言，把儿子的婚姻大事安排妥当才是最为紧要的。既然儿子不可能在乡下安家，房子卖掉更有现实意义。对于一个母亲而言，儿子的事才是天大的事。然而，她也踌躇着，有时候，恨恨地怨一声父亲，到头来，倒让她左不得右不得了。

她当初，风华妙龄嫁给孑然一身上无片瓦的父亲，亲手和父亲一起置了两栋房子。这大半世的滋味，尽在那一砖一瓦里了。人这千头万绪的一辈子，亦不过是房前屋后的春秋。

我自认为是一个头发长见识短的妇人，也是个无神论者，对于身后的事，对于人死之后的那个世界，我从来没有去思量过。似乎是，那个世界对我来说太远，也似乎是，我在回避着那个世界。自从父亲走了之后，我仿佛被死这件事绕住了，它重新走到我的面前，与我对视。我发现，我在与它对视时，一次比一次平静。我越来越觉得，人死后，真有那么一个世界，一个大房子里，我们走着走着，终究，又要聚到一块去了。

很奇怪的是，在父亲走后，我觉得我和父亲之间的情感更深厚了，我们之间的某种交流突然打通了，我重新变成父亲的女儿，仿佛一种血脉源头的重新相认。因为父亲，我成了一个有历史的人，父亲的故事变成了我的故事，我的生命变得厚重而丰富了。有时候，我决定一件事，突然地，觉得是父亲的旨意。

然而，对于这件事，我却没有感知到父亲的旨意。我不知道，若父亲还在，对于这栋房子究竟会怎样处置。

自从母亲说有人要买房子以来，我几次梦见那房子。有一次梦里，叮叮当当的锤子的敲打声清脆袭来，欢快，紧凑，结实，像滚滚春雷，撑满了整个世界……我惊醒过来，心里突突地跳。

身体里的兽

肿瘤，这只猛兽是在 2014 年 6 月 23 日蹿到我面前的。在这之前，它只是一个有些灰暗的名词，像远在北京的霾，又像是衣服外面沾的一点污泥，隔着空间与皮肉，基本不具备关注度与杀伤力。在这一天，它成了我心上的一头兽。

我曾经与它激昂决战，但终是败下阵来，心力交瘁。这只兽，从此在我身体里安营扎寨，像个处心积虑的小人，静待着某个时刻蹦出来，揭穿属于我的一切温暖美好的假象。它有着不同的面目，本领非凡，虎视眈眈，干扰我原有的秩序与常态。我们互相揣测，互相对峙，我和它，像两只红了眼的兽。有一天，我照镜子，发现我消瘦了，我原本圆润上扬的脸部线条，呈现出一种从未有过的松懈疲软的趋势。它在镜子静静地与我对视，我仿佛越过数年的光阴，看到了自己垂暮的老态。

我知道，这是它的杰作。

1

我清晰地记得 2014 年 6 月 23 日的清晨，就像记着一个可疑的誓言。

那一天注定不是一个寻常的日子。那是周一。我们在乡下过了周末，一大早要赶回县城，儿子要上学，我要上班。上车前我突然发现我落下了我的手表，结婚十周年的礼物，一块瑞士梅花，我唯一的奢侈物。我匆匆折回头，房间里它可能存在的地方，抽屉，床头柜，洗手间，枕头底下，全没有。我完全不记得我把它落在哪里，记忆里一片空白。时间不容耽搁，我慌慌张张地上车，一路惴惴不安，心像没有依托的钟摆，空荡荡地悬在那。半路上，母亲突然来电话。记忆中，我从来没有在早上七点多钟接到过母亲的电话。然而这并不能代表什么。母亲说，上班了吧，我和你爸来鄱阳了，你爸胃痛，带他来人民医院看下。母亲的语调很寻常。莫名地，心头的钟摆陡然停顿了一下，然后一声比一声慌乱。父亲从来没有上医院看过病，除了单位组织的体检。极少的头痛脑热，父亲几乎连诊所都不愿去。我那个最注重养生，一年三百六十五日风雨无阻地坚持长跑与泡脚的父亲，居然来人民医院看病。我感觉有点不好。我说，妈，我现在在回城的路上，等会儿去医院陪你们。妈说，不用陪了，你上你的班，一点小病，我陪你爸看看就行。挂了电话，我怔在那里，随即打电话给在县城的老二。爸来人民医院看病，你怎么都没有去陪？我的语气里有着莫须有的急促与质问。我又不知道，我这就去。老二嘟哝着回我。我挂了电话，坐在那里，心里有些莫名发慌。丈夫在旁边模糊不清地说着什么，让人觉得聒噪。乡下的路，一个弯道接着一个弯道，像一个饶舌的妇人，把一段话说得弯弯绕绕晦涩又冗长。我靠在椅背上，觉得有些虚弱。

那天早晨，像一个出错的程序，孩子要迟到，最珍贵的手表不见了，父亲突然身体欠安。可是，我那时不知道，那其实是我生命里最珍贵的时段。那个时候，一切都还安好。我默默地看着时间往前走，拉不住它。

这是一个初夏的早晨。我们的车迎着薄薄的阳光与一片澄蓝的天空，却兀自开进了一片让人窒息的阴霾。

2

有很长一段时间，我的手机与电脑的搜索格里都只有一个词，肝癌晚期。它触目惊心地反复出现，像一种顽固的病毒。我一遍又一遍地搜索着与这个词相关的一切文字资料，它的起源，它的症状，它的走向。几乎所有的东西都是灰色，一团一团的灰像陈年发霉的棉絮一层又一层地向我压来。那鬼魅一样的 X 光片，从上海最权威的肿瘤医院飞到深圳最大的中医院，所有的医生都是面无表情的死刑宣布者。我们对医生咆哮哭泣，像胡搅蛮缠却没有能力的孩子。在真相面前，泪水与愤怒，都无比轻飘。

我不相信事情没有转机。肝癌晚期，这是个什么鬼，我相信我能把它大卸八块，洞穿它，肢解它，消灭它。我像个过滤器一样自动过滤掉一切的灰色，牢牢地锁住那一星半点的希望之光。我相信奇迹。怎么可能，我的父亲。

父亲一直未知。我们像保护婴儿一样保护着父亲。父亲配合着我们的一切，我们的隐瞒，我们的安排，我们的药方，我们的食谱。那个曾经严厉要强的父亲像个单纯的温顺的孩子，信任与依赖着我们。没有了任何手术的机会，我们把希望寄予食谱与中药，想通过中药与饮食来重新建立一个体内环境，一个肿瘤细胞不能生存且自行灭亡的环境。我用各种途径寻找一切专门与肝癌作对的食物，像一个资深营养师一样严苛地安排着父亲的食谱。有的书上称碱性物质能对抗癌细胞，只要体内形成碱性环境，癌细胞便无法生存。我们让所有父亲爱吃的油炸辛辣、动物性食品等酸性食物从父亲的饮食中彻底消失，每天数种碱性蔬菜水果轮番上阵，搭配一些强碱性的海藻与豆类，红薯、大枣、芦笋等所谓的抗癌佳品更是每日必备。这些五彩缤纷的食物像是我们埋伏在父亲身体里的勇士，我们都相信它们一定会不辱使命，将父亲的癌细胞一一刺穿。

有一次，母亲为几个孩子炸了花生米，父亲一直好香脆的食物，尤爱油炸花生米。熟悉的香味从餐桌漫开，父亲惯性地伸出筷子，在伸进嘴里之前，父亲顿了一下，犹疑地看向我。看着我的父亲像一个殷切等待的孩子。我心里一酸，却摇了头。那不是花生米，那明明就是滋长癌细胞的恐怖分子。父亲憨笑一声，将嘴边的花生米放回碗里。

我分明听到父亲的喉咙发出了一声叹息。

我们都仿佛成了抗癌专家，欲将所有的抗癌奇方一网打尽。妹妹从微信里看到一条关于柠檬水抗癌的消息，我们买来柠檬，切成薄片，像哄孩子一样哄着最厌酸的父亲一口一口皱眉喝下。那柠檬水真是漂亮，它们通过父亲的喉咙发出最美妙的声响，像一朵花开的声音。各种信息里都声称，中药或许能创造一种奇迹。我们都深信不疑。然而，在这个信息爆炸的时代，太多的药方像一个纵横交错的路口让我们无法抉择，我们不知道哪个路口通往重生，而哪个路口或许就直接走向了死亡。每一次，那一包包形状香味各异的草药拿在手里，我都想入口一一尝验，生怕送入父亲腹中的是致命的毒药。那是一段耳目失聪的日子，我们一次次强打起精神，准备去创造一个奇迹，像穷途末路的人，面对天花乱坠毫无逻辑的谎言，自欺欺人地强迫自己去相信。我们后来通过网络查找到省里最有名的肝癌中医专家，便去省城彻夜排号，我坐在那个名中医面前，像个小粉丝一样激动得语无伦次。我说，还好我们找到了你，还好我们找到了你。仿佛他就是能终结死亡咒语的神。

我把父亲病情的真相锁定在我们姐妹几个当中，所有的亲戚，甚至母亲都瞒得死死的。我不知道我这样做到底对不对，我只知道我不能让父亲精神崩溃，不能让他可能出现的消极状态导致病情的恶化。谁愿意面对自己走向死亡的真相？死亡，是一切的终结，是灰烬。希望，才是良药，是火苗。就算是假象，病人也会死死地拽住它，选择相信。我不知道父亲对于自己的病情到底知道多少，对于我精心编制的假象到底相信多少。他从来没有追问，没有提起过与死亡半点相关的话。他也许真的相信了，也许，只是配合我们相信了。也许，他只是因为回避，而选择了相信。在安排父亲去省城面诊的时候，我和妹妹们像特工一样，事先安排好所有的环节与细节，不容许残酷的真相以任何可能性泄露到父亲面前。每一次去省城拿药，我都一遍又一遍检查药方与药盒，不留有任何有肿瘤肝癌的字样。有一次，由妹妹去拿药，我忘了交代，一盒写有"适用于肝癌"字样的药盒送到了母亲面前。母亲打来电话，哭泣着追问。我用了半个下午的时间，发挥出连我自己都诧异的思维与口才，再一次骗过了母亲。放下电话，我感觉自己全身瘫软，手脚冰凉。窗外的阳光漫不经心地照进来，没心没肺似的晃人眼。我突然觉得身边的世界完全不一样了。我锁上办公室的门，一个人呆呆地站着，拿起手机，我想找个人说说话。我翻着通讯录，一个又一个名字，仿佛没有一个和我有什么关联。一切的存在与温情，都是假象。丈夫突然来电话，询问我下班的时间，晚餐吃什么。我对着手机神经质地号叫，你就知道吃什么，就你吃得下，我就知道这不是你的父亲，我就知道你根本不在乎，我就知道你完全不能体会我的感受，什么夫妻同心，什么有难同当，你就是个别人！我扔下手机，终于，号啕大哭起来。

3

是的，我们都一厢情愿地想象，只要父亲保持良好的心态与状态，只要我们密不透风地为他重建一个理想的环境，所谓的肿瘤，只是身体里一个可以与生命共存的肿块。然而，父亲还是渐渐消瘦了。癌细胞早就渗进了他的血液，正一点一点在他身体的每一处蔓延。父亲肝部的肿瘤越来越硬了，连胸也鼓胀了起来。母亲说，怎么感觉你的胸肿大了？父亲笑着，伸了伸臂膀，什么肿大，那是胸肌，我可不是白锻炼的！每一次看到父亲笑，我的心都会发颤。有一次，父亲露出腹部，跟我说，妹仂，这里越来越硬了，你摸摸看。我伸手过去，父亲的腹部像藏着一块硕大而炙热的铁块，一份灼痛与恐惧从我的手掌漫向全身。我无从感知那铁块塞在父亲的身体里是什么感觉，我更不能把那铁块从父亲的身体里取出来。我虚弱地告诉父亲，肝硬化当然就是硬的。我感到越来越无力，只想逃离。我告诉自己，这一定是场持久战，我要先自我修复，我要喘息。我没有向单位告假去珍惜每天的陪伴，而是跟母亲说好周末回来便仓皇地逃回了城里。我若无其事地上班，同事们像往常一样说笑，男人们吹着牛皮，女人们说着服装，父亲的绝症像是昨日的一个噩梦。只是，我走不出那个噩梦。我做不了任何事，手机里，电脑里，意识里，全是"肝癌晚期"四个字。我觉得我也成了一个癌症晚期病人。我给

163

父亲打电话，爸，还好吧？好着呢，能吃能睡，放心上你的班。每一次，父亲都像复读机一样无比肯定地回复我，我捧着手机泪流满面。

当死亡借着至亲之人的躯体宣告着向我走来时，我才发现我是一个彻头彻尾的软弱者。在父亲面前，我像个无师自通的演员，轻松地说笑，胡扯一个又一个肝硬化治愈的病例，叮嘱他的吃与睡。然而，脸一转向他处，泪水便无声奔涌，像可耻的叛徒。我是父亲的长女，是他一直以来都寄予期望与信任的长女，是五个孩子里说话处事都最有分量的长姐。这是一个并没有征得我的同意却与生俱来的事实。在我三十余年顺风顺水的生活里，父亲突如其来的肿瘤，像一场浩劫。我感觉那块沉重而炙热的铁块从父亲的身体里转移到了我的身体，我拖着它，孤身走在一片雾霾里。

那好像是我和父亲共处的最后一个周末。我回家，父亲正在院子里给花除草。黄昏，院子里有淡淡的花香，微风带着初秋的清凉。父亲弯腰拾掇花草的身影像一个童话。我嗔怪他，爸，说了要多休养，你总闲不住。父亲说，都是手脚功夫，等我病好了，我还要重新规划生活呢。我呆呆地看着他的身影，像一个母亲痴痴看自己的孩子。我说，爸，给你照张相吧。父亲搬来小凳子，端坐在花草前，像个小学生一样。镜头前，我的六十二岁的父亲明显老了，他穿着白色的棉汗衫，两鬓斑白。他坐在那里，因为消瘦而显得弱小，他努力地笑，却仍然笑得那么无力。那个黄昏，我仿佛看到父亲渐渐融入夕阳里，变成那些晚霞，一点一点散去光芒，一点一点隐没在即将到来的黑夜里。

我的父亲，他有理由相信他还可以重新规划他的生活，他错过了太多他想要的日子，这一路的辛酸与隐忍，纠葛与桎梏，如今，人到花甲，万事顺意，他的人生要重新启航。他在生病期间在他的日记本里写下一段话："心态平和，生活规律。有所追求，无须强求。与人为善，助人为乐。家庭和睦，子女孝顺。日行八千步，夜眠八小时。"像是一段对他的生命迟来的爱的告白。

4

当我直面肝癌这个问题时，才知道，癌症已经无处不在。它绝不是远在北方的霾，更不仅仅是沾在衣服外的泥点子。它与我们息息相关，是每一片天空里隐形的霾，是我们身体里的某一根毛发，某一个细胞，某一根筋脉，是我们的每一个不成眠的夜，每一次贪欢的杯，每一种纠葛的念。

癌症（恶性肿瘤），已经成为除心脑血管外的人类死亡的首位因素。关于癌症的数据报告越来越让人震撼与揪心，中国每年有两百多万人死于癌症，癌症的发病呈低龄化趋势。癌症其实是一种千丝万缕的慢性病。癌症的发生发展关乎着我们的环境因素（物理、化学、生物等致癌因素），机体因素（遗传、神经、免疫、内分泌、代谢等），以及微环境多方面相互作用的结果。有专家指出，百分之八十的癌症来自我们所喝的水、呼吸的空气（含吸烟）和所吃的食物。更细一点划分，癌症的生发百分之三十与吸烟有关（吸烟不仅与肺癌有关，很多其他癌症也与之有关）。百分之三十五与饮食有关（如一些富含亚硝胺的腌制食品与胃癌、食管癌有关，过食霉变花生玉米因富含曲霉毒素而易得肝癌，高脂肪饮食可能与大肠癌、乳癌有关，盐过多促胃癌，饮食纤维素少可能易患大肠癌）。百分之十与感染有关。百分之二十五与生活习惯有关。更有专家直言，我们的饮食作息习惯就是癌症的源头。而生活方式比任何因素更为重要。

父亲，他的肿瘤是什么时候埋下的呢？也许具体到是某些混进父亲身体里的霉变的花生米，是那每日两餐雷打不动的烧酒，也许是内心里的那一个又一个的结，它们蛰伏在身体里，找不到出口，慢慢地，腐化溃烂，郁结成团，终是变成了一个再也无法剔除的恶性肿瘤。每个人的身体里都有癌细胞，就像是我们与生俱来的欲念。它是每个人身体里的一头兽。只是，有的与身体和解，安居乐业。有的，在考验与束缚中性情大变，生了恶念。父亲身体里的那头兽，是如何从了恶，或许，只有父亲才知道，或许，父亲自己也不知道。所谓的生活方式，是一张错综复杂的人生版图，有着太多自己情愿或不情愿的底色，关乎命运，关乎性情，关乎着虚妄与执念。

2013 年秋，我参加了一个葬礼。我的一个中专同寝室姐妹死于直肠癌晚期。得知她病情是她去世一星期前，我们计划着周末去看她，却接到她的死讯，直奔殡仪馆。我至今都后悔在那样的地方去见她最后一面。我想，她一定也不愿意。她是一个灵动活泼到让很多人失色的女孩，但最后，她躺在殡仪馆的一个冰棺里，像一个老太太一样穿着夸张的寿服，双颊深凹，牙齿突出，小腹像座小山一样可疑地隆起。她性格外向，家世良好，在我的记忆里关于她的一切都是一片明媚，她的人生理应鲜花盛开果实芬芳，怎么就沾上了直肠癌这个丑恶的魑魅？

参加完葬礼回来，我总感觉我是做了一场荒诞的噩梦，我无法相信那个古灵精怪的女孩成了那具我所看到的面目全非的僵硬躯体。我在 QQ 里找到她，打开她的空间日志。那是一种非常奇怪的感觉，好像时间被我按了倒带，她从冰馆里爬起来，扯掉那腐朽的假面与寿服，走到我跟前对我娓娓述说。那些文字，像一个个电影画面，展示着我记忆与想象之外的晦涩与寒凉，像窗外瑟瑟的秋雨。十年的光阴，像一列跑偏的火车。她的婚姻，她的梦想，或者还有其他一些东西，都偏离她的意念混沌地靠错了站。她淡淡地诉说，借着我记忆里的那张灵动鲜活的脸，像在说别人的故事。那些明明暗暗的线交错成一张网，她困在其中，一张明媚的脸，像一个空洞的假面。唯一和校园里那个女孩扯上关系的，是十年后她依然是个贪吃到偏执的女孩。那个中专时便鄙视我的多愁善感诗情画意，立志只做一个简单而快乐的吃货的她，仍然保留着偏激的饮食习惯，口味奇重，只爱辛辣烤炸，不下厨房，不喜蔬菜，常年在快餐厅里对付。在胃疼到痉挛时仍然去吃酸辣鱼，大呼过瘾后，却在卫生间里疼到一身冷汗而昏倒。她就像个执拗而叛逆的孩子，放纵与宠溺着她的胃，好像只有在食物里，才可以找到她要的简单与刺激。她把那薄薄的肉身当成信念坚定的地下党，任其经受各种严刑拷打。她不知道，它已然叛变。我记起葬礼时她那中年得女的白发老爹，拉着我们的手，一遍又一遍地说，孩子们，你们，还有你们的孩子要管住自己的嘴，切切管住自己的嘴！祸从嘴出，病从嘴出啊！那颤抖而苍老的声音，像是智者的谶语。

一切，皆有源头。所谓因果，所谓轮回，谁都无法逆转。

5

父亲的那一天，来得很快。快到猝不及防。那天早晨，母亲打电话来说父亲开始感觉痛。我清楚地知道，痛意味着什么。我像一个害怕看鬼片又忍不住在捂住双眼的手指缝里心惊胆战地偷看魔鬼的小孩一样，在无数次地煎熬与恐惧中去查询过晚期肝癌临死前的各种症状。而痛，是其中之一。还有比痛更可怕的，比如，呕血，昏迷，癫狂。

痛，无休止的痛，越来越无法忍受的痛，将要击破一切谎言，彻底击垮那个心心念念着要重新规划生活的父亲。当下最重要的，是要终止，或者舒缓父亲的痛。我去中医院找一个信赖的中医老师，我说，您一定要帮我，我要开止痛的中药，要止痛，但不能伤害我父亲的身体。那个头发花白面色红润的老中医看着我，用一种温水般的语调对我说，妹伢，不要急，你看起来气色很差，你现在最重要的是保重自己的身体。人生啊，会有很多意外，扛一扛，都会过去。我自己的父亲，五十二岁，死于肺癌。那个时候，我比你还年轻。万事由命，别太上心。那个老中医，大概和父亲差不多的年龄吧。他和父亲一样叫我妹伢。我特别想上前抱一抱他。

我准备了止痛的中药，又托熟人买到了晚期癌症阶梯式止痛三部曲中的曲马朵以及吗啡。只要止住痛，父亲还可以照常吃喝，还可以熬过一段日子，而我，要时刻陪在他的身边，和他聊聊我们共有的工商事业，我们共同的文学爱好。还有我的孩子，他要承欢外祖父的膝下，听外公讲讲他无法想象的从前的故事。

两天不见，父亲的样子竟然全变了。他虚弱地坐在椅子上，母亲搀扶着他。那个屋子，空荡寂冷，带着一种令人窒息的晦暗的潮湿。父亲抬头看我，用一双我完全不熟悉的仿佛蒙上了一层灰的眼睛，他说，妹伢，你来了，别担心，没什么大事。那双眼睛轻易地击溃了我五十多天精心伪装的坚强，我心慌意乱地躲进厨房煎药。药罐不知什么时候拿在手里，哐当一声，掉在台面上，一块瓦片在罐沿的裂痕中挣扎着，终是掉落，摔在摊开的浓褐色的药汁里，像一个倒在血泊中的决绝的勇士。全是他妈的谎言！我突然想狠狠地骂粗话，诅咒一切该诅咒的。然而，我还是把药端给父亲，他接过来喝了两口，停下来喘气，他说，妹伢，我实在喝不下去了，我可以不喝吗？我说，爸，你怎么跟孩子似的，全喝下去，喝下去就不痛了。父亲再次相信了我，他端起碗，仿佛用尽全力喝完了他生命中最后一碗药。

那头兽彻底在父亲身体里爆发了。中药，曲马朵，甚至吗啡，全都止不了痛。没有任何东西能止住父亲的痛。我曾经在网络上详细了解过吗啡的作用，它是癌症止痛的"神药"，任何的痛只要经过它，一个小时内必然止住。只是它有上瘾的副作用，有的癌症晚期患者靠它能维持一年半载。它曾经是我心里的最后一张护命符。我等待着有一天它像鸦片一样让父亲上瘾。上瘾，简直是世界上最美好的病症。可是，这个疼痛的终结者，这个止痛界的神话，没有止住父亲的痛。我不知道连吗啡都止不了的痛是怎样一种痛，我仿佛看到父亲体内的一切正在那块炙热的铁块下一点一点焦黑熔化。

我的父亲蜷缩在床上，在疼痛的抽搐里折腾着更换姿势，一次比一次无力。我，这个巨大的谎言，杵在父亲的床头，像一摊稀碎的烂泥。时间仿佛停滞。我看见我的父亲用颤抖的身体抱住他的妻子，说，我可能不能陪你白头到老了。那是我第一次听到父亲对母亲的告白。也是唯一一次父亲说的，与死有关的话。

6

父亲走了，我却停在了那里。一切都像出了错。

很长一段时间，我的痛感被麻痹，像一个精神病患者，在一些记忆的死胡同里打转。我摇头阻止了父亲递到唇边的花生米。我在父亲临死之前还要他喝下了难以下咽的苦药。我要父亲每天去吃那些所谓的能打败癌细胞他却不爱的蔬菜水果。我在父亲最后的一段日子里临阵逃脱。我反复纠缠在那些再也回不去的细枝末节里，像一个糊里糊涂让狗屁不通无比悲催的烂片匆促上映了的浑蛋导演。

我想起那个深圳中医院主治医生的话，太晚了，不用再开药，所有的治疗都没有了任何意义，也就两个月的时间了，该吃吃该喝喝，多陪陪他，别去折腾。我们悲愤地打断他，斥责着他的无良与无情。在亲人的生命面前，我们都像没有理智的偏执狂与幻想家，一个良心医生的真话被所谓的亲情与道义湮没了。有太多的癌症晚期患者，置身于白色恐怖的医院里，死于手术台前。有太多的癌症晚期患者，承受着多次化疗放疗，在他们最宝贵的生命时段里，萎缩与脱落的又岂是肌体与头发？过度的治疗，就像过度的环境开发，在缤纷的假象背后，往往是无法复还的加速毁灭。

对于人类无法攻克的癌症，尤其是癌症晚期，最需要的，或者不是无谓的救治，而是维护生命主体最后的自由与尊严。

一直到最后我都没有告诉父亲真相，我一厢情愿地剥夺了他的知情权，或者也给他的人生带去了难以弥补的遗憾以及我们永远缺失的答案。在那最后的五十天里，他也许可以更坦荡自由，也许可以更坚强理性。我不知道，在那五十天里，我的父亲到底在想些什么，他对于他的人生对于我们还有些什么愿望与交代。我追不回那些时光，拉不回父亲，更无法解读生命的真相。我停在那里，走不回去，也走不出去，像一头无法突围的困兽。

后来，我发现我心里的那头兽没了，它钻进了我的身体深处，埋伏了起来。它不动声色，我却能时时感知它的存在与它的窥视。我开始变得小心翼翼，规规矩矩，按时作息，每天散步，躲避社交与饭局，不看书不写字，关注起空气质量，食物来源，抗拒任何违背自然与土地的一切假象。我变成了一个战战兢兢的卑微的求生者，把所谓的梦想与精神搁置起来，只关注与生命息息相关的鸡毛蒜皮。看到有人嗜烟好酒，便想用那个老中医一样的温水般的语调劝诫他。听到某人得癌症离世，那头兽便如惊弓之鸟，在我的身体里翻江倒海。我去体检，却在取化验单的时候如临大敌，生怕自己就是下一个要被枪决的死刑犯。我在父亲离去的后遗症里，活得像一个暮气沉沉贪生怕死的老人。

有一天，我突然发现我的指甲似乎长得比别人要快，我神经质地认为，我身体里的癌细胞也会比别人长得快。任我怎么努力，我都跑不过它，这只兽。像父亲一样，他坚持了数十年的长跑，却依然被它死死拽住。我体内流着父亲的血，我必定也逃脱不了。

这世上，又有谁能敌过这潜伏在身体与时间里的狰狞而冷血的兽。

7

父亲的七七，我回家接母亲。父亲立在枢前和从前一样对着我笑。我站在院子里，久久挪不开步，像一个大病未愈的病人。屋前一个老寡妇，坐在后门口抽烟，看着我没心没肺地笑起来，你爸以后可以和我家死鬼一起凑脚子摸麻将了，他们也有伴了。活人不知死人，死人不知活人，终究，都要往那条路上去。那个女人，死过两任丈夫，二十年前，前一个丈夫死于肺癌，半年前，后一个丈夫死于肝癌。这个看尽生命无常的女人坐在那里，吞云吐雾，嬉笑轻言，像个云淡风轻的戏子，也像个洞穿一切的智者。

我被时间渐渐拉回了日常生活。我仍然每天都会想起父亲，有时会流泪，更多的，是怀念他的笑。我发现父亲所有留下来的影像，都是他的笑。仿佛笑，是他唯一的遗言。我把一张我和父亲的合影装上框放在我书房的桌上，在旁边放上一盆文竹。父亲最喜欢绿色。那是黄昏，晚霞从天边渐暗下来，田间小路上，我挽着父亲的臂膀。父亲往前迈着步子，稳健，从容，看不到一点病态。渐暗的景致里，唯有父亲脸上的笑，像镶着一道光。笑容散开处，绿意葱郁，余晖笼罩。每一次坐在书桌前看书或写字，抬眼，便看到父亲。看到他无处不在的笑。我想起著名女作家杨绛老人在百岁那年写的一段话："已经走到了人生的边缘，我无法确知自己还能走多远，寿命是不由自主的，但我很清楚我快'回家'了。"是的，每一个人都终会"回家"。所有的生命都要落下帷幕，最终归于寂无，归于永生。对于活着这件事，父亲，用他的笑容作了最好的总结。我于是相信，在"回家"的路上，父亲，正如那一天的步子，稳健，从容。

年底回乡，突然听闻屋前的老寡妇一星期前死了，和她那个前任死鬼丈夫一样，是肺癌。那个女人在临死前对旁人说，那两个死鬼，没跟他们享过什么福，倒是把这瘟病传给了我。他们这是急急地召着我去做伴啊。第一次，在死亡面前我竟没有感觉到悲凉。

清明节那天，我坐在父亲的坟前。满山的映山红又开放了，一丛一丛，热烈奔放，像不朽的希望。我仿佛看到我年轻的父亲牵着他小小的长女，对着这座青山跟她讲她的爷爷，以及他爷爷的故事。青山仍在，父亲也仍在。我发现我和父亲仍是可以交流的，他懂我，我也终于懂了他。我突然想起他在生病期间写的那段话，——"心态平和，生活规律。有所追求，无须强求。与人为善，助人为乐。家庭和睦，子女孝顺。日行八千步，夜眠八小时。"我这才懂得，这不是他对于生命迟来的告白，是他对生命的自我解读与终极理想，更是他对我们这些孩子，他的血脉传承所有的愿望与交代。父亲何等明达，他用他的方式安放了他心里的未了的愿。

离父亲不远，并立着两座坟。是老寡妇和她的后任男人。另一处，一座小山丘里，住着她的前任男人。她的个头瘦小的儿子带着他的孩子在认真地祭拜，三座坟墓前香火缭绕，那个八九岁的小男孩将手里的映山红逐一插在坟前，一张红扑扑的脸，像眼前的春天。

我站在一片绿意里，感觉身体里的那只兽蜷起身子，像一只猫一样，露出意兴阑珊的睡意。四周一片安宁。

叶落知秋

1

那似乎只是一个寻常的傍晚，我和父亲去田间散步。

父亲走在前面，腰板特别直，像他年轻时一样。他努力掩盖着病体的虚弱，脚步却明显有些沉缓。在走了第四个来回时，他说，再走一圈吧，我还没累呢。父亲看着我，眼神热切，像个逞能的孩子。我依了他，上前挽起他的臂膀。我陌生而亲昵地挽起我父亲的臂膀，合着他的步子。我发现，父亲像是矮了许多，我穿着厚底鞋，眼睛瞟过去，正看到他稀疏灰白的头顶。我紧紧挽着父亲，用一双在岁月里空置了三十余年的手。

那晚，他洗澡出来，头发滴着水，我拿一个大毛巾去给他擦，然后用吹风机给他吹头发。那让他不满意了一辈子的粗硬微卷桀骜不驯的头发，像是换了脾性，变得稀疏而细软。我边给父亲吹风边用手捋着他的头发，父亲似乎有些不习惯，憨憨笑着，对母亲说，有妹仂就是有福气，都是你的功劳。近些年来，父亲常常对母亲说起这句话，像唠叨着一张欠条。

父亲真的越来越变了，变得不像是父亲了。

父亲把我们姐妹几个的合影挂在厅堂里，来个客人，便赞叹着儿女的漂亮他的福气，父亲笑眯着眼，也不谦虚。合照旁边贴着一张红纸，排头是父亲庄重的字迹：请记住一家人的生日。后面是浩浩荡荡的名字，日期，五个孩子，包括女婿，外孙。红纸黑字，醒目蓬勃，阳光普照的样子。

每一次回家，父亲老早便到村口停车的地方接我们，太阳大的时候，还会撑一把伞。当然，那伞是给我们备的。走的时候也要送到村口，不管什么样的天气。临走时，总是要叮嘱几句，都是些以前他不屑于说的废话。姐妹几个一起回时，便像是过年一般，父亲除了和母亲一起给我们张罗伙食，还要帮我们张罗好牌局。姐妹几个四体不勤，只管往牌桌上一坐，只管一边笑得捂肚子，一边往嘴里塞父亲偶尔端上来的茶水零食。

暑假我难得带孩子在家里过个夜，父亲会早早地到我的房间去，点好蚊香，搬好电扇。有一次竟然和母亲抱怨，那床板太硬了，妹仍会睡得不舒服。他去地里拔萝卜，我要跟着一起去，父亲说，这么大太阳，你别去，在家看看电视睡睡觉。我看着父亲，生出错觉。记得很久以前，到畈上收花生，我最怕那毒辣太阳，总是突然肚子痛或头痛，父亲会毫不留情地严厉戳穿我的把戏，从不给我偷懒的机会。

这完全不是我所熟悉的父亲。

岁月像粗糙的砂纸，那个严苛而执拗的父亲，被打磨得渐渐没了任何脾性，越来越温润柔软，成了一个老人，一个孩子。

　　这样的父亲，突然就没了。在我刚刚挽起他臂膀的时候。

　　像一片叶子的飘落。

　　2

　　小时候，总似乎感觉不到父亲的存在。家里常常只有母亲，以及外婆。外婆年富力强精明能干，她的关爱覆盖了我的童年，父亲便越来越远。

　　父亲是有单位的人。八九岁的时候，或许更小，外婆总是把我叫到跟前，去所里叫你爹回来吃饭。我点点头，却又被外婆拉住。从窗户里先看看你爹在干吗。外婆贴着我的耳朵，像说一个秘密。我不懂，外婆为什么叫我先从窗户里偷看父亲，可我还是照办了。外婆还说父亲的所里新来了几个年轻漂亮的姑娘。外婆总是有些神神道道。我穿过街道，溜去父亲的办公室，像一个小特务一样趴在窗户前。那是一个木质的有些陈旧的小窗户，有点高，我踮着脚尖才能看到里面。父亲常常坐在办公桌前，一个人看书，或写着什么。父亲眉头微锁，舌头顶住一旁的腮帮，这让他的左腮下方形成了一个鼓起的小包，像含着一颗糖果，又像一个反凸的酒窝（父亲专注某件事的时候总会惯性般地出现这个动作）。我总是忘了外婆的交代，饶有兴味地看着自己的父亲。那样凝神专注的父亲，像文具店里的一支装在包装盒的钢笔，在我幼小的心里远远地又体面地存在着。

父亲在我的心里，是体面的。他是个国家干部，穿一身威武的制服，喜欢看书，会写文章，写得一笔好字。我不懂村里有些老人为什么叫他"叫花子"。那是个多么不体面的绰号。我简直想封住那些人的嘴，他们凭什么那样叫我的父亲！我后来才知道，那是我父亲命运的底色，他后来那些努力与执拗，就是为了扯掉某些与生俱来的标签。

父亲曾是村子里最悲苦的孩子。三岁丧父，母亲随之改嫁他乡，年幼的父亲跟着唯一的老祖母孤苦地生活。他们的安身之所，是村里废置的牛棚。我的曾祖母，一个坚强善良的旧时女子，像护犊子一样精心护着她年幼的孙子长大，替人缝补，给人撑船，受人接济，用不为人知的汗水与泪水去为我长身体的父亲换取粮食与鸡蛋。父亲十五岁时，曾祖母一身病体终于油尽灯枯，带着未了的遗憾走完了她凄苦的一生。

父亲的童年隔着时代与境遇，我无从感知以及描述。他很少和我们说起。也许曾经说过，但我们听的时候走神了，或者忘了。那个时候，我怎么有兴趣听父亲那个年代的旧事？我的祖辈，我的爷爷，太太（曾祖母），他们从未在我的世界里存在过，和我有什么关系呢？关于他们，我后来陆续知道一些，我的曾祖母曾经以一组深情到在我看来有些滥俗的排比句走进过我父亲的文字。关于我的爷爷，我是极不情愿地从别人嘴里得知一些事的。那个穷困潦倒的男子，因为过于憨实，曾是村里的一个笑话。老一辈们说起他来，便说起一个曾在村子里广为流传的段子，带着戏谑的口吻。我的爷爷，老实，穷苦，短命，被漠视，受嘲笑，带着那个时代某种灰色的烙印。

我的爷爷，我的曾祖母，他们与我的世界没有任何相交，他们与我没有任何关联，至少那个时候我是这么认为的。可是，他们构成了父亲世界的底色。我的体面的父亲，是个孤儿，从小被村人喊作"叫花子"。

3

孤身一人的十五岁的父亲被大队送去参军，在东北漫天的风雪里度过了他的青春。我想，那个时候的父亲应该是幸福的。他不再是一个孤儿，不再是"叫花子"，他成了一个和大家有着同样身份与起点的解放军战士。

父亲乐呵呵地在部队里挣得一个又一个荣誉，那些奖章与证书像一朵朵艳红的花儿，在他灰暗空白的人生履历里开出属于他的春天。父亲在入伍的第二年得到过一个保送大学的名额，却因为父亲的小学文凭而最终止步。那可是全团唯一的指标，差一点你爹就是大学生了。父亲后来总是骄傲地跟我强调，眼里仍带着孩子般的憧憬。

父亲没有走得更远，他从部队回来，成了一名国家干部。他准备在那片土地上重新扬眉吐气地生活，做屋，娶妻，生子，给他一无所有的人生开枝散叶。我的父亲，当年，在他站在属于他的那片没有寸瓦的荒地，准备开始他新的人生的时候，他的胸口一定澎湃滚烫，他怀着最卑微而又最汹涌的爱，去迎接即将走向他生命的亲人。

　　我的父亲母亲是怎样走到一起的，他们之间有着怎样的爱情与故事，我不能妄加揣测。我只是想，我的出身贫寒一无所有的父亲，他心目中的女子，应该像曾祖母一样，也是个从苦日子里泡出来的朴素善良勤俭持家的乡村女子，像山间的一朵小花，低眉颔首，眼角间蓄着水一样的温柔与清澈。可我的母亲不是那样的女子。我的母亲，虽说也是乡村女子，却是一朵温室的花儿，从小锦衣玉食，娇生惯养，且知书达理，诗情画意，是个衣着与做派都有些洋气的女子。我的母亲，心目中的男子，或许也并不是我的父亲。

　　可是他们走到了一起。我的光彩夺目的母亲，因为外婆一厢情愿的爱迫于一段旧式婚姻，她在世俗里挣扎着打了个滚，拍拍身上的尘土，站在了我父亲面前。他们望着对方，来不及酝酿情绪，便被大众以扬长避短取长补短的方式撮合到了一起。我的母亲，貌美，有文化，学医，正当风华。可是，她离异。离异，是一个女人最难掩盖的破相。何况是那个年代。当初，我的父亲在接受母亲的时候，无论如何，心里终归是有那么一点不妥帖不甘心的。

谁都以为我的母亲是一场婚姻里的残花败柳。除了我的父亲。当然，这是婚后父亲才知道的。婚后几个月，我的母亲挺着有些显山露水的肚子去河边洗衣服，几个碎嘴的妇人在旁边嘀咕，暗讽母亲腹部藏了东西。意思是一个结婚两年未育的女人绝对是有生育缺陷的。母亲扔下洗衣桶，委屈地跑回家向父亲哭诉，父亲却憨憨地笑了。那是父亲一个人的得意。

父亲开始计划着他微薄的工资，给家里添点肉或水果，每一次，父亲都把肉从盘子里一块不剩地挑出来放在母亲碗里，看着母亲吃完，再把余下的菜汤倒在自己的饭碗里，有滋有味地埋头大吃。乡里放露天电影，父亲一路护在母亲前头，扬声和邻人笑着打招呼，又俯下身来叮咛呵护着母亲。那个时候的父亲，春风满面，像一粒饱满的种子，随时准备着结出香甜的果实。

那是母亲回忆里的父亲。那并不是我小时候所感知的父亲。

4

一个村庄，像一棵老树。它从某一颗扎根土地的种子开始演变，延展，茁壮。先有了一些枝干，每根枝干又长出无数枝丫，枝丫又长出数片枝叶。每片枝叶都有它所承载的枝干与毗邻的枝叶，它们互相依托与护佑。每个人都是一棵树上的一片叶子。父亲这片叶子，独自立在某根枝丫上。在一棵枝繁叶茂筋脉相承的老树里，像一个突兀的外客。

然而，我的父亲，是个受人尊敬的人。

父亲是个吃皇粮的人，可是他一直保留村里分给他的几分田地。每天他都会去田畈上，兴致勃勃的样子，像是去会一个老友。他种菜，比照顾他的孩子更讲究，用心。我不知道，他是喜欢劳作，还是喜欢土地，或者是喜欢那样一种氛围，一片叶子融入一棵树的氛围。

我偶尔去畈上叫父亲回家吃饭，总是看到他笑着高声和畈上的村人们说话，拉扯闲聊，也交流一些种菜的心得。可是，这样用心种菜的父亲拿回家的菜却总是一些歪瓜劣枣，不是老了的青菜就是空心的萝卜。有一次，母亲到屋前的李婶家串门，看到她家灶地里有几颗样子特别漂亮的青菜，便赞叹着她的菜种得好。李婶说，我家今年没种青菜，是顺保哥拿来的呢。顺保是我父亲的名字。母亲暗自奇怪。后来，我母亲又到邻居王叔家看到了我父亲送去的比家里翠嫩很多的莴笋。我母亲终是见怪不怪了。

过年，是我父亲兴致高昂的时候。因为写对联。父亲有文化，一手毛笔字虽然谈不上多好的书法，但也有模有样。那些没有印刷对联的岁月，父亲的毛笔字在村里颇为荣光。腊月二十八九，我家里像走马灯一样热闹，四方的村民拿着红纸到我家向父亲讨要对联。父亲来者不拒，笑呵呵地，像接奖状一样接着纷至沓来的红纸。父亲将家里的八仙桌摆至厅堂中央，泼墨挥毫，颇有些架势，偶尔来了兴致，还自编自创，写些嵌名联。红纸映照在父亲的脸上，像一束舞台的光。

我家在村里的光景并不算好，却拥有了村里的第一台电视机。我不太记得家里那台十二英吋的黑白电视机的由来，却一直记得因为它而给我家带来的那些热烘烘的美妙的夏夜。还没入黑，父亲便把电视机搬到院子里，往院子里摆上一些凳子。村人陆续过来，慢慢挤满了我家的庭院。那个热烘烘的场面，弥漫着一种莫名的让人微熏的喜悦。父亲穿着灰蓝色的制服衬衣，微笑着站在自家院子里，一一和来人打着招呼，不时递一根烟，仿佛一个亲和的领导。

后来的村人们渐渐忘掉了父亲那个不体面的绰号，都叫他顺保。大家说起顺保，音调是上扬的，带着笑。这样的父亲，是他作为一片叶子的某个切面，那个切面，是积极的，暖色的，逆着命运的底色，向着阳光努力生长。

可是，一片叶子不仅仅一个切面。

5

我的童年，父爱不在场。

我这话多少有些偏颇。也许是由于时代的禁锢，或是记忆的缺失，无论我怎样寻觅与回首，在我的童年，父爱于我，始终遥远而模糊。父亲，那个给予我生命的至亲的男子，他对于我到来的欣喜，他最初的怀抱与疼爱，我们之间曾经的亲密与依赖，仿佛从来不曾到来过。

在我寥寥的记忆里，父亲也只是以教科书的模样参与了我的成长。他从来不允许我们浪费粮食，总是要我们吃尽碗里最后一粒饭。在我们迷恋一些画册明星的时候斥责我们玩物丧志，教我们一些生僻难懂的话，比如：不以善小而不为，不以恶小而为之；常怀感恩之心；静坐常思己过，闲谈莫论人非；做事要寻找最佳度；等等。他责备我们爱慕虚荣，要求我们艰苦朴素。这样的父亲，像是教室里的那块旧黑板，方正，黑白，守旧，不是我想要的样子。

大概刚上初中吧，十二三岁的样子，我记不清楚与这件事有关的其他细节，但我牢牢记着这件事。我给水瓶灌开水，不知道是手没提稳壶，抑或是水瓶放在了正好有凹坑的地上。那时候我家还是土坯老屋，地面一些不规则的凹坑像土地的年轮。我来不及反应，水瓶打翻在地，开水烫到手上，水瓶爆裂的声音与我的惊叫声同时响起。父亲闻声而来，我以为他会先看我的烫伤，安慰或心疼。可是父亲只是严厉地责骂我做事不当，没有用心，没有寻找到所谓的最佳度。他给我示范着怎样才能更好地灌开水，水瓶该怎么放，水壶该怎么拿，站姿，手眼配合……却完全无视我的手被烫到。我呆呆地站在那里，看着自己红通通的手。我死死地记着这件事，几乎每一次灌开水的时候都会想起。那只烫伤的手被烙在了关于父亲的记忆里，像某种医治不及时不彻底的后遗症。从那以后我再也没有在灌开水时被烫过。

在我的心里，我与父亲总是隔着的。我记得，每个夏日的傍晚，我都要在院子的压水机前压水，要压满十五桶水左右，才可以将我家大大的水缸装满。傍晚的天空像一张神秘的画布，我一边压水，一边对着天空作画。我画上晚霞，又画上几只小鸟，再接着画自己，画母亲，外婆，妹妹，却不知道怎么画父亲。父亲总是在那个时候从田畈上回来，我远远地便能听出他的脚步声，然后看见他从巷子里拐进来，戴着草帽，手里提着些从菜园里摘的蔬菜瓜果。我更加卖力地压水，然而，他好像并没有看见，只是接过我压满的水桶，开始往院子的地上浇水。水在父亲手中画出一道道抛物线，然后，被滚烫的水泥地大口吞噬，消失不见了。我默默地站在旁边看着父亲，揉了揉发酸的手臂，又委屈又伤心。

那年夏天，我迷上了好朋友霞家里一瓶芳香的洗发水。霞说那瓶洗发水是在街上的百货店买的，我在她家打开过，里面是一种乌黑浓稠的液体，有着特别浓郁好闻的香味。霞用过那种洗发水后，头发柔顺发亮，仿佛整个人都散发出清香，带有了某种城里人的气质。我开始为那瓶洗发水魂牵梦萦。我煽动了妹妹，与我一起到母亲那里求了又求，母亲终是心软，用整整七块钱去百货店买下了那瓶昂贵的洗发水。

那个晚上我把洗发水放在枕边，做了一整夜香喷喷的梦，我梦见老屋上的明瓦变成一面镜子，镜子里的我像个城市女孩那样穿着美丽的格子裙，乌黑的头发散发着迷人的香……我们一直睡到了父亲从田畈上干活回家。我永远记得那个夏天的早晨。我们从父亲的怒骂声中惊醒，我们的过于享乐激怒了从小在苦日子里泡大的朴素节俭的父亲，父亲厉声斥责我们不仅贪吃懒做，还攀比享乐，他在怒火中随手拿起那瓶洗发水，狠狠地朝地上摔去。来不及抢救，甚至来不及反应，我那瓶梦寐以求还来不及开启的洗发水，连同我年少的萌动的爱美之心，顷刻碎成一地。我倔强地站在那里，恨恨地望着父亲。那溅得满地的芳香液体，像一道深深的沟壑，横在我和父亲之间。

不仅如此，在很长一段时间，我都不能理解，我的父亲，那个对别人无比宽厚亲和，受人尊敬与赞誉的人，为什么在家里，却这般冷漠与暴戾。那些夏日午后，我和妹妹们在屋里玩闹，总会受到一贯午睡的父亲的斥责。那个年纪怎会长记性呢？我们大抵是安静了几分钟，又自顾自地说笑起来。父亲恼怒地从床上爬起来，顺手抄一把扫帚，奔向厅堂里的我们。我们惊慌得如鸟兽散，有时候来不及穿鞋，赤脚踩到屋外毒日头下的石子里，烫得脚丫子上下乱跳。那些记忆深刻的童年夏夜，只有外婆的蒲扇陪伴着我们。父亲，从来都是蚊帐里的一个自私的背影。深夜，我偶尔会在竹床的摇晃中迷迷糊糊醒来，感觉外婆和母亲一前一后将我们的竹床从院子里抬进里屋。那些时光，我的父亲从不在场。他在那个家里，却不像是家里的一分子。

那些我们本该相亲相爱的时光，我的父亲却把自己孤立了起来，做回了一片独自站立的叶子。

为人母之后，当看着丈夫与儿子之间的亲密，那种无间的参与，那种骨子里自然流露出的爱，我便会想起我的父亲。我突然觉得，也许不在场的父爱远比在场的父爱，要难太多。父母对孩子的爱大概是世间唯一不需要刻意营造的情感，那种给予与释放是一种赋予人性自身的照耀与馈赠。那份爱，本身就很富足与迷人。所以，在场的爱，并不值得歌颂，因为我们的感受与获得同时在场。而我的父亲，那个从小孤苦无依的父亲，那个在亲情与爱里饥渴的父亲，他的爱在我们的成长里缺席，于他，是怎样一种滋味？

6

模糊的记忆里，常常有父亲与母亲的争吵。每一次，外婆在一旁数落父亲，母亲垂泪，而父亲，总是像个孩子一样，将家里一些不值钱的旧物摔烂，然后收拾几件自己的衣物负气地离家。每一场争吵的残局，都由外婆收拾。我们一个个变得安静老实，尽量躲避着父亲迁怒的手掌，依旧吃着外婆做的饭菜，照样上学，写作业，好像什么都没发生。父亲离家了几天，又自己回来了。一切又似乎恢复了原来的样子。其实，父亲回不回来，于我们本就没什么不同。那个时候的我觉得，母亲就是母亲，父亲就是父亲，他们就是那个样子。而他们之间的关系，他们之间应该呈现什么样子，我没有想过。后来年岁渐长，再回过头来思量那些日子，才知道那曾是我的父亲与母亲之间的坎。他们像大多数夫妻一样，被世俗的枝枝蔓蔓缠绕，因为彼此的出生与性情的不同，因为外婆强大的介入，也因为某些落入凡身的灰。我曾经有一段时间，纠缠在父母之间那些扑朔迷离的幻象里，像个侦探一样，怀着莫名的心理，想去解开某个谜。再后来，也经历了爱情与婚姻，便慢慢释怀。在每个人漫长的一生里，谁又没有一些难为人道的心结或秘密？这坠入尘世的凡身，谁又能不落入一点灰？那些正当年华里的是是非非，情情爱爱，无非是时光里的渣滓，总会稳妥地沉淀，或者自行消逝。

　　不得不说下我的外婆。外婆，那个给予了我们最安稳的童年的亲人，无疑是父亲世界里的天外来客。

　　我的外婆，一生没有生养子女，母亲是她从亲姐姐那里过继来的继女。这个女儿，是外婆心里的天。为了母亲能一生跟随她，受她庇护，她曾经软硬兼施地塞给母亲一个婚姻，将母亲嫁给她后来又过继来的我外公的一个侄子，与母亲一屋长大的哥哥。母亲嫁给父亲之后，她便以爱的名义，落户于我家，并迅速占领了这个家的经济权与话语权，以及，我们的爱。

当然，外婆并不是一个多有心机或强势的女人。一切，于她，确实是因为爱。在我的童年，我一直觉得是外婆在撑起这个家。可于父亲呢？我从未想过。我只怨恨过父亲，怨他后来多年对外婆的冷漠。每一次，他与外婆争执，我们姐妹三个，还有弟弟，会像小鸡一样围住外婆，同仇敌忾般对父亲怒目相向。我们忠诚地护住外婆，就像外婆忠诚地护住母亲一样。有一次，为了外婆，我像父亲一样负气地离家出走，在一张纸条上给父亲留下了我生平第一个"恨"字。是的，我把我生命的第一个"恨"字留给了我的父亲，那样草率而又毫不含糊。我不允许父亲那样对她，那是我们的外婆，把我们从小一手带大的外婆。没有外婆我们如何成长？

可父亲呢？在这场没有硝烟的战争里，父亲注定了输。他依然是一片孤单的叶子。

我那个时候当然无法理解，那个一心想着要经营自己人生的父亲，那个独自长大的脆弱与偏执的父亲，看着妻子的母亲在自己的人生版图里呼风唤雨，默默收起羽翼，渐渐把自己变成了一个外人。

我后来听到我一个舅舅说起，因为外婆舍弃自己的家，舍弃那个憨厚寡言的外公，在外公生病三年间极少探望直至临终也没到床前服侍而对外婆心生愤怨，认定外婆是一个自私与冷漠的妻子，而有这样一个母亲，他的妻子也注定会效仿。这让他心生寒凉，因而对于外婆更是介怀。

7

那种僵局持续了很多年，像阴冷与不和谐的霾，伴随着我们的成长与离开。直到父亲后来的一次身体重创。

那是 2008 年的腊月二十七，大扫除的日子。父亲在人字梯上扫灰时摔了下来。我们都无法预料，才一米多高的人字梯，竟然让父亲像个瓷人一样摔得五脏俱损。母亲给我们打来电话时，父亲还在一旁埋怨，不就是扭了筋，顺顺就好，年底女儿们都忙，你还劳她们来一趟。我们去时，父亲躺在床上不能动弹，仍坚持顺顺就好。母亲执意找来担架，让我们赶紧把父亲送到县医院。那一摔，父亲断了四根肋骨，脾脏碎裂，被送进了急救室。父亲做了脾脏摘除手术，还被查出肝脏有问题，据说是早期肝硬化。我们都不知道，所谓的早期肝硬化会有什么后果。我后来想，父亲的肝病，或许，是他的命运无法释放的痛点与瘀块。

父亲只在医院住了三天。那三天，对我们而言无比漫长。我们几个孩子日夜轮流陪护，疲累，慌乱，那个突然虚弱的父亲，让我们一下子失去了主张。除夕之日，父亲说他感觉好了很多，要我们无论如何要让医生同意他出院。我想回家，我们一起回家过年。父亲重复说着，像个任性的孩子。那个年终是回家过的。我们和从前一样，一起吃年夜饭，一起将春晚守到终结。春晚过后，我们都觉得累了。躺在床上的父亲突然说他有些饿了，让母亲去厨房热些饭菜来大家一起吃。那曾是我们多年的习惯。很多年，我一直觉得只有除夕的加餐，才是人间美味。或许只是因为那是我们和父亲独有的滋味。看完热闹的春晚，父女几个像几只偷食的小耗子，钻进厨房，几个脑袋凑在一起，边吃着热腾腾的加餐，边回味春晚的节目。我们咂着嘴，笑着，满足着。灯光下父亲的笑脸，绵延不绝的鞭炮声，伴随着新一年的开始，温存而祥和，像一个梦境。那样的除夕之夜，是我成年离开家之后最深情的怀想。可是，那一年除夕的加餐，吃得有些寂静，父亲好像一下子苍老脆弱了很多。

那是父亲情感状态的一个分水岭。他心头桎梏已久的结，像他的脾脏，碎裂，然后从身体里彻底摘除。因为肝的问题，父亲戒掉了每日两餐雷打不动的酒，戒了酒的父亲越来越温良平和。对于外婆，那个功大于过的老人，他重新站回了一个女婿与儿子的位置。有一次，他从外面接到一包好烟，进门便拿给外婆，说，妈，这个给你抽。我看到低头切菜的母亲停下手，揉了揉眼睛。

那以后，父亲变了。他和外婆，母亲，回到了他理想的当初。仿佛一个被治愈的失忆病人，面对自己的亲人，有一种失而复得的感恩。

那以后，父亲，开始越来越像父亲。

8

一直以来，我都是忽略父亲的。我的文字里很少写到他。唯独有一篇《父亲的包》，那大概是命题作文。我也只是写他的包而已。离开家以后，每次打电话回家，首先问的是外婆，然后是母亲。父亲似乎也习惯了，他接到我们的电话，第一句便是说，找你妈听电话吧。

童年里的父亲横在我的心里，像一个硬邦邦的模具，以至于我到后来都无法在那里面塞入太多温软的情感。在我最需要他的时候，我们像城市里的邻居，近在咫尺地漠然着。我不理解他，当然，他也不理解我。而我也似乎觉得，我们本就不需要互相理解。

父亲有五个孩子。除了我，一路四个女儿，第五个，是我的弟弟。我不明白，父亲为什么要生那么多孩子。那个有理想有抱负的他，像一个守旧的农民，把母亲当成生育机器，他事业上唯一一次提拔也因此夭折。可是，他依然执拗，直到我弟弟的到来。因为弟弟，父亲差点被开除，然而，就算真的被开除，他显然也是愿意的。隐约记得，父亲对弟弟最为严厉，我和弟弟，一大一小是父亲责罚最多的。然而，每当酒后有几分醉意，父亲便会把几岁的弟弟揽在怀里，一遍遍叫着，儿子。儿子。父亲喊着他唯一的儿子，眼里含着一种无法言说的笑意与光。我觉得那样的父亲有些陌生，甚至有失体统。我不确定那是不是酒精的作用。我站在一旁，假意看着别处，有些嗤之以鼻，也有些莫名的失落。

曾经有一段时间，我因为姐妹众多而怀着一种暗暗的羞耻。在我看来，家里的孩子多是一种愚昧与落后。我羡慕我同学里的那些独生子女，她们远远比我要光鲜与优越，更像一个知识分子的孩子，更像城市里的孩子。我的父亲，他是一个国家干部，可是他和村里的那些没读过书的人并无二致。他明显重男轻女，而且，他并不爱我。

当然，也有一些被我忽略的事。上初中的时候，因为父亲的办公室离学校近，父亲便给我配了一把他办公室的钥匙，让我偶尔在那里休息。有一次，我翻父亲的抽屉，在父亲一本日记本里看到了一张我幼年的照片。那张照片安静地夹在父亲日记本扉页里，像一个尘封在时光里的美好的秘密。照片里的我，五六岁吧，粉嫩嫩的圆脸，稚气可爱。照片后面还留有父亲端正漂亮的小楷，爱女五周岁留念。那是我第一次看到自己幼时的照片，陌生又欣喜，忍不住拿到班上去晒。我忽略了那张照片的其他意义，看过之后，便不知扔到哪里去了，好像它从没存在过一般。

9

很多年以后，我去想象与那张照片有关的一切细节，想象那个年轻的父亲微笑着久久端凝一张照片，然后拿起笔在后面写上：爱女……我细细地想象一切可能有关的细节，带着一种难言的心绪。

很多年以后，我才慢慢知道，我是父亲的孩子，他的第一个孩子，最像他的一个孩子。和他一样，方脸，薄唇，笑起来眯眼，好香脆食物。和他一样，爱好文学，喜欢写字，做同一份工作。和他一样，敏感，矛盾，自尊心极强，理想主义。当然，还有很多。我们之间，隔着时代，隔着性别，隔着缺失的童年，隔着霾，依然无可替代。

很多年以后，当我有了父亲当年的阅历，当我进入了盘根错节的婚姻家庭体系，我以同样的血脉与父亲站在一起，我才重新理解了那些定格在时光里的谜。理解了在那个时代与那种境遇里一片叶子的宿命。理解了一片叶子的执拗与悲哀。

他的爱，是隐匿在一片叶子里纵横密布的筋络。然而，终是缺少阳光的照耀。久了，便像缺钙的筋骨，有些僵硬，变形。但从来都在。他虽背着光，却一直都在不断努力走回自己柔软和煦的途中。

我的父亲后来一遍又一遍对母亲说，有妹仔就是有福气，都是你的功劳。我的父亲，在经过一次身体重创之后，越过数十年的光阴，回到我最初想要的样子。眼巴巴地，像个老人，又像个孩子。

那些我和父亲一同失去的时光，在漫长的光阴里打了个转，向我们走来。像个迟暮的美人。

然而，我只是理所当然。仿佛我们从没错过，也从没复得。

我只是做着一切孩子对父亲该做的事，在每个年节回家，在每年的父亲节与父亲的生日给他买礼物。我打电话回去，也开始和父亲唠几句嗑。我开始依赖父亲，像所有被宠的女儿那样。然而，更多的时候，我在自己的世界里，上班，陪孩子，上网，旅游，购物，虚度……

我们都不知道，一切会戛然而止。

那次父亲的摔伤，医生说，身体重创还可以修复，只是你的肝要切切注意了。医生还说，等身体恢复了，最好再做进一步的检查。然而，我们都忽略了。我们急急忙忙地修复你折断的肋骨，急急忙忙地赶回家过年，急急忙忙地打算自己的生活。

我理所当然地做回自己的那片叶子，仿佛忘了它最初的根系。

我不知道，那头的父亲，还记不记得当年那个小姑娘，她对那个冷漠的父亲无比失望，负气离家，她在一张纸条上给她的父亲写下生命里的第一个"恨"字。那是她今生写给自己的一张欠条。

那是一片叶子对另一片叶子的背叛。

秘境

梦

没想到，我会被一个梦绑架。

我梦见父亲，他独自躺在一个陌生的地方，形神衰瘦，面容枯槁，他看着我说，妹仍，我病了，你怎么不来看我？父亲的眼睛像一口枯井，周身散发着腐朽的气息。父亲，在他去世之后，一次又一次，以枯萎的病体，进入我的梦。

父亲生病之前，特别生机勃勃。他看书，练字，晨跑，写作，行走有风，说话利落，笑声洪亮，吃起东西来嘎嘣脆，健康得像个年轻人。头一年，父亲陪母亲去上海检查肠胃病，我也随同。那次上海之行，父亲照顾迁就妻女，全程拎包打头阵，全程精神抖擞，像一个骑士。以至于，我只顾着紧张母亲的身体，完全忽略了他。

父亲生性良善，见着谁都客气，和煦，春风满面的样子。父亲还爱笑。我没有见过比父亲更温暖明亮的笑容。他的笑容很充分，开阔，甚至有几分纯真，眼睛眯成弯缝，皱纹漾开，面容舒展，露一排灿烂的白牙。笑着的父亲，仿佛一个孩子。父亲牙齿很好，整齐洁白，嚼再硬的食物也不在话下。他常以牙齿为傲。如果再多活些岁数，到七十，八十，甚至九十，父亲依然会是个耳聪目明贪吃爱笑的可爱老头儿。

那时候，我从没设想过父亲的病态。可当他突然走了之后，我所有的梦里，全是他的病体。我的梦里，只剩下衰弱的，苍白的，被死神紧紧拽住的父亲。

我知道，肯定是我的记忆在哪里停住了。就像一条搁浅的船，它兀自停留在那里，动弹不得。越是挣扎越是深陷。

我写了很多关于父亲的文字，可我从来没有写到那个晚上。我有意回避它，像回避一条毒蛇，一场病痛，一个谎言。可是，越回避，它越缠着我不放。每一个有着类似场景的夜晚，它都会无声无息地来到眼前。我完全无法控制，我的记忆，偏执，任性，死死地纠着那个夜晚，不放过任何一个细节。

我的梦逼着我要对它做个交代。

那天，父亲身体里的癌细胞发了狂。父亲痛得无法抑制，我给他服了吗啡，仍然止不住他的痛。父亲的身体在疼痛面前，像蛇一样，蜷缩着，扭动着，颤抖着。我们度秒如年，乱了分寸。傍晚，我们决定送父亲去县医院打杜冷丁。同村的德保伯摇头说，看这情况，不好再折腾了。我虚弱地坚持，得止痛啊。得想办法呀。我固执地扶起痛成一团的父亲，给他编造童话，爸，我们得去人民医院，去打一针就不痛了。父亲巴巴地看着我，他一直那么信任我。他由着我，对他的生命做出一个个盲目而无助的决定。

我们分了两辆车，两个女婿一辆，去医院打前站。另一辆，二妹开，坐我和父亲、母亲。父亲安排在前座，前座可以放平，方便父亲躺着。临行时，母亲突然说怕晕车，想坐前排，便临时换坐了另一辆车。妹妹开车，我坐在后排照顾父亲。车一路颠簸，颠得人五内俱焚。父亲躺得一点也不安分，像做戏法一样，一会儿躺下，一会儿起身，动静大得反常。我一只手托着父亲的头，一只手握着父亲的手，他的每一次动作都牵扯着我。我不知道怎样才能让父亲安静下来，安睡一会儿，顺顺利利地到达医院，顺顺利利地止住疼痛。天色渐暗，我心头一片焦黑。父亲突然问我，妹仍，到哪儿了？我含糊地说，快了，快了。父亲不再说话，像是被刚才那句问话累到了。但他仍是止不住折腾，躺下，坐起，躺下，坐起，像是身体里面藏着一只横冲直撞的魔兽。

车拐进往县城的公路后，父亲突然安静下来。路不再颠簸，两排的路灯明亮齐整地迎过来，像一个温暖的拥抱，又像一个明朗的预言。我突然发现父亲的神色有点不一样了。他像是要睡去了，他的眼睛半睁着，暗沉，浑滞，像口枯井。他张着嘴，喉结艰难地蠕动，仿佛喉咙深处藏着一个欲言又止的秘密。我才意识到，刚才父亲反常的举动，是在与濒临的死神抗争，他已经尽了所有的力气。

我对二妹说，开快点，快点！爸好像不行了。妹妹说，姐，我不敢开快，我的腿在发软。我顾不上接她的话，我得跟父亲说话。我说，爸，你别睡呀，咱们聊聊天吧，你看老三老五还没回来呢，你儿子都还没结婚，咱家好多事呢，你不能不管啊，你要耐心点，坚持住，马上到医院了，到医院打一针就好了。我们来倒数一百个数，100，99，98，97……

我的声音在我头顶上嗡嗡作响，像盘旋着一架失衡的飞机。我听不见自己在说什么了。我感觉自己浑身战栗，胸口像被重物压着。我想逃开，想看别处，可我还是看到，我的父亲，他眼里的光亮在一点一点地黯淡，燃尽。我闭上眼睛……

我不确定父亲是在哪个时刻走的，我也不确定我在哪一刻放开了护着父亲的手。我只知道，在父亲生命的最后时刻，我怯懦，惶恐，逃避。我面对至亲的死亡，面对生命的终极真相时，像一个在战场上畏缩脱逃的衰兵败将。在某一刻，我甚至怨母亲，她没有跟我们同一辆车，她没有陪父亲最后一刻，她把这种境地独留给了我。

我的父亲，在我草率的决定下，在我虚弱的手中，在去往医院的路上，匆匆去往另一个世界，没有留下任何遗言。

到了医院，大家把父亲抬往急救室，接着是一阵忙乱与哭喊。一切早成定局。我不敢看父亲，我蹲在急救室门口，全身发冷。没多久，赶来了几个管事的亲戚，叫了一辆货车，帮忙买了草席，爆竹，将父亲抬上货车。我们几个随父亲一起坐在敞开的后车厢里。

夜半，满目漆黑，一片死寂。几声爆竹，冷不丁地，像过气演员谢幕时稀拉的掌声，愈显出一份凉薄。父亲躺在草席上，终于不再折腾。几个亲戚在哭丧，号着嗓子，说些凭吊的话。母亲也在哭。母亲是知识女性，年轻时与父亲生过嫌隙怨怼，老来相互扶持和睦融洽，却好景不长。母亲的哭丧也随了乡俗，哥呀哥的拉着悲切的唱腔，说些前尘往事与来世今生。母亲连名带姓地喊了父亲一辈子，临了，道出一声亲昵的哥来，那人却是听不到了。

我很恍惚。这样一个深夜，我们坐在一辆货车上。这辆货车的后车厢里躺着我的父亲。静默，枯瘦，冰冷。万事皆休。远处有灯火，有狗吠，有人在梦呓，有人在狂欢，有生命在呱呱落地，也有生命就此终结。我第一次，如此真实地嗅着死亡的气息。它如此平静，如此平淡，像身旁的风，像眼前的夜，像扬起的尘土。它仓促得让人措手不及，轻飘得让人无所适从。我看着父亲，那个原本热火朝天生活着的父亲，成了我脚边一具无声无息没有面容的身体。他的情感，他的记忆，他的执念，是什么时候统统从这具身体上撤离的呢？就在几个小时前，他还是这个世界的一分子，他对尘世怀着无比的善意与感恩，怀着无比的热爱与留恋，可世界顷刻就把他抛弃了。

我感到无比悲凉。

那个夜晚之后，世界依旧前行，我记忆里的某个点却静止了，它停在了那一刻。我后来，在很多个类似的夜晚，坐在某辆车上，四周静谧，路灯橘黄，突然地，就回到了那个晚上。父亲的病体与遗容在眼前交错。每一次，我都着急地想要推开它，擦掉它，替换它，我想把那个晚上从我的记忆里彻底抹去。我努力地去回想生病之前的父亲，在院子里打理花草的父亲，在厨房给我们包米饺子的父亲，大包小包扛着行李将我们送到村口的父亲，晨跑的父亲，吃东西嘎嘣脆的父亲，我还拼命去回想，从前的从前，因为我的任性追着要揍我的父亲，因为我剩饭罚我跪的父亲……那些父亲，有时慈爱，有时严厉，有时可爱，有时可恶，却都鲜活，生动，可亲。我死命拉住他们，跟我的记忆较劲，可那个晚上的父亲轻易就覆盖了他们，虚弱而执拗地立在我的眼前。

父亲用了一辈子来让我理解与深爱，却用他生命的最后一个夜晚，颠覆与定格了我的记忆。我一次次跟我的记忆讲道理，你怎么这么偏执，这么残忍，我是如此爱他，我的父亲，他是那样一个热爱生命热爱生活的人，是一个努力要活得阳光活得体面的人，是一个拥有这世上最温暖最明亮的笑容的人，你为什么，偏要记住那个他最不愿意让人看到的灰暗枯萎的时刻。我说得那么真挚动情，让我自己泪流满面，可记忆听不进去，我打动不了它。

它一意孤行地进入我的梦。

污水沟

一条污水沟突然闯进我的梦。是的，一条污水沟，张牙舞爪将我围困，我惊惶地醒来。

我们大概都做过一些奇形怪状的梦，它们面目暗黑，气息诡异，看起来与我们的日常毫无关联。但细究起来，也许是一条通往记忆的密径。

我的村子，原先很脏，到处污水横流。八十年代，是常有的吧，村子里有很多自建的茅厕，粪缸蓄了半满，还来不及挑走，下场雨，粪水便自溢了出来。地上，沟里，下不了脚。除了茅厕，还有猪栏。我家前前后后都有猪栏。猪栏里除了猪，当然是猪粪。有时候，粪满为患，遍地横流。

我不知道，这些景象，是不是一条污水沟的隐秘支流。

我曾经在我的一篇散文《房子，房子》中写到我老屋不同寻常的后门。要交代一条污水沟的来龙去脉，必须还要说起它。

从我有记忆开始，我老屋的后门便是堵着的。邻居紧挨我家后门盖了一间猪栏，堂堂地将我家后院占了大半。猪栏离我家后墙的距离，我没有实际测量过，童年的我，四五十斤的干瘪丫头，侧起身子刚好能过。因为常年见不到日头，那里阴暗潮湿，墙体生满湿藓般的青苔，脚底下也常积有污水。污水的来处复杂可疑，有雨水，潲水，粪水。积久了，就成了一条污水沟。

　　后院是我的秘密花园，因为那里有一棵柚子树。柚子树是祖上留下来的。那棵柚子树芬芳了我的整个童年。夏日，柚子树舒展着臂膀，在后院中间撑起一片清凉。我拿本书，踮着脚穿过污水沟就去了后院。午后，大日头下的村子有些倦怠了，它闭上聒噪的嘴巴，渐渐地，呼吸平缓，鼾声细微。只有几只知了和远处的货郎仍执拗地扯几嗓子，知了，知了。卖货咯，卖货咯。催眠曲般，愈显出一份深深的静来。偶尔一阵风过，叶子簌簌几声，抖落大把花香。我坐在柚子树底下，捧起书，一切的声响都虚无了。那自然不是一个极好的阅读场所，猪栏茅厕在侧，绿头苍蝇在粪缸里抱团取乐，间或飞出来透透气跟我打打招呼。可谁也干扰不了我。我沉醉在书里，在柚子花香里。柚子花的香气，质朴，纯净，清雅，遮蔽了一切污浊。

　　父亲极珍视这棵柚子树。父亲三岁没了父亲，母亲改嫁后，只有祖母与这棵柚子树陪着他成长。他以这棵柚子树为坐标，盖屋设院，一点点地，给他单薄的生命开疆辟土，开枝散叶。柚子树是他生命的见证。后门堵住之后，父亲极少去后院了。但柚子的香味总是引诱着父亲，为了摘一个熟透的柚子，父亲像个孩子一样，夹着身板，一寸一寸挪着步子，蹚过污水，翻山越岭般，从自家后门穿到后院。

　　我有很长一段时间，只记得我家后院的那棵柚子树，而把后门那条暗无天日的污水沟给忘记了。好像它从来就没有存在过。它怎么可能会在一个小姑娘的心里激起波浪呢？

我在父亲走后，突然梦见这条污水沟。它在我心里无声翻涌，腾起巨浪。我这才意识到，对父亲而言，它绝不是一条寻常的污水沟，它是人性的暗处，生活的暗处，命运的暗处。

小的时候，模模糊糊的，没有太多具体的记忆了。也许是，它们并没有多么明媚美好，我的记忆不屑于去记住它们吧。回想起来，全是一些灰扑扑的画面。大多数是雨天，雷声阵阵。大雨滂沱。闪电将天空炸开一个又一个口子。父亲一脸阴霾。外婆在唠叨。母亲在抽泣。邻居伍保和他四五个兄弟们乌泱泱地站在自家院子里，朝着父亲指手画脚、恶言恶语。伍保的女儿，和我一般大的春花，靠在门边上，斜着眼睛看我。我很想去跟他们对骂，还想去跟春花干一架，可我喉咙里总像塞住了东西，手脚也软软地提不起劲，憋屈得不行，也跟着母亲嘤嘤地哭起来。父亲蹲在厅堂抽烟，沉默不语。回想起来，那个时候的父亲，总让我感觉有点孤独，还有点软弱。而我，竟也好像遗传了他的软弱。

那些争执，欺凌，是为着什么？年少的我并不完全知晓。后来才明白过来，是因为，地。争地，也是争气，争命。

听母亲说，当初邻居在我家后门盖猪栏的时候，父亲几天都吃不下饭，像患了一场大病。村里辈分最长的锤子爷爷看不下去，拄着拐杖过来，一字一声地对伍保说，你们不能这样做，这是欺孤凌寡！欺孤凌寡呀！！可有什么办法呢，父亲势单力薄，争不回祖宗的地。他生命中无端横亘起一条污水沟，让他不得不夹起身板走路，夹起身板做人。

几年后，村里一些年轻人开始外出打工，邻居一家也迁居景德镇。村子渐渐有了些变化，有些田地荒了，却次第长出一栋栋新楼。父亲突然要盖楼房，不容分说的样子，我不知道父亲为了这件事暗自存了多少心力。因为要绕过猪栏，辟开后院，他甚至做出了一个决定，砍掉那棵柚子树。父亲用了整整一年，推倒老屋，伐掉老树，在原地基上盖了一栋外观清秀可以打开后门的楼房。父亲在前院种上花草，栽上铁树，生活终于一点一点顺着父亲的意愿，有些扬眉吐气了。花甲之年的父亲计划着他的美好晚年。他这一辈子，被命运所负，让境遇压着腰板，一直憋着一股劲比别人更攒劲地活，好不容易活舒坦了，没想到，又被身体给负了。

父亲最后的时光，一直在书房里忙着给村子修谱。父亲退休在家，能写，有闲，又足够热心，是村子修谱的不二人选。父亲说，退休了，要一心一意为村子做点事。他每天一个人坐到书房里，抄抄写写，乐此不疲。有一天，他突然跟我说，想给自己写个传。要让子孙知道咱家的历史，父亲说，不管你们以后过什么样的生活，都不能忘了祖宗，不能忘了来时的路。我有些不以为然，一个普通人，好好的，写什么传？父亲走了之后，我才回过神来。我有一次特意去父亲的书房，想在那些密密麻麻的文字里找寻父亲的遗迹。那些成堆的稿纸里，全是一个蔡姓村庄的前世今生。他将他最后的心力与爱，交付给了这个给了他生命与伤痛的村子。

一场突如其来的重症，让父亲的后半生戛然而止。父亲没有为自己留下片言只语，仿佛他这一生了无遗憾。

今年回去的时候，村里已经没有了一点土路，地上更是看不到污水了。村里还添了垃圾运载车，每天准点唱着歌儿在村里游晃，每家每户都自觉地将垃圾提出来，交给它统一运走。母亲随我们进了城，家里的房子没人住了没人稀罕了。只是，每次回家，一打开门，那些灰暗的陈年旧事随着父亲的气息扑面而来，像一条汹涌的河流，让我喘不过气来。

梦，是记忆的秘密通道。无论是父亲的病体或是一条污水沟，都是我内心深处的隐疾。它们之间充满了关联，切皮连肉。我很少在文字里写到我的村子，对于它，我并没有太多明朗的记忆，我理所当然地认为我对它没什么深厚的情感。我重新审视我和它的关系，是因为父亲。我是父亲的女儿，也是村子的女儿，我和它永远脱不了干系。

我的故土情结，是父亲用生命的终结来唤醒的。终结，意味着接续，意味着新的开始。

我的梦，让一条污水沟，把我带回我的村庄，带回我生命的源头，一定是父亲的意思。他让我记着一条河的过去，记着一条河的本质，也记着一条河的生生不息。

为了覆盖与安抚我的梦，我将父亲生前所有笑着的照片摆满我的视野处，客厅，书房，QQ 空间，微信朋友圈。我随处都能看见父亲的笑。父亲的笑容，让我踏实，安宁，让我相信世间所有的美好与永恒。有一天，我突然发现，我儿子笑起来的样子像极了他外公，眼睛眯起，牙齿闪耀，一张脸，晴空一般明亮。他是个特别爱笑的孩子。他长相并不随外公，竟完全随了他的笑容。

这个发现，让我鼻子一酸，心里溢满了温暖。

滋味记

盛开的念想

大约下过几场连绵的春雨，田野山林便怀春了，草们花们都迫不及待地从大地的子宫里探出头来，把春天一下子撑开了。

稍不留神，有一种像花又像草的水菊子花，不起眼的样子，却细细密密，轰轰烈烈，铺满了田间地头。水菊花也叫清明菜、鼠曲草，是一种只在春天出生的菊科类水草，一朵朵，一丛丛，绿茸茸，水盈盈，新生的稚菊一般。

谁承想，这满地的水菊花竟能与粳米对上亲呢？岂止是对上亲，简直是神仙佳侣，良缘美眷。

把粳米磨成粉，和上绿稠的水菊花汁，揉成粉团儿，捏成一个个圆形的薄皮，裹馅，收口，用手指匀称地按上秀气的花边儿，便是清明饺了。放进蒸笼里蒸熟后，水菊花汁与饺子融为一体，皮面翠绿透亮，玉饺儿一般。北方人爱吃面粉做的水饺，江西人则盛行吃米饺。米饺亦分节令，我家乡古县渡一个年头得做三回米饺：清明做米饺，中元做米饺，春节也做米饺。但清明饺的滋味最是令人欲罢不能，不同之处，就在于水菊花。水菊花与粳米的交织碰撞，是清明饺的精妙之处。融入了水菊花汁的米粉皮，又韧又透，不仅颜值惊艳，还多了种恰到好处的草本体香。

清明前夕，是水菊花最为肥美的时候。遇上晴好的周末，父亲便吩咐我们去田间采水菊花。正是天地万物最萌动滋润的季节，说是采水菊花，亦是去会一场明媚春光。有时候觉得，"春天"这个词，就像少女一样，自带一种娇媚新生的质地，任你什么词语，都没有春天形容春天本身更为确切。江南乡野的春天，到处都是湿漉漉甜沁沁的绿意，那种绿意撩拨得人皮肤酥酥痒痒的，心也酥酥痒痒的，让人由衷地生出对人世的爱意，对生命的爱意。而采水菊花本身，也是一件极有意趣的事。一朵朵一丛丛的水菊花，在田地间野着性子疯长，水嫩诱人，叫人看着就欢喜，就心动。它们天真蓬勃，丝毫也不忸怩，丝毫也不躲藏，小半天工夫，便能让你采得满满一篮筐的春意了。采水菊子的过程如此有趣，深深烙在童年与春天里，以至于后来，我无论在哪儿看到水菊花，都挪不开脚步，像是看到梦里的发小，非要与它们重温亲近一番。

清明饺的馅也最为鲜美。除了常规的韭菜豆腐馅、萝卜丝馅，还有正当季的竹笋馅与芥菜馅。肥白脆嫩的竹笋、碧绿芳香的芥菜，剁至细碎，搁些肉末蒜蓉，用猪油炒得发亮，撒上喷香的葱花，裹到薄亮的水菊子粑皮里，被水菊花与大米的香味一烘托，咬一口，满嘴都是春天的清香。

做清明饺，在我家是一件极大的事。头一天母亲便开始忙活，采买，备馅。父亲与母亲，一个揉粉，一个炒馅，一个捏皮，一个包饺。父亲捏的皮又薄又匀，母亲做的米饺又秀又巧，他们低头专注着手中的活儿，不时递几句话，细声细语，眉头舒展，脸上带着笑意，屋子里一片和煦……米饺一笼一笼地蒸出来，滚烫，鲜美，香气四溢。我们一个个地疯吃，简直停不下来，肚皮胀得滚圆，不得不去母亲的药房找来酵母片吃。

离开家后，水菊子米饺更是成了一种念想。每一年，必是要回家吃上一回水菊子米饺才算得圆满。

我后来吃过很多地方的米饺。周边的一些城市，景德镇、南昌等地都能找到米饺小吃店，有白皮米饺，也有放了艾草的绿皮米饺，口感香辣鲜咸，算得上美味。但对我来说，唯有搁了水菊子的清明饺，唯有父亲捏的粑皮，母亲做的饺子，才算得上人间至味。

与卤水豆子的美好时光

不知道是不是由于对卤水豆子的偏爱，母亲穿着素色衬衣在阳光下晒卤水豆子的样子，是我的记忆里关于女性美好形象的范本。

制作卤水豆子是一件极为讲究的事。程序极为烦琐，把新鲜的黄豆或黑豆洗净，泡发，放在蒸笼里蒸，豆子蒸熟后身体变得油亮肥胖，像一颗颗憨实的豆宝宝，散发出

天然好闻的体香。接着便是晒。晒，是制作卤水豆子最重
要的程序。赶着最好的秋阳，泼头泼脸地晒上两三天，豆
宝宝们极速苍老，皮肤发皱，身体萎缩，变成了老态龙钟
的模样。第三步就是卤水了。在大锅里烧好水，备好适量
的细盐、冰糖、茴香、桂皮、八角、甘草等卤料。把晒好
的豆子往锅里一倒，加上备好的卤料，搅拌，收水，待卤
水完全渗透到豆子里，出锅，继续晒。再晒上半个日头，
干爽盈亮的卤水豆子便成形了。搁一粒在嘴里，咸香微甜，
紧实入味的豆子在牙齿间几番碰撞，擦出火花，香味四溅。
卤水豆子的味道要靠嚼，越嚼越香，豆子的醇正原香与卤
料的特殊异香，被牙齿一一截获，于是被蛊惑，成俘成瘾。

　　上学时读到鲁迅的《孔乙己》，被茴香豆吸引。我固
执地以为，让孔乙己贪嘴的茴香豆，就是母亲做的这种卤
水豆，便对孔乙己这个人物也生出了几分亲切感。后来才
知道此豆非彼豆。首先是食材不同，茴香豆是用蚕豆制成，
而非卤水豆的黄豆或黑豆。做法上也有差异，茴香豆没有
经过晒干的程序，入口酥软清鲜，而卤水豆则是紧实浓香。
后者显然更余味悠长。我想，如果孔乙己牙口好，断然是
不会选择茴香豆的。

　　秋阳下，一扇旧木门上铺着一块藏蓝的棉布，无数颗
卤水豆子挤挤挨挨，相亲相爱。我倚在门边，吸着鼻子，
觉得整个世界都是香的。我们在外头疯玩，也被那香味拽
着，有事无事地往家里跑，趁母亲不在，随手往兜里抓一

把豆子，又继续撒欢去了。

每一次晒好卤水豆子，母亲一边装坛一边唠叨，这豆子一晒，缩水真是厉害，比先前少了近半呢。我和妹妹坐在厅堂里，互相吐着舌头，无声地笑。

每个晒卤水豆子的季节，我们总是容易拉肚子，因为豆子是咸的，吃得过多，便总要跑去灶屋水缸里舀生水喝。一勺又一勺的水灌下去，豆子们与生水在肚子里横冲直撞，互相挤对，便坏了事。对于我们毫无节制的贪嘴，母亲想出一个办法，将豆子用小碗平均分给我们姐妹几个，让我们各自保管。母亲说，自己吃自己的那份，吃完了可就没了。自从用上了这个办法，奇怪得很，我们的豆子变得特别耐吃。为了最后一个吃完，我们像藏宝贝一样想方设法地将豆子藏起来，这里藏一下，那里藏一下，藏来藏去，竟是记不得藏哪儿了。有时候，我们在家里捉迷藏，藏着藏着，会在某个角落里，突然发现一碗卤水豆子，它静静地躲在那里，诡异又得意地对着我们笑。

某个不用写作业的周末，往衣兜里塞满卤水豆子，与父亲各自捧本闲书，坐在飘有柚子花香的后院，父女俩各自嚼着豆子，沉浸在书的世界里。

某个夏日傍晚，躺在院子里的竹床上，一边嚼着卤水豆子，一边望着天空发呆，母亲与外婆在身旁絮叨着家常，不远处有炊烟升起，有鸟儿嬉戏。

这些与卤水豆子有关的情境，是一个小姑娘最美好的时光。我每次想起，总是无比心驰神往。

端午粽香

端午仿佛是外婆一个人的节日。她颠着她的小脚，忙得不亦乐乎。

艾叶是端午的必备，外婆用红布条将艾叶扎成小捆，郑重其事地挂在门楣边。外婆说是避邪祈运的。我们不以为然，说它像把扫帚一样丑。外婆嗔怪着，小孩家家的懂什么，可别乱说话！她仰着头，一脸虔诚地将它放端正，像是了却一桩大事，转身便笑眯眯地张罗吃食去了。那是她的主场与好戏。

发粑是必须有的。发粑类似我们平时吃的馒头，只是它用米酒发酵，比起馒头，多了一种可靠的香甜。发粑通常做成圆形，大概取团圆、圆满之意。耸圆的面团子被外婆齐整地摆在筐箕里，盖上纱布，等待发酵。在米酒的充分勾引下，面团们便渐渐失了分寸，一个个形态膨胀肆意起来。外婆掀开纱布，说，发了。发了，可以上蒸笼咯！待香气弥漫，起锅掀盖，清一色白白胖胖的发粑娃娃们便诞生了。外婆取出一些食用颜料，用水和开，用筷子头蘸上色，逐一给胖娃娃们上妆，红的蕊，绿的叶，娃娃们一下子生动俏丽起来，煞是喜庆好看。

包粽子也是外婆的独门绝活。外婆将一大串粽绳绑在椅背上，摆上一盆糯米，一摞粽叶，一个人慢慢悠悠地坐上一下午。盈白的糯米，翠绿的粽叶，以及穿着蓝布便衣的外婆，让端午有了最安宁清雅的画面。外婆的手像施了魔法，三下两下便变出一个小莲蓬似的粽子，紧实饱满，均称精巧。每一次做粽子，外婆总是招呼我们，宝啊，过来，跟外婆学做粽子。我被外婆软糯的声音蛊惑，兴致勃勃地试过一次，却完全不得要领，才知道那真是个特别讲技巧与耐心的活，对外婆油然佩服起来。外婆包粽子的时候，总是不紧不慢，气定神闲，像一个要出嫁的姑娘给自己绣嫁妆，面容舒展，眉眼里有一种满足与喜乐。做上几小摞，椅背上像挂满了绿色的小铃铛。外婆便从椅子里慢慢直起腰来，敲敲僵硬发麻的腿，起身去灶屋烧水煮粽子。粽子得微火慢煮，常常要费一个下午的时间。待粽香唑唑地从大锅里漫开，飘满整个屋子，粽子便煮透了。外婆一边起锅一边扯着嗓子向在外面疯玩的我们喊，宝呀，来吃粽子咯。

但我们并不太作兴。我们只馋外面店铺里的零嘴，对这些司空见惯唾手可得的端午吃食丝毫提不起兴致。怎么说呢，不仅是发粑与粽子，我们对外婆做的饭菜都无比厌倦。它们都太寻常与家常了。我们象征性地吃几口，便把端午草草给打发掉了。

外婆的粽子是经过了岁月才重新得到正名的。我后来吃外面买的粽子，总感觉过于甜腻，不地道不得劲，像是吃到了赝品，才细细回想起外婆包的粽子。外婆只包两种口味的粽子，碱水粽与绿豆粽，咸香清甜，又糯又韧，满口全是糯米与粽叶的原香。原来只有外婆包的粽子，才是端午的味道。外婆并没有将包粽子的技艺传给母亲，她将它带到另一个世界去了，仿佛特意给我们存一份念想。

有一回，我在一个山区采风，下山途中遇到一些本土的商贩在卖吃食。其中有一位老婆婆，盘着整齐的发髻，穿着一件蓝布便衣，笑眯眯地在兜售自己煮的玉米与粽子。我一时恍惚，走过去与她搭话。她长着一张外婆的脸，苍老又慈爱。我在她的摊前流连许久，一副意图不明的样子。游客渐多，在同伴的催促下，我赶紧买了一摞粽子。转身走时，听到身后的老婆婆说，宝呀，山路难走，当心着点。我的心像被突然撞击了一下，手里的粽子也跟着摇晃了一下。

能开花的糖

我特别喜欢它的名字，泡花糖，像是一种能开出花的糖。事实上，它真的能开出花来。

你们一定都听过或吃过冻米糖，但知道泡花糖的肯定不多。它其实是冻米糖的"孪生姐妹"。它们有相同的形状与制作过程，就像一母所生。但再是同胞姐妹也必有各自的胚子与脾性。它们都是糖，但冻米糖的原材料是米，而泡花糖是谷。先有谷再有米，所以，泡花糖应该是冻米糖的"姐姐"。

在舌头的记忆里，泡花糖可真是一个温柔甜美的可人儿。与泡花糖相关的记忆，像发酵的酒，芳香，甜蜜，浓郁，还有一些微微的酸。让人眷恋，也叫人惆怅。

泡花糖的香味，是我家年味的开篇语。大概腊月二十之后，人们便开始忙着做冻米糖与泡花糖了。我家总是做泡花糖，因为父亲的偏好。冻米糖口感紧脆，泡花糖则绵软酥松，父亲一口好牙，一向偏爱脆硬之物，像炸花生米、炒豆子之类。可父亲却更爱吃泡花糖，他说，泡花糖，有一种谷子特有的清香，更原汁原味。世间万物，越纯粹的东西越稀罕。我虽然没有父亲那样分明的口感，对世间万物更没有什么分明的体会，心里却也是更偏向了泡花糖。

做泡花糖时，总是会请姨父、洪伯伯他们过来帮忙。灶屋里暖和，明亮，升腾着一种蓄势待发的甜香。我们几个小孩子围在灶前，等着看个究竟。姨父拿着大锅铲朝我们挥手，小孩一边去，等踩糖的时候叫你们。我们退到灶膛口，看到父亲把一箩干净的谷子倒进烧红的大锅里，姨父拿着锅铲不断地翻炒，接着，听到一声声炸响，一颗颗谷子在锅里翻腾，跳跃，然后，真就开出一朵朵花来。谷子变泡花了！姨父把肥白的泡花们铲进一个大筛子里，父亲拿起筛子来回摇晃，谷皮纷纷往下掉，筛子里便全是漂亮的泡花儿。第二个程序，便是把泡花儿们倒进大锅里，大锅里装着一种吐着泡泡的油亮浓稠的金黄色液体，父亲说那是麦芽糖浆。谷物与糖，天生就是情人，它们遇一块，总是恩爱缠绵，无限满足你的嗅觉与味蕾。然而，我们倒是不急着吃了，因为最让我们兴奋的环节，踩糖，要开始了。

泡花糖的最后成形，是要靠人力踩压出来的。洪伯伯把着了色的泡花们一股脑装进一个大木盆里，在上面盖上一层厚油纸。他第一个踩了上去。这种踩糖必须要足够的重力才能压制成形。洪伯伯一个人肯定是不够的。父亲接着上去了，伏在洪伯伯背上的父亲好像变得有些孩子气了，他微笑着看着我们说，谁还想上来？我们纷纷自荐，一个个猴急得恨不得自己跃上去。父亲便说，老大先来吧。

姨父把我抱上了父亲的背。记忆中我极少和父亲这样亲近过，我趴在父亲的背上，心里涌动着一种微妙的感觉，激动，兴奋，也夹杂着一丝丝的委屈。然而，那个小姑娘那么一刹那间的婉转情绪很快就飘散了。父亲的背像一条小船，荡来荡去。整个灶屋里都是泡花糖热乎甜腻的香味。我闭上眼睛，把脸贴在父亲背上，很想就那样睡上一觉。父亲的背，真像一座天堂。

我不记得我是怎样从父亲背上下来的，大家都在忙着切糖，吃糖了。父亲拿起一块泡花糖，咬一口，说，这糖真是香。然后他笑眯眯地对身边的小姑娘说，妹伢吃糖啊，这么多糖你们可以吃个够了。我拿起一块泡花糖放进嘴里，甜蜜的泡花儿在舌尖上竞相绽放，满口生香……

很多年过去了，父亲成了一帧镜框里的照片。

我们过年再也不做泡花糖了。

暗

语

魔镜

1

我不得不承认，这张脸已经开始老了。

我没法跟岁月抗衡，拽住它的手，求它绕过我饶过我。我只能对着镜子，试图跟岁月掰个手腕。用手将两腮托住，往上提拉，便呈现出一张精致而紧绷的脸。像上了绣绷的绣布，线条上扬，饱满，流畅。岁月明明在镜子里对我善意地微笑，我却看见它带着一丝狡黠的嘲弄。我知道，它在笑我枉费心机。是的，只要我放掉双手，那张脸就会现了原形。虽然肌肤还算光洁细腻，眼睛却不再清亮，里面布着一些可疑的血丝与黄斑。笑容依然明媚，却成了皱纹滋生的温床。最可怕的是地心引力的显现，从眼角开始，所有肌肉的走向都一致朝下。最显眼的是法令纹，从鼻侧往下粗暴地划拉出两笔，斧刻一般，现出一个笃定又无奈的"八"字。口周，呈收缩凹陷态势，像是里面钻进了一条噬肉的蚂蟥，被我嫌弃了很多年的方圆脸竟开始有了些瘦削的意思。还有莫名的嘴角纹，从唇边衍生，向下颌引出一条浅浅的沟渠，像讳莫如深的尾巴，又像是欲言又止的逗号。

这是老的宣言啊！我的脸，不由分说地先于我的心，我的肉体，我的意愿，走向不可逆转的老。悄然而又决绝。它是岁月一点一点的拉扯，是那些不眠之夜无声无息的肆虐，是各种纠葛与忧思的堆积，是无数纷繁琐碎日常的磨蚀，是每个人不可抵挡的宿命。

或许，这只是我自己看见的那个我。那个更真实，私密，状态糟糕的我。我的关注及惶恐，就像显微镜与放大镜，让我的脸充满了各种与老有关的细节。这么说吧，我正在我自己的过度在意与紧张里，加速老去。老，并不是某个年龄阶段，甚至不是外在状态，而是一种心魔。当你觉察出了你的老，你就老了。

但我们自有对抗老的办法。比如，选择活在美颜与朋友圈里。不知是谁发明了一种美图软件，它就像一个魔镜，能清清楚楚地照见女人的容貌焦虑，比女人更懂得女人更怜惜女人。毫不隐瞒，我也像很多爱美怕老的女性一样，深陷其中。每一张出现在朋友圈的照片，都像一件艺术品的出土，要经过一整套程序。——磨皮，美白，提拉，祛皱。就像被美神施法，或穿越一道时光之门，照片上的你按着你希望的样子重生，仿佛岁月定格，美梦成真。女人们深谙此术，乐此不疲。有时候一张女性合影照片的面世，要先经过一轮的传阅，女人们心照不宣，化身精雕细琢的工匠，单独对自己进行精心而微妙的改造，接力一圈之后合照才得以在朋友圈安身。呵呵，我们自欺欺人的样子，紧张刻意的样子，多么可笑呀！可谁能抵挡呢？女人对美对青春的迷恋与追求。在岁月面前，女人最善于伪装，又最容易卸了伪装。

你们有过吗？在某个时刻，突然跌入一些回忆或情绪里，一遍遍地翻看起一些旧照，沉迷于照片中的自己。置身其中，又仿佛抽离在外，你久久打量，凝视，那些美好的发光的自己。那个已经成为历史的自己。自恋而又伤感。仿佛暮年回望青春，仿佛现实遥望理想。你想起叶芝那首经典的诗：当你老了。只须读出这几个字，便被一种悲伤沉浸。你不由代入，充满共情，仿佛诗里的那个"你"就是你自己。当你老了。你咀嚼着，思量着，几乎是含着热泪读完所有的句子：多少人爱你青春欢畅的时光，爱慕你的美丽，假意或真心，只有一个人爱你那朝圣者的灵魂，爱你衰老了的脸上痛苦的皱纹。

你多么伤怀啊！因为你自知，你就要老了，黯然老去，但你如此平凡苍白，你好像从来没有过光彩的人生，没有朝圣者的灵魂，也不会有人爱你脸上痛苦的皱纹。

2

"魔镜魔镜告诉我，谁是世界上最难看的女孩？不用你说，我知道是我。你每天会花多长时间照镜子？我是说纯照镜子，一丝不苟，心无杂念的，一秒钟，一分钟，还是一小时，我对这个问题特别敏感，甚至养成了观察别人照镜子的习惯，我发现，有的人特别认真，有的人特别敷衍，像我，我就是那种认真照镜子的人，平均每天是在两小时三十七分钟左右，上下浮动不会超过五分钟，惊喜的时候少，失望的时候多，我不是对镜子失望，镜子有什么错？镜子是诚实的，镜子是无辜的，我是对自己失望，因为我知道我长得不好看。"

这是女性独白剧《听见她说》中第一期《魔镜》的开场台词。《魔镜》一播出，便在豆瓣收获了9.2分的高分，无数女性为之共鸣。它讲的是一个普通女孩容貌焦虑的故事。女孩爱美，为了参加同学聚会，花两小时三十七分钟精心打扮自己，双眼皮贴，假睫毛，假发，用上一切能用上的妆造工具。她的精致妆容让她在同学聚会上一时成为被追捧的焦点，她第一次体验到一种类似明星与主角的感觉，那感觉让她陶醉极了。但回到家，站在镜子前，她才发现一只假睫毛脱落了半截，滑稽地斜挂在她的眼皮上。那半截睫毛像一排鱼刺，扎进了她的心里。原来我就像个小丑。原来一切都是假的。她沮丧至极，陷入了崩溃的边缘。她和很多平凡的女生一样，从小就被美这个词碾压，在升旗台上被人议论小腿粗，上学的时候被称为麻秆儿。美成为她生命中最稀缺最渴望最焦虑的事。她走进了整形医院，但医生看了看她说，你长得挺美的呀，为什么要整形呢？你只是不太自信。相信我，自信的女孩才最漂亮。

她悲伤地反问医生：不是只有漂亮的女孩，才最自信吗？

剧本很不错，女性视角，热门话题，以及演员齐溪的表演功力、台词功底，都非常了得，但最震撼我的还是台词本身。那密集的、井喷式的自问自答的台词，像一波又一波的浪头，将屏幕前的女性裹挟其中。让我们时而灼热，时而沉重，时而浑身一激灵。——这个深陷容貌焦虑的女孩，不就是某个阶段的自己吗？

什么是美？什么是丑？美的标准是什么？是谁定义了这样的标准？这样的标准又是为谁在定义？《魔镜》对女性对公众发出一系列灵魂拷问。有人说，《魔镜》像是一枚抛向互联网的炸弹，炸开了花式美颜修图筑起的高墙，牵引着网友走向自我与回忆的裂缝，甚至引发了微博热搜。据统计，"你有容貌焦虑吗？"的话题在微博阅读八亿，讨论量近十五万。

"这是个看脸的时代吗？不对，不全面。不光看脸，还要看胸看腰看屁股看头发看指甲看脚后跟。"正如《魔镜》里所说的，现实中无数女性正在被大众视觉，被一种苛刻且狭窄的美的认知所捆绑，对美出现一种狂热甚至病态的追逐。白，瘦，幼态，成为美的代名词，成为美的绝对标准。有人说"好女不过百"，于是一百斤成了女性的体重红线。服装尺码也被人重新定义，S 代表瘦，M 代表美，L 则代表烂，XL 代表稀烂。竟然还有知名商场将这种尺码对应表堂而皇之地挂进商场，以贩卖焦虑来刺激消费。在这样的大众审美及价值观横行之下，越来越多的女性前赴后继地挤进这些标准与模式里，困在所谓的美的紧箍咒里，困在公众的魔镜里。

只要有女人就有庞大的市场。你去逛个街就知道了，与美相关的各种产业一茬接一茬。美发店、美容店、服装店、美甲店、文绣店、减肥塑身中心等像一个大家族，在商业街中占据绝对的主导地位，从头到脚，从身体到皮肤，全方位为女性服务与打造。随着时代发展，整形行业也掀开了神秘的面纱，不再是日韩与明星的专利，各种美容整形机构烟花般在城市高调盛放，进入普通女性的视野。而微整，更是一夜之间成为不少女性秘而不宣的奔赴。一个"微"字仿佛为整形加上了滤镜，让它变得更加可亲可信。玻尿酸，肉毒素，热吉玛，一些可疑又生僻的名词开始走进女性的生活。就连一些小县城，也出现很多打着其他名目的隐形微整行业，一些年轻貌美的老板娘们端坐在前台，以身示教，现身说法。

朋友 W 就是那些老板娘之一。刚过四十岁的 W 当老板娘二十年，吃遍了女性美业的红利。她最早是开写真摄影，那正是艺术写真照风靡全国的时代。那种全新的明星般的包装模式，一经问世便让无数女孩们趋之若鹜。W 凭着自己独特的审美与钻研观摩，为女孩们量身定制各种风格，用美妆与后期满足她们的变身梦与明星梦。写真照生意异常红火，每天爆满。真的，忙不过来，就像捡钱一样。W 笑着说，如果不是正赶上 2003 年的那场非典，我可能早就走向人生巅峰实现财务自由了。

写真店歇业了一年后，她继续在当地开起了婚纱影楼，因为超前的审美与强大的后期，让她的影楼迅速出圈成为当地的头部品牌，火到盘活打造了一条摄影街。你别看我做的是婚纱摄影，其实做的还是女人的生意。我也是女人，我太懂女人了。你就是可着劲让她们美，用影像去帮她们造梦。W 说。后来，因为手机拍照功能过于强大，影楼渐渐走了下坡路，W 顺势而为，紧跟风向，去上海学起了韩式半永久文绣。半年之后，回县城开起了首家半永久文绣店。半永久文绣其实就是文眉，不过是之前传统文绣的技术升级，品类更多，什么绒雾眉、仿真眉、野生眉。因为更加仿真自然而风靡市场。那两年，真的，毫不夸张地说，几乎半个县城的女性的文眉都诞生于 W 之手。

W 就像美的战神，在这条路上永不止步。最近，她又去上海学习了，她接下来的方向主打抗衰。她像一个预言家一样对我说，未来，抗衰才是主流，哪个女人都逃不了它。包括你。

3

再次看到 Y 时，我惊了一跳。初一看，那是一张被岁月遗忘的幼态脸。苹果肌饱满得像里面藏了两个苹果，脸部充了气般紧绷光滑，像国产偶像剧里开了十级滤镜的女主脸。正当你惊羡于她的年轻，却陡然被她的下巴惊到了。那根本不是人类的下巴。长，翘，快要收尾处，突兀地拱出一块肉眼可见的硬包，像里面伸出一个拳头。那个怪模怪样的下巴，长在那张温润的脸上，仿佛湖水中惊现一块礁石。

谁都能看出，那是整容的车祸现场。谁都能看出，那张脸里全是科技与狠活。

Y是我外省的同学。二十年前的她，小圆脸，短发，清秀中有些清冷。她在我们的合影里算不得最美，却自成一派，最是自然灵动，让我挪不开眼。二十年后，就算添了些风霜，她也应该是美的，像有刺却依然馥郁的玫瑰，或橘皮却依然多汁的荔枝。她为什么要执着于做一个苹果呢？哪怕让下巴变异长出一颗核桃。

可是，如果没有那颗核桃呢？

我后来经常在朋友圈里看到她，她的颜值周期般时好时坏，脸盘总是鼓鼓的，仿佛一个永不泄气的球体。下巴尖始终突起的硬物，就像我们留在青春里没被磨平的棱角。

我后来听另外一个同学谈到Y的婚姻。老公太强，在外呼风唤雨，被人簇拥，每天应酬各种场面，包括各色美女。同学还别有深意地加了一句，她老公比她还小两岁哦。

我不确定Y对于年轻的这份执着，是不是跟她的婚姻有关。但男性凝视一直裹挟着女性生活。它不仅存在于公众视野，在失衡的婚姻关系中更加令人窒息。它就像一种隐形暴力，肢解着女性的自尊与自信。Y选择医美，不过是与岁月及命运的对抗。

除了走向医美，更多的中年女性开始在着装上勇于表达自己，在传统与禁锢中突围，以抵抗生活与岁月的侵蚀。

我在单位时常看到一个美丽的背影，梳着永远的公主头，修身连衣长裙，腰肢窈窕，步态款款。最醒目的，是裙子的颜色，永远的高饱和度充满多巴胺的色彩，桃红，玫粉，翠绿，奶黄，湖蓝，像缤纷的春天。远远看到，眼睛总会不由地振奋一下。她今年五十四岁，明年就要退休了。第一次从背影转到她的正脸时，我有些意外，但看久了，便觉得那些颜色就像长在她身上似的，与她自成一体。我想象不出她穿上宽松暗沉衣服后的模样。虽然不太相宜，但一个把春天穿在身上的女人，让我生出几分感动。何况，又有什么不相宜的呢？谁都有热爱春天的权利。她靓丽多姿的身影给我们那栋过于庄严的大楼添了多少别致呀。每次见她，我都会不由得想起我们本土的一种蔬菜名——春不老。一个美好得能让女人热泪盈眶的名字。

有一次，在电梯里碰到一个女人，穿一件正红的长到脚踝的披纱，及腰的长发束起一个极高的马尾。长马尾与红纱裙被电梯里的空调风吹起，生出一种仙侠气，让逼仄的空间里多了一种梦幻感。这个像从某个片场误入的红衣侠女，让我生出一些遐想。记忆突然自行叠合，这画面好生熟悉。多年前，我好像在哪里也见过这个装扮，同样的红披纱，高马尾。记忆深刻。出电梯一看，果真是那个熟面孔。脸上已经有些许的沧桑，五官普通得有些模糊，只有粗黑的眉毛有几分与装束沾边的倔强与英气。是巧合？或者，这就是她数年如一日的着装习惯？对一种美，或某种情结的痴迷，以至于将它融进生命里，让它成为日常成为标识，成为抵达理想之境的羽翼，或抵御乏味人生的盔甲？

女人对于美的偏好，似乎让人费解。但美与时尚从来都是自己的事。那是她们独有的狂欢，是自己秘密的堡垒或迟到的绽放。

还有一种对美的执拗与坚守，代价却有些惨烈。开春不久，突然听到G亡故的消息。

她是我邻村的一个姑娘，小时候曾有过交往，对她印象最深的是她的笑容。大开大合，肆意，又娇媚，露出两个小虎牙，像刚出道时的张曼玉。家境好，长得美，又阳光，成长的路无比通畅。都说爱笑的人运气好，姑娘的前半生顺风顺水，嫁的也不错，老公是个靠谱又聪明的后生，生意做得很大。这几年偶尔遇到她，也住在县城，生了两个娃，却不见老，身材玲珑曼妙，还像花儿一样。谁能想到呢，这么一个人，突然就没了命。命运从来没有既定的轨道与逻辑。向母亲打听，才知道，她其实已经病了两年，乳腺癌。她老公为了给她治病，简直不顾一切。是她自己错过了一次或可救命的机会。发现之初，医生建议她摘掉乳房，有助于减少癌细胞转移扩散。医生甚至打了包票，如果做了切除，至少能有五到十年以上的生存率。这是个两难的选择。对女人来说，尤其残忍。

她那么年轻，那么美。虽然是两个孩子的母亲，却是个资深的瑜伽追随者，有着匀称、柔软、让她引以为傲的身体。她的双乳，那样坚挺，饱满，像她活着的意志。她用它陪伴过孩子们最初的生命，那是她母性的启蒙与母爱的证据。这么多年，除了陪伴孩子们，她每天用瑜伽与自己的身体做伴，对话。重塑它，信赖它，爱它。我不知道，她经过怎样曲折的心路历程。为了护住一份美与健全，她转头迎向了其他治疗方案。谁都会抱有侥幸。她怎么知道，她放弃的是唯一的最好的方案。

我不敢想象，如果是我，会怎么选择。

4

"颜值即正义"的梗突然火爆网络。与"岁月从不败美人"一样，获得无数网友的认可与征用。在现实生活中，美貌总是轻易获得无数好感与拥护，它是最没有道理可讲最没有公平可言的砝码、武器、通行证。是无数女性为之奋斗一生的事业。是一条漫长的自我救赎与自我和解的旅程。

H是那种典型的南方美女。小巧，甜美，爱笑。笑起来弯弯的眼角与上扬的唇，一张温温柔柔的脸摇曳起来，像着了春风。H的美还不在于脸蛋与五官，她有一种纯净与妩媚相融的气质。这与她的好身材有关。H的身材，不是一眼看上去的那种好，苗条或修长，不是。她是那种可以分解与细究的好，凹凸有致还不足以形容，如果她正好穿了一件修身的衣裙，如果你恰好走在她的后面，你一定会惊叹，怎么会有这样的腰臀比？"曲线"这个词对她来说实在太贫乏了。腰身是那种极致的细，真的是盈盈一握，仿佛稍一用力，那腰就要折在你手里了。往下又是另一种极致，浑圆，奔放，丰腴。那一收一放，一起一伏，像捏泥人一般。我总是酸酸地开玩笑，说她东方的腰身长了一个西方的屁股。

H年轻时不是这样。虽然有一张可人的脸，但她是个只有一米五五的胖姑娘。青春期之后，身高骤停，身体却不可控制地发酵。胖，再遇上矮，对女孩来说简直致命。就算她有一张再美丽的脸，也被那胖撑得一团模糊。从十八岁开始，H就被自己的身材打压，自我囚禁。那个时候，年轻，弱小，不知道怎么改变，她只有藏，用肥大的衣服藏，用沉默寡言藏。哪怕面对心爱的男孩她也鼓起不了勇气。窘境延续了很多年，没有绽放，没有突围，眼看年纪渐长，她蒙头抓住一个与爱情无关的婚姻把自己潦草打发了。二十年后，H说，好想抱一下当年那个自卑的胖女孩。我要用我精彩的后半生去弥补她。

H坚持健身十多年。她每天风雨无阻在健身房待两小时以上，有氧运动只是热场，重头戏是撸器械。练臂的，美背的，瘦腰的，塑臀的。一个都不能省。除了坚持锻炼，她还有严苛的饮食规定，吃杂粮，轻油盐，抗糖，抗炎。她每个周一的早晨，给自己煮好一锅杂粮米饭，然后用食品袋分装成七小份，放进冰箱冷冻。那是她一周的碳水主食。每一天的早餐，她都要精心准备，一片全麦面包，两个白水鸡蛋，半个牛油果，四颗圣女果，六粒蓝莓，八颗坚果，外加一杯黑咖啡。她坐在这份营养与热量配比完美的早餐面前，心里充满了仪式感与满足感，恨不得对生活做一个感恩祷告。对她来说，那是一天里最丰富的时刻。

多年在健身领域的深耕，让 H 早已从一个只想瘦的女孩变成了一个专业的健身养颜达人。她对审美对自己都有了更清晰的认知。她说，她后来才知道，她的短板不仅是身高，她笑言自己是五五分身，比例才是她一生的痛。不过，比例也是可以通过锻炼去重塑与修补的，除了不能让自己的腿多长出几厘米，成为什么九头身，三七分，我可以改变我其他的身体结构，拥有直角肩、天鹅颈、蝴蝶背、蚂蚁腰、蜜桃臀，完美的头肩比、腰臀比，会在视觉上转移或隐藏你不能到达的那部分。

对 H 来说，美成为一种更具象的数字与比例，成为一些特定而小众的名词，成为一种与生命相融的执念，甚至成为一种强迫症。她唯有通过高强度的健身以及更严苛的自我要求去抵达。对于 H 这种超常的自律与审美，我一半佩服一半不以为然。我们总是更容易放大自己的缺陷，困于其中，无力自拔。

5

和 H 一样，我也有困扰了自己半辈子的外貌短板。我有一张方脸。

还记得，上中学的时候，姐妹几个在家看《傲慢与偏见》，热烈讨论伊丽莎白与达西的爱情。我们哀叹着自己的平凡，觉得达西那样的男子离自己太远。于是抛出我们常玩的一个游戏，如果能有个魔法你们想改变什么？三个没长全的黄毛丫头，一个个地，想变高变瘦变白变美，只有我忧伤地说，我想换个脸型。

翻看年轻时的照片，衣着素净，神情忧郁，眼神游离，从来不开笑颜，看上去像是伪文艺，其实是不自信。就像《魔镜》里的那个姑娘，我在很长一段岁月困在方脸的阴霾里，自觉与美划清界限。那个时候，还没有任何将方脸与高级扯上关系的言论。在唯瓜子脸才香的审美里，我的方脸，就像一口泥潭，像一个罩器，将我深陷与笼罩。我在最好的年纪里，郁郁寡欢，将一张方脸板得更方。

那样一个物质与信息都贫瘠的年代，我没有任何办法改变自己，除了暗暗嫌弃自己的遗传基因，不与有着同样方脸的父亲亲近，我只能用一些和 H 一样的笨方法，——藏。常年留齐下巴的短发，妄图用头发遮盖些脸型，藏起一点方。每次拍照，总是牙疼般用手托腮，不是摆姿势，而是处心积虑地遮丑。但这些不能解决根本问题，我还是有一张不美的方脸。方脸，已经成为我的标签，我不美的证据。

我有个比我的脸还方的发小，去上海闯荡后大变样，不但变成了鹅蛋脸，连人生都开了挂，嫁了一个比自己还小的"富二代"，跻身名流。我深受刺激，不止一次想通过削骨改变脸型与人生，但又穷又怂，想想平凡一点也能活，只能认了命。

这两年常逛一款软件，有一次好奇，输入"方脸"一词，竟开掘出一块属于方脸女人们的宝藏地。方脸变美思路、方脸逆袭宝典、方脸必入、方脸大忌等等，打着方脸关键词的各种短视频唰唰涌现简直看不过来。有方脸美妆博主亲自上阵教方脸女人们怎么化妆，有方脸时尚达人教方脸女人们留什么样的发型穿什么样的服装。还有美容顾问信誓旦旦地说方脸如何高级如何扛老，仿佛如今方脸才是王道。她们以方脸为焦点，在某书上异军突起，杀出一条美的血路，获得无数方脸女孩的关注。不禁哑然失笑。有需求才有市场。原来，依然有很多当年的我，在跟方脸较劲，只是她们赶着了更好更多元的时代。

好在，三十岁之后，我的五官长开了一些，褪去了婴儿肥，一张方圆脸竟然秀气了起来。我还发现如果我的注意力从方脸上挪开，我的五官其实长得还是不错的，还有个小巧的尖下巴，笑起来时下巴的线条拉长了脸的比例，大大削弱了原本的方。因笑容而舒展开的脸竟也生动起来，灿烂明媚。原来，笑容才是我变美的神器。从那以后，我便与我的方脸和解了，也更爱笑了。我所有的照片，都满面春风。我让笑容长在了我的脸上。

假如你也见过照片中的我，别以为我活得多乐呵，我不过是想让自己看起来更美罢了。跟 H 一样，我要把我年轻时那些缺失的笑容与美，给补回来。

6

公众审美，男性凝视，自我缺陷，肥胖、平庸以及衰老，女人的一生要面对多少来自外在的质疑与捆绑？自卑，困惑，挣扎，寻找，在自身的不完美里自我泅渡。很多女人终其一生，都是在完成对自己不完美的接纳。

W的眼睛就像仪器一样，一对着我的脸，就像在精准扫描与对焦。这是她的职业习惯，任何女性的脸在她眼里都是毛病。你的法令纹真是大煞风景。你已经出现泪沟了。你整脸的状态还好，眼睛还没有下垂，皮肤也还算紧致，但你的脸部线条已经开始变垮，你很快会出现老态，你得警惕，你要赶紧介入。抗衰是一个长期的过程。相信我，不要抗拒医美，试一试热玛吉，或线雕。你难道不想让自己看起来更美更年轻？

W将一个崭新而重大的人生命题摆在了我的面前，自然老去或医美抗衰。我去繁就简，只抓住了命题的关键词——衰老。

数十年浸淫在美业的 W 看上去确实很美很年轻，无论是五官比例还是脸部轮廓都趋近于完美，仿佛被美图软件精修了一遍。但我总觉得她的脸完美得像少了点什么。她像唐玄奘一样，成天在我耳边念着抗衰的经，让我心有戚戚焉，有事没事去镜子前打量自己，像福尔摩斯一样，寻找自己变老的蛛丝马迹。我仿佛面对着一面魔镜，识人心智，洞察秋毫，一次次毫不留情地为我提供新的佐证。

有一次，我在 W 店里喝茶，一个三十岁左右的年轻女人进店说要做抗衰项目，填法令纹，去眼角纹。她对 W 说这些时，就像在餐厅里稀松平常地点餐。我一遍遍看着那张被胶原蛋白眷顾着的脸，一下子焦虑了。那天晚上我做了一个梦，梦见我脸上的法令纹变成了一只八爪鱼，爬满了我的脸。我知道，从此之后，我摆脱不了它了。就像走进了一个胡同，越往里走，越是逼仄幽暗。似乎又回到了从前，充满了不自信，不确定，甚至开始自我怀疑莫名消极，仿佛自己已然走向暮年。

直到我偶然看到一部电影，《祝你好运，里奥·格兰德》。它是一部关于爱、欲和满足的影片，拍得温暖而高级，充满了对女性的体恤以及祝福。主角是一位垂垂老矣的寡妇南希，因为怀念青春，渴望性爱，她雇用了一个二十岁出头的性心理治疗师，准备重启对自己身体的认知。

片子拍得大胆而撩人，像一场中老年女性的幻梦。作为女性观众，让我震撼的却是那些特写镜头里南希的老。头发花白，皮肤松弛，乳房下垂，充满了皱褶与沟壑。那是一个隔着屏幕都能闻到老味的身体。那样的她站在穿衣镜前，跟年轻健美的性心理治疗师倾诉自己关于美的烦恼："我一直为自己的身体感到羞耻，我一直都知道它有什么问题。粗短的大腿，肥胖的肚子，现在我的胸部开始下垂，我的手臂开始颤抖，事实上，从我二十岁开始，如果我不拔唇边的毛，一个月后我可以加入马戏团。"

我们极少在荧幕中见过对年老色衰的女性躯体的审视，极少去正视与倾听一个中老年女性对于生命与身体的欲求。它对我视觉与内心的震撼如此之大。当南希在镜子前脱下浴袍，微笑着抚摸自己衰老的身体的那一刻，我被深深打动了。有人评价这是影史上最动人的裸体镜头之一。南希是为所有女人而裸，为生命本身而裸。

我特意去了解了饰演南希的演员艾玛·汤普森，发现她年轻的时候美得惊为天人，不但美，还有才华加身，曾参与奥斯卡最佳改编剧本奖《理智与情感》的编剧。我唏嘘又释然。是的，没有什么，比岁月的手更残酷无情。但谁也逃不过岁月。我们每个人，终究都要越过自己的皮囊，去接受生命的一切真相。就像艾玛·汤普森，她坦然接受自己的老，敢于在镜头前向观众展示自己衰老而真实的身体。这是艾玛·汤普森和影片中的南希彼此信任，共同完成自我蜕变的过程。这是女性真正的觉醒与解放。——我不再年轻，不再美，但我依然深深地爱着这样的自己。

由艾玛·汤普森想到法国作家杜拉斯，一个大众眼里惊世骇俗的女性。她七十岁写就的长篇自传小说《情人》一经问世即轰动了法国。小说最让人记忆深刻的大概是它精彩的开篇。

"我已经老了。有一天，在一处公共场所的大厅里，有一个男人向我走来，他主动介绍自己，他对我说：'我认识你，我永远记得你。那时候，你还很年轻，人人都说你美，现在，我是特意来告诉你，对我来说，我觉得现在你比年轻的时候更美，那时你是年轻女人，与你那时的面貌相比，我更爱你现在备受摧残的面容。'"

这段话被人视为经典，大概是因为它超脱了传统的男性凝视，提供了另一种精神价值与爱情蓝本。但它依然只是个情爱幻梦。在我看来，比起这个让人荡气回肠的画面，南希在镜子前与自己的和解，更具有力量与永恒性。她那么美，像女王一样，沐浴在岁月的光里。我因她而热泪盈眶。

飞翔

1994 年 9 月，我从乡镇去往省城南昌，进入省工商行政管理干部学校就读。我一踏入这个校园，就由衷获得一种光明与自由感，仿佛一只囚禁的鸟从笼中挣脱飞向了一片广阔蓝天。

我是一个复读生，能进这所省级一流中专学校，总算是对自己有了一个交代。所谓一流的中专学校，是我们新生开学典礼时，荀校长在致辞中说的。他激情澎湃地说，同学们啊，你们是时代的幸运儿，我们这所学校可是全省一流的中专学校，考进来的大多是各市县中考学子的前三名，所以，恭喜你们，也欢迎你们，来到这个美好的校园，一起开创更美好的明天！荀校长挥着双臂，扯着嗓门，慷慨鼓呼，很是让人热血沸腾。事实证明，荀校长并没有夸大其词。我后来大致了解到，我身边一些统招来的同学，他们的中考分数如果放到高考，基本都是进清华北大的料。当然，也有一小部分例外，比如我。

我很不愿意介绍，我其实是个委培生。所谓委培，就是定向委托培养，是对工商系统内部子女开辟的一个绿色通道，分数放宽一些限度，但要缴纳比统招学生多出两倍的委培费。尽管如此，我的考分，仍然高出了县重点高中录取线近十分。委培生，这个名词让我觉得并不光彩，有种作弊与投机的成分，它在我的履历里低头耷脑，一副先天不足的样子。读这所学校，主要是父亲的意思，因为委培生是确保定向分配的。父亲说，你进了这个学校，三年之后，就是工商系统一名堂堂国家干部了。穿着笔挺的工商制服的父亲，很是自豪的样子。

去学校报到那天是我第一次去省城。具体情形我不太记得了，似乎全家都很激动兴奋，父亲母亲决定由他们陪着我带上二妹一起前往。父亲用他印着鄱阳县工商局的黑色提包装着保我光明前程的厚厚一沓七千块钱的委培费。七千块，在1994年，是个什么概念，我有点不确定。我只知道父亲为了凑齐它，卖了不少脸面。父亲是个面皮特别薄的人，一辈子最不愿意的就是欠别人人情。

那时候，去省城南昌，是一趟颇费周折的长途旅程。我们要先从镇上坐中巴到县城，再从县城坐轮渡到南昌。遇到枯水期，轮渡指不定会在哪里搁浅，乘客兴许还要在轮渡上过上一夜。我们都没有坐过去往省城的轮渡。那时候《泰坦尼克号》还没上映，我们对大轮渡还没有那么豪华与跌宕的想象，但"轮渡"这两个字，天生就具有梦幻感，能让人心旌摇曳。去县城的路一路颠簸，我的身体随着车身剧烈摇晃，显得比内心还要肤浅与兴奋。生活总是出人意料，母亲与妹妹半路晕车，吐得脸色发白，没有坚持到县城便提前结束了这趟旅程。我继续前行，一路无恙。父亲对我说，也许注定了，你是咱们家走得更远的人。父亲说这话的时候，很郑重其事的样子，像一个未卜先知的智者。我坐在轮渡上，看着浩渺的鄱阳湖水，细细地咀嚼着父亲的话，心潮起伏。

省工商干校在南昌的北京东路。我是第一次知道，首都北京竟然可以随意用来给一条路命名。我暗想，那得是多气派繁华的一条路啊。当我们七转八拐，风尘仆仆地被一辆三轮车拉到目的地的时候，我简直是不敢相信，眼前的北京东路，该是七八环之外吧。没有想象中的霓虹闪烁、车水马龙，迎接我们的是一条被雨水和行人踩躏得形态狼狈的土路，一片泥泞的尽头是我们的校园。校园旁边，静默着一排灰白色的大鸟，不是高楼，而是一些大棚菜园子。北京东路，居然是个远郊。我似乎并没有走多远，感觉像是从农村又来到了农村。

刚来的失望很快被崭新的校园生活冲刷了。正如苟校长所说，这真的是一所美好的学校。这种美好，不仅体现在校园环境与设施上，而是一种内在气韵。是的，我很快就捕捉到了这种气韵。这里的老师，年长些的，都长着一副博学讲究的样子。但吸引我的是一些年轻老师，他们应该大学毕业不久，整个人好像被阳光照着，眼神熠熠，带有一种又昂扬又傲娇的神采。学生则大致分为两部分：一部分是统招的优等生，属于智商超高的学霸；一部分是家庭优渥的干部子女，内招生与委培生。这里的学生，绝大多数，都带着一种与生俱来的自信与优越感。这种自信与优越感，让他们显得落落大方，生龙活虎。这种感觉，与我的初中时代，太不一样了。

是什么时候开始有了落差的呢？好像是，我渐渐感觉自己几头都够不着了。我成绩平庸，用度拮据，又没有才艺。一个足够虚荣与自尊的乡镇姑娘，找不到了自己。拿我们寝室来说吧，高安的晓雪是个每天擦玉兰油跳起舞来就发光的小天鹅；南昌的敏儿是部队大院长大的肤白貌美的高干独女；景德镇的菲菲是个嘴里不离面包巧克力的乐天派；宜春的梅梅则是逢考必优的"女状元"。而我呢？除了不着边际的文艺与不切实际的幻想，还有什么呢？

我变得有些不合群了。我隐藏起自己的失落与自卑，埋头看书，写日记，一个人散步。工商干校附近有不少中专校园，省税务学校、省外贸学校、省统计学校，这些学校聚集在一起，血统相近气质匹配，在大多数来路与去路都不明的杂牌中专学校里，像是先天优越的富人区。我常在周边散步，但我最喜欢去的地方，是学校后面的轻工业学院。那其实是一所非常普通的大专院校。但它安静而蓬勃，显得更加朴实与神秘，更接近我的理想。父亲不知道，在我心里，我其实更愿意上高中，然后上大学。大学，才是我的梦想。轻工业学院的图书馆比我们学校的两倍还大，那里的学生们，抱着书本或者吉他，有的步履匆匆，有的气定神闲，莫名有一种我无法抵达的底气。是的，底气。大学生，才是天之骄子。我突然对自己的身份有些泄气。我的中专同学们，那种自得，那种优越，那种未来明了前途在握的满足，是多么幼稚，多么浅薄啊。看得见的未来有什么可期待的呢？看不见的才更让人向往啊。

现在想起来，那个时候，那个十六岁的乡镇女孩，扎着两条麻花辫，清瘦，文弱，抱一本杂志，一个人悠悠地走到校园的甬道上，素净的脸上没有一点杂质也看不出任何端倪，谁知道呢，她那刚刚昂扬的青春，像那艘载她而来的轮渡，突然在航程里搁了浅。

很多年后，一些同学聊起来，都说，你那时候多文艺多骄傲啊。我吃了一惊，有吗？我有什么可骄傲的呢？我是恰好用了一种貌似文艺的方式，掩饰与武装了自己罢了。

哪个女孩没有在青春年少的时候，渴望过飞翔呢！我第一次体验飞的感觉，是在秋千上。不太记得具体的细节了，我是怎么去的游乐场，有哪些人一起。我只记得，我在公园的游乐项目徘徊了一圈后，选择了荡秋千。只是因为秋千是不收费的。记得更清楚的，是第一次体验飞的感觉。在助推中腾空，向上，起飞，被风拥抱，被更广阔的天地接纳，晕眩，刺激，肆意，自由。我一次次迎向天空，渴望高一点，再高一点。怎么形容那个感觉呢？万物仿佛都被屏蔽，只有我在飞，只有我。我是唯一。我是主角。

那时候，有一个海边的男孩在给我写信。那男孩，是我的初中学长，我第一次见到他，便把他写到了日记里。那是一本带密码锁的日记本，关于他的内容，早已被我悄悄涂改了，擦不掉的痕迹，一并浅浅地留在了心里。他给我寄来一张照片，一个穿着白色水兵服的男孩，海风将他水兵帽的飘带飞扬起来。海水蔚蓝，阳光像金子一样。男孩微笑着，眼神清澈，唇角上扬，像一株青涩的海草，又像一个发光的贝壳。我深深地记得那张照片，记得那片纯净的洁白与蔚蓝，以及被海风吹得扬起的水兵帽的蓝色飘带，它流畅而优美，像一只展翅的蓝色海鸟。

我内心肿胀着一种懵懂而甜蜜的情绪，它们将我的爱美与虚荣心隐秘催发起来。我于是，开始闹起了钱荒。

母亲只给我每月两百块的生活费。两百块，能做什么用？大概吃饱是没问题吧。对于正处在青春期的女孩来说，有太多比吃更重要的事情。我不能像晓雪一样，用玉兰油这样高级的护肤品，但是，穿一件她那样的白色雪纺裙子总可以吧。我总忍不住悄悄关注这只会跳舞的"白天鹅"。有一次，我们班排舞蹈《军港之夜》，她穿着一件白色的雪纺裙子，旋转的时候，裙袂飞起来，整个人，闪闪发光。我想起那个军港男孩，心里有些黯然，觉得晓雪这样的女孩才像真正的女主角。同桌告诉我，班上有很多男生暗恋晓雪，就连辩论队的首帅林涛都给她写了情书。

我对班上男生与女生之间的八卦并不感兴趣，我感兴趣的是晓雪。我暗暗注意晓雪的一举一动。晓雪的床铺在寝室的最里间，平常总是罩着粉色的纱帐，像个神秘的闺房。她穿着白色的雪纺裙，翩翩地从我身边飞过，钻进她那个粉色的闺房里。我远远地看着这只骄傲的"白天鹅"，很想也长出那样一双洁白的羽翼——拥有一件和她一样的白色的雪纺裙。我开始算计我的生活费，想从伙食里抠出一点可能性。

记忆里，我中专时期一直处于一种饥荒状态，不仅仅是胃的饥荒，还有选择的饥荒。正是长身体的年纪，我对于食物的渴望就像梦想一样盛大，可属于我的菜谱却平凡而单一，就像我自己。

我永远记得那两个菜的菜名——酸辣包菜、红烧豆腐，它们几乎承包了我整个中专时期的胃。我去食堂打饭，通常不看上面的菜品，确切地说，是不能看。食堂的菜单，是由贵到便宜往下排列的，最上面的，永远是红烧排骨、米粉蒸肉、香菇炖鸡等所谓的"硬"菜，然后是辣椒炒肉、香干肉丝、洋葱炒蛋这样的"花"荤，最后才是朴素廉价的它们。它们永远占据食堂菜单的最末位置。好在，它们并没有因为廉价而平庸。我一直记得，红烧豆腐那道菜，勾了薄薄的芡，豆腐滑嫩，汤汁浓郁，搁了红的辣椒粉与绿的葱花，品相诱人，口感酸辣咸鲜，特别开胃下饭。食堂师傅实实的一勺下来，稠稠地浇在饭面上，汤汁渗入饭粒，美味得很。我到现在都还惦记那个味道。

那个月，我连这两道菜都没办法保证了。为了能省一点，我开始制订另一套饮食计划，早上在食堂买三个发糕，早上吃一个，存两个中午、晚上吃。可我只坚持了三天便放弃了，饥饿让我了无生趣，头昏眼花，感觉自己没办法爬上七楼的宿舍。我发现，想要从伙食费里抠出一件新衣的钱来，简直遥遥无期。

我有一次逛街，意外发现在万寿宫附近的一条小弄堂里，有家小店挂着写有"出售二手衣服"的牌子。我鬼使神差地走了进去。那些所谓的二手衣服，看上去都有七成新，仔细挑选，也能沙里淘珠，拣出些时尚样式。最美丽的当然是价格。那些衣服基本都卖个位数，几块钱一件，按现在的说法，是白菜价。我暗自窃喜。钱袋子是接受了，可自尊心又有点不接受。好在，自尊心这东西弹性比较大，我轻易就说服了它。我在里面转悠半天，没有找到想象中的白色雪纺裙子，但我还是用十块钱挑走了两件款式不错的衣服。

我揣着那两件衣服，像是小偷揣着赃物，鬼鬼祟祟地，连寝室都不敢进，悄悄拿到了卫生间，拿来个大盆狠命倒了洗衣粉，直接洗上了。这衣服，是谁穿过的呢？它们从哪来呢？我任清水一遍一遍地洗刷它们，洗刷它们的不明来路，洗刷它们的不洁历史，也洗刷自己的难堪与委屈。那两件衣服的样式我已经记不清了，但我后来每一次逛南昌万寿宫，都会自然而然地想起那家卖二手衣服的小店。记忆这东西真是偏执得很。我始终没有再走进那条弄堂去验证它的存在，我更愿意把它当成一个错觉或是梦境。

我穿着来路不明的二手衣服，穿梭于教室与宿舍之间，偶尔想起蔚蓝的海水与洁白的水兵服，心里五味杂陈，感觉它们正在渗进我的皮肤，长成一块难以剥落的皮癣。我是后来才知道，其实那时候有很多人都买二手衣服，我的一些中学同学们也穿过，它曾是那个时代一些人并不隐秘的潮流。但大家只是默默穿着，谁也不会说起。我后来一直抗拒"二手"的东西，比起选择性障碍，我更加有选择性洁癖。那样纯白的年纪，谁会喜欢"二手"这样一个浑浊而廉价的词。

我渐渐被校园的安逸同化，无心于学业，一头扎进了文学里。我开始偷偷地写点东西，找寻存在的星光。我仍然一封一封地收信。有一次我突然接到一个包裹，是海边的男孩寄来的，一本长篇小说，路遥的《平凡的世界》。我用整整一个夜晚，坐在宿舍楼的走廊里，打着手电筒彻夜将它看完了。那是一个特别宁静的夜晚。当我抬起头来时，天色已经有些发白了，清晨的风凉凉的，将我的热泪绷在脸上。我抹一把，新的热泪，又淌下来。一种又热烈又茫然的情感在我心里汹涌着。

我不知道我的人生，我的爱情，会走向哪里，它们像一个谜。我对它们充满了期待，又充满了困惑。

那是个什么日子呢，我不太记得了，我平生第一次收到了一封带有玫瑰的节日电报。寝室简直炸开了锅，她们围着我说，电报怎么能将玫瑰寄过来呢？我脑子里晕晕的，我其实也不太清楚。那个男孩在电报里说，我下个月休假，可以去看你吗？

我没有回复他，却更加对一件白色雪纺连衣裙日思夜想起来。我对母亲撒了个谎，说我病了，需要点医疗费。我在电话里的声音虚弱无比，像真的病了一样。母亲说，身体最要紧，有病要及时看，吃饭也不能省。我无心搪塞她，匆匆挂了电话。几天后，我收到了母亲的汇款。

我取了钱，在学校附近找到一家订制服饰的小店。给我做一件白色的雪纺裙子，领子上加点蓝色的边，做那种，海军领。我对师傅比画着说。师傅说，海军领呀，时髦着呢，我知道的。

我一直觉得，那件白裙子，就像我青春的一双羽翼，它昂着头，带着一份勇气与倔强，自顾生长，谁也阻挡不了。我很记得，我去取裙子的那天，像是去赴一个神圣的约会。我让师傅细细地将它熨好，回到宿舍便把它挂在了我的床头。我躺在靠窗的上铺，看着它在风里轻轻飘荡，像一只美丽的白鸽。我看着它，心里无比自信与笃定。它是我写给自己写给远方的一封洁白的信笺。

我终于完成了人生的初次飞翔，成了自己心中的女主角。

我并没有像父亲说的那样，成为家里走得最远的那个人。我贴着地面过着之前就能想到的平凡生活。而在平淡无奇波澜不惊的漫长日子里，那一件洁白的衣裙，依旧保持着飞翔的姿态。

暗语

1

村上春树在小说《眠》里，写一个主妇，连续十七夜无眠。她在这十七个无眠的夜去做她爱做的事，比如吃巧克力、看书。婚后因为种种缘故，她不能像从前那样享受巧克力与阅读了。她用不眠，来抗议现实，打破庸常，实现另一种维度的清醒，实现精神与肉体的统一。

我在想，村上春树肯定没有长时间彻夜失眠过，不然他不会忍心让这个主妇十七夜无眠，因为她极有可能在第十八个夜晚来临之前就会疯掉。

从去年开始，我经历了两次阶段性失眠。

回想起来，第一个晚上的失眠，并没有任何预兆，莫名其妙，整宿合不上眼。开始并没在意，悠悠地数羊，数了忘，忘了数，越数越清醒。睡不着，那就干点别的。于是起来看书。说实话，我还挺享受这难得的清静时光。白天，实在太聒噪了。生活聒噪，内心也聒噪。我已经很久没有纯粹地享受阅读了。不知道从什么时候起，案头上的书越堆越多，全是欠下的阅读债。临睡前的时光也基本交付给了手机，偶尔记起床头的书，拿过来翻几页，看着看着便走了神，转而想起明天该给孩子准备什么早餐，或淘宝这两天又在搞购物节。脑子里纷纷扰扰，各种意念与纠葛，阅读便半途而废草草了事。那好吧，在这难得的不眠之夜，像《眠》里的主妇那样，享受纯粹的阅读，找回最初的自己。

可哪有那么容易找回的纯粹与最初！你早已习惯了一种作息程序，稍一违逆或打破，便生出一种强烈的不安感。无数的声音在你耳边告诫，都这个点了，你应该睡觉！你不能熬夜！人到中年，你熬的不再是夜，而是生命！翻了两页书，眼神迷离，培养出了点睡意，赶紧关灯睡觉。然而灯关上了，脑子仍是关不上，睡意又渐渐溜走了。脑子不但关不上，还越发活跃，像是住着一群顽劣小儿，天马行空，信马由缰，完全不听指挥。我第一次在一种漫长与寂静里感到无所适从，一宿无眠，挨到了天亮。

第二天过得浑浑噩噩。赶紧全网科普助眠方法，睡前半小时远离蓝光，喝热牛奶，泡热水脚，听轻音乐，呼吸睡眠法等等，一一记下备用。晚上九点，准时关手机，喝牛奶，泡脚，听音乐，努力让自己愉悦，松弛。关灯，闭眼，定住意念，一心一意酝酿睡意。一片黑暗中，耳朵却亮着，各种声音像赶夜路的旅人相继闯进耳膜。楼上谁家的孩子在哭，细微，却执拗。有人在停汽车，车门打开又合上。不知是谁的电瓶车被触动，像受了惊吓，一声一声尖叫起来。刚刚聚拢的睡意开始在眼前摇晃，流散。十分钟，二十分钟，三十分钟……睡意渐行渐远。夜像一根绳索，将我死死缠住。大脑与身体开始紧绷，所有细胞都开始慌张。像得到某种暗示与宣判，我没有悬念地再度失眠了。

睡不着，怎么办？数羊不管用，试试网上推行的一种"四—七—八"呼吸睡眠法，先大口呼气，再闭嘴用鼻子吸气默数四个数，再憋气默数七个数，再大口呼气默数八个数，据说重复几次，六十秒内即可入眠。我试了无数个六十秒，越试越清醒，感觉自己像一只滑稽而愚蠢的青蛙。

所有的方法都不管用，身体跟你较着劲呢。你越是想入睡，越是无法入睡。大脑中了魔咒般，在黑暗里死死睁着眼睛，把睡意挡在某个临界点前，撩拨着你，与你对峙。

我的睡眠，突然走失了。

2

你试过在深夜聆听各种声音吗？在黑夜里，让耳朵潜伏，牵引，成为通往睡界的暗道。

有研究表明，一些美好的声音可以舒缓神经治愈失眠。有朋友建议我睡不着的时候听听台湾学者蒋勋老师讲《红楼梦》。据说，这个男人有着梵音一般的嗓音，是影星林青霞失眠时的半颗安眠药。有一段日子，我每晚睡前都会打开这个语音链接。躺好，关灯，嘴角上扬，去迎接它，颇有一种仪式感。讲述之前有一段古典轻音乐，流水一样，引出蒋勋老师清茶般的声音。很难想象，一个男子，能拥有这样的嗓音，不阳刚，也不粗犷，然而，也不阴柔，不矫作。温暖，通透，纯良，那是一种好像没有性别却有灵魂的声音。《红楼梦》自身的美妙，加上蒋勋老师美妙的讲述，着实妙不可言。可我发现我越听越精神。每一章节的讲述有三四十分钟，我能一个章节接一个章节地听下去。耳朵一新鲜，人也新鲜了。夜一点点深，睡意却一点点浅。我不是一个合格的倾听者，我根本没办法专注，它不过是我助眠的工具。我们注定彼此辜负。我后来便不再听了，甚至此后没敢再打开过它。它只在我的失眠之夜存在过，它的音乐有股魔性，仿佛是失眠之夜的序章，极可惜了蒋老师那人间极品般的声音。

　　我下载了一个叫作小睡眠的程序。那是一个声音博物馆，里面收集了世间各种美好的声音，来自大自然的最纯净最纯粹的声音。早春绵绵的雨声，秋天落叶的沙沙声，海浪抚摸沙滩的声音，妈妈哄婴儿入睡的声音，还有更多的天籁。那些声音充满爱意极尽体恤，带着天生的蛊惑与梦幻感，在你耳边喃喃私语，像接通睡意的摩斯密码。身体与大脑会在它的爱抚与指引下，渐渐放下戒备，变得松弛安静混沌，然后进入梦乡。当然，理论上是这样。我听得最多的是雨声与海浪声。那种洁净的湿度从我的耳朵传达到心脏，让我从白天干燥的混浊的状态里醒来，神清气爽，热泪盈眶。那声音真的太治愈了。可是，它依然治愈不了我的失眠。

搞程序设计的，比客户还要了解客户。这个小睡眠程序特别人性化，各种智能分类，量身定制。所有的音乐与声音都做了分类，按风格分，按时间分，也按失眠的程度来分。轻度失眠的设置一般时间较短，声音更为本真。而重度失眠的设置长达一两个小时，声音效果大概也做了处理，像添加了某种迷幻剂，引领着你进入一条漫长的回旋的深幽的密道。有时候，听着听着，也混沌了，意识在一点点抽离，眼看着就要挨着睡眠了。蒙眬之际，陡然一激灵，又倒了回来。当我重新调整自己，再去拥抱这些迷之声音，它们便变了面目，成为一种干燥的絮叨，一种不怀好意的咒语，睡吧，睡吧，睡不着吧，睡不着吧……

一切举动都充满了目的性，所有培养出来的困意都像兑了水的酒。我放松不了。只要夜晚来临，只要挨着床板，我便如芒在背。我的身体，被入睡的渴念死死地定住，僵成一块铁板。我脑子里塞满了一个意念，睡着！然后这个意念又滋生出更强烈更复杂的意念，我要快点睡着！我会不会又睡不着？我要怎样才能睡着？我肯定又要睡不着……这意念如蛇缠身，如蛆附骨。

一晚。又一晚。我像一只警觉的猫，躺在笼子一样的夜里。

3

我开始了失眠的恶性循环。每一天都活得战战兢兢，如临大敌。我在茫茫网海中网罗各种对抗失眠的方法，比如食疗法，买来一堆针对失眠的食材药膳，茯苓茶，枣仁膏，百合羹等。劳累法，白天尽量让自己忙碌疲累，做家务，跑步，打球，尽着精神与体力折腾。可是一到晚上，无论是多么对症的食物药膳，还是疲惫至极的躯体，依然收服不了桀骜不驯的大脑。它好像与睡眠彻底断了往来。我躺在无边的黑暗里，一个接一个地打着哈欠，身体沉重，脑子杂乱，在睡界的边缘无休无止地徘徊。

为了不影响家人休息，我搬进了客房。每一个不眠之夜，我像个独角戏的演员，从客房到客厅沙发到阳台躺椅，我不断地变换场景更换道具，上演各种神经兮兮的戏码，或半夜一个人在客厅踱步，或凌晨两三点拖地。有一天深夜，我起来打坐。据说，打坐可以放空与静心，有助于入眠。可我听到自己的心脏像一面小鼓一样，咚咚作响。我手心出汗，浑身燥热。我站在窗边，看着夜色僵硬爬行，天空一点一点变淡。我感觉自己像个垂暮的老人。

夜复一夜，通往睡眠的路，无比崎岖，无比遥远。我掉进了夜的沼泽，前不着村，后不着店，整个世界，只有我，孑然一身，孤独战斗。仿佛一只忧心如焚的蜗牛，独自爬过漫长的一生。

有一个晚上，我又跟睡眠苦战了几个回合，疲惫不堪，无比沮丧。我起来，突然想去照镜子。我站在镜子前，心里怦怦乱跳，我不敢看自己，我害怕镜子里会出现一个陌生的容颜枯败的老妇人。

我郑重其事地跟爱人聊起来，我说我怎么也睡不着，我一定是病了。爱人说，怎么了？哪有睡不着的道理，你是不是想多了？你就是自己吓自己。我不知道该回他什么，只是倍感孤独与伤感。无论多么亲密的爱人，都无法与你感同身受。每个人都是孤独的个体。我想起《百年孤独》里的话："生命从来不曾离开过孤独而独立存在。无论是我们出生，我们成长，我们相爱还是我们成功、失败，直到最后的最后，孤独犹如影子一样存在于生命的一隅。"是的，孤独是我们的宿命。

失眠这件事，旁人怎能体会呢？生命里所有的经历，都只属于自己。这是我自己的劫，我要独自面对与度过。

4

有些生命体验，是从失眠开始的。失眠之前，身体与岁月都是轻盈的，明亮的；失眠之后，我切实感觉到了肉身的沉重，岁月变得具象，可怖。就连活着这件事，也突然变得有些艰难。那些不眠之夜，荆棘遍布，险象环生，我感觉自己身心疲惫，急速老去。

我有一度，像害怕死一样害怕夜。

白天，我照常上班，正常吃喝，除了精神差一点，哈欠多一点，好像生活并没有受到太大影响，如果再用笑容与脂粉掩饰一下，旁人也看不出我有什么变化。但夜的来临，会撕碎一切。下班走在路上，看着天色一天天黯淡，我的心脏会突然痉挛。鲜活的人流，璀璨的街灯，也掩盖不了暮色深重，人间萧瑟。谁也阻挡不了夜的到来。

一次又一次，我如履薄冰地走向夜。我跑步，看书，洗漱，做一切与睡觉无关的事，可我的脑子会从任何事情里突然跳脱，拐个弯，直奔"失眠"这两个字。有时候，你真的，对自己一点没办法都没有。你脑子里的意念，紧张，焦虑，这一切，都是失眠的前奏。我怎么不知道呢？然而，你控制不了。

我很怀疑，我有一个跟别人不一样的脑子。我很想把脑子敲开看看，它到底是什么构造。它是几何状，还是蜂巢状？它像一个机器，无休无止地运作轰鸣，又老旧又聒噪。它还像一个收纳箱，胡乱塞满了各种东西。都是些什么呢？无非是生活的鸡零狗碎，杂乱，琐屑，庸常。它们在我脑子里挤挤挨挨，胡搅蛮缠，一刻也不得自在。它永远都是紧绷的，运转的，超载的。我长了一颗这样的脑袋。我明明是它的主人，可我对它束手无策。它是失眠的主导，同谋。它是身体的叛徒，绑匪。

时间是最冷漠的看客。它毫不顾念我对它的珍惜，在我耳边疾步而过，无情而决绝。我想拽住它，让它等等我。

可我抓不住它，我能抓住的只有闹钟。我一次次去看钟，一点，二点，三点……它是时间的走狗，我也抓不住它。我什么也抓不住。我像一条被抛在沙漠里的鱼，一次次奋力向睡眠扑腾，直到筋疲力尽。唯有黎明能将我挽救。

5

为什么会失眠呢？我反复追溯这次失眠的起因。并没有什么特别的事，在我的大脑或心里引起过什么轩然大波或留下什么磕绊郁结。我努力搜寻一切可疑的蛛丝马迹，唯一可能关联的，是失眠前几天我写了一篇文章。那些天为了还原某些情节，为了让文字更真实更有力量，我久久陷在某些枝节与回忆里，我通过文字撕开自己，自己跟自己搏斗，我感到了一种锥心之痛，以及巨大的悲怆。写作，像一次次未知的旅行，我从不知道那一端是什么。但途中，充满了各种险境，一次比一次陡峭与荒凉，让人像困兽一般，奋力突围，欲罢不能。

难道，是那次写作撼动了身体深处的某个机关，点到了睡眠的死穴？

我不得不承认，我是一个特别不洒脱的人，写作亦是如此。我特别羡慕一些作家，生活是生活，写作是写作，写的时候忘我投入，搁了，也就搁了。像对待感情，拿得起，放得下。我不一样。我常常将它们搅在一起，让它们互相牵制，面目模糊。写得不专注，歇得也不自在。写也不是，不写也不是。大多数的写作，都是一个困局，我的大脑总是陷入文字的纠葛里难以自拔。到了夜晚，它的表现力尤为充沛。我常在睡梦里写作，真的。在很多个夜晚，思绪纷纷长出翅膀，灵感像烟花一般，在黑暗中火花四溅。也有时候，文字在我脑子里织着错乱的网，理不清，也扯不断。它们精神抖擞，像个狂热的破坏分子，将夜割裂，将睡眠瓜分。

年轻的时候，谁没有过激动难眠的时候呢，因为某些情愫，或某些灵感。昙花一般，短暂而美好。人到中年，便不一样了。失眠不再是一次激情的出走，它成了一个长长的坎。

写作，是我生活的光亮啊，可是，它也会让黑夜更加漫长。

我从不在夜晚写作。我的大脑没办法在写作与睡眠之间自如切换互道晚安。我的写作，在工作之余日常间隙里拆分得细碎，我努力维系着它在我生活里的存在。我珍视它，就像珍视冰箱里一堆果蔬零碎之外的角落里静静存放的一块昂贵的巧克力。

大多数的梦想，只能夹缝求生。

6

极度的睡眠饥渴，让我的精神状态变得很差，全身酸疼，虚弱，困乏，烦闷，我无法面对与接受这样的自己。

我迫切需要找到通往睡眠的路。我渴望一场睡眠，需要一场睡眠，超出任何的渴求。

我去医院做了检查，查肝肾甲状腺，量脉搏，拍心电图，做脑部CT，然而，并没有异常。我跟医生说，我常感觉胸闷气短，你再查查，怎么可能没问题呢。医生说，你睡眠不够，当然会胸闷气短。你身体上没什么问题，看来是精神上的。

医生给不了确切的答案，我就上网上去找。我在网上上找到一个词——失眠焦虑。我一下子对上了号。是的，我是患上了失眠焦虑。我对失眠的焦虑造成了大脑的惯性紧张，以至于身体机能出现了紊乱与障碍。

从第一次失眠开始，我就陷入了失眠恐慌与失眠焦虑。我每天活得忙忙碌碌，兢兢业业，要上班工作，要照顾孩子，要读书写作，要保养容颜。我掐着时间，尽着心力，从不敢松懈。人到中年，我常感心累神伤。体检亮红灯，白发突增，胶原蛋白流失，化妆品也伪装不出青春。处在生活的战场及中年危机里的我，怎么还能失眠呢？我抗拒它，敌视它，对付它。我的过度紧张与在意，将一次偶然事件变成了必然，变成了劫难。

有一次，有个朋友见到我，说你看上去好憔悴啊。我身体一阵发凉，有一种虚晃的坠落感。她不知道她一句关心的话，对我来说，像某种无情的揭露与宣判。我在一段时间里，过得了无生趣，失眠这件事像病毒一样，充满了我的空间，与我呼吸与共。我对任何事失去兴趣，也做不成任何事。我对那些隔靴搔痒的关心与建议充满抗拒，它们都长得自以为是假模假样，只会让我更加焦虑与虚弱。没有失过眠的人哪里知道失眠的痛？只有失眠者，才是我的亲人。

在失眠最严重的时候，我的微信朋友圈也弥漫了焦虑。有不少人通过失眠的经历与我重新相认，彼此聊着失眠的种种，像聊一个相熟的老友。我和她们从未有过深交，有的甚至记不起名字或长相，却因为这个话题结成同盟，像知己一般，互相理解、安慰、鼓励，恨不得来个隔空拥抱。没有什么交流与关切，比这个更为真诚。不少人给我提供一些过来的经验，我一一照搬试验，均无效。我不知道是我的身体环境，还是彼时的状态，给了失眠更为适宜的土壤，它看上去，有种想与我长期共存的执念。

7

睡不着的晚上，我在网上寻找我的亲人。我们在这个世上，独立又成群地活着，从小到大，从生到死，不断地站队，不断地以新的身份新的境况进入新的群体新的队列。当你关注某一类人的时候，就会发现我们身边到处都是这类人。就像我怀孕的时候，挺着大肚子走在街上，会发现周围有很多挺着肚子的孕妇，似乎她们是突然多出来的，都赶着与你同行去了。其实只是因为你关注了她们罢了。独特，个体，总会让人心生不安，而身处一个群体便不一样了。因为失眠，我才发现，我原来也身处一个庞大的群体。据调查，有百分之四十五点四的人存在睡眠障碍。失眠群体有男有女有老有少，失眠经历有短有长有轻有重，根本无法从中找到规律与解药。这几乎是一个时代通病。只是有的人是短暂体验，有的成为漫长的陪伴，有的浅尝辄止，而有的坠入深渊。

我在那些深幽的夜里，触碰到很多比黑夜更黑暗的挣扎。那些挣扎捆抱成团，愈发让人感到窒息。所有的剧情与走向都是环环相扣，步步紧逼。那些沉重与沉痛的悲剧或者意外，有的起因轻得不值一提。很可能，就只是一次突然的失眠。失眠是身体里偶然种下的一颗淘气的种子，有的被身体代谢了，有的与身体和解了，也有一小部分，在身体里扎下了根来，随之变异，恶化，助纣为虐，成凶成魔。在经历过失眠之后，我对所有抑郁症患者，都有了同是天涯沦落人般深刻的理解与怜悯。我发现，那些冰冷的病症突发的悲剧其实离我们特别近，近到可以随时过来拉住你。

我在离抑郁很近的焦灼里苦熬了一段时间之后，决定用安眠药宣告我的妥协。

我去县人民医院，找到一个认识的医生，我絮絮叨叨地给他讲着我的失眠经历。我的讲述散乱而踉跄，我猜想我的神情一定蒙着深重的失眠阴霾。他只是笑笑，轻描淡写地给我开了一盒佐匹克隆。他说，没事，睡不着就吃它吧，它的副作用很轻，没有你想象中那么可怕。失眠，很多人都有，不是什么大事。这个男医生，长相干净，言语温和，有着医者的豁达与仁厚。我一直记得他那天的话，还有他讲话时云淡风轻的样子。那天晚上，我再次打开那款常用手机软件，正好看到蒋勋老师讲述自己得急性心肌梗死的一次经历，他说他在做导管手术的时候，一种巨大的痛感袭来，让他无法承受。当时他的主治医生跟他说，没事，最痛也就是这么痛了。蒋勋老师说，他特别感谢这个医生，是这句话一下子让他镇静了坦然了。因为，人生最痛苦的不是痛本身，而是对痛的恐惧。这个研究《红楼梦》拥有一副梵音般的嗓音的台湾男子，真的具有治愈的能量。我多么有幸在网络上再次遇到他，听到他的这番话。人生最痛苦的不是痛本身，而是对痛的恐惧。对失眠者来说，亦是如此。最痛苦的不是失眠本身，而是想要摆脱失眠的意念，是对失眠的恐惧与无望。大多数困境，都是自己制造的。

我用一粒药丸冲破困境，重新走入睡眠的怀抱。像一个濒临死亡的人，终于抓住了一根救命稻草。在经历过漫长的失眠之后，我对这样一粒药丸感激涕零。我开始依赖它、信任它，它比所有的忠告与方法都管用。

8

大概一个来月吧，我靠着每晚的半片佐匹克隆维持日常。睡是睡着了，可药效的副作用还是在我身上显现了，我总有些嗜睡，精神状态不佳。家人都建议我出去散散心，彻底把身体调过来。正好妹妹一家因为女儿高考完，准备自驾厦门游，邀我一起去厦门走走。想着一场与大海拥抱的出行也许能让一切迎刃而解，便揣着期待出发了。

一个有海的城市我是多么不想辜负它。为了踏实，临行前还随身带了剩余的最后一片佐匹克隆。我们去了鼓浪屿，厦门大学，曾厝垵渔村，行程与心情都很美好，带来的药片让我依然能在照片上保持着配得上美景的笑容。第三晚，我们吃过海鲜大餐，我和妹妹留在海边散步。每次看见大海都像看见初恋。夜色下的海，容颜深邃，呼吸舒缓，梦幻又治愈。有几个小年轻抱着吉他在海边弹唱。唱的是许巍的《曾经的你》。"每一次难过的时候，就独自看大海……"我们情不自禁加入了他们，跟着一起哼唱，还喝了啤酒。那几乎是一个梦一样完美的夜晚。可是就在那一晚，我的梦破碎了。我重新陷入了睡眠的僵局。没有了安眠药，我仿佛丢失了进入睡界的钥匙。我在那个海边民宿里辗转反侧，房间的木板隐隐散发出一种潮湿的霉味，久久萦绕。我在脑海里拼命回想海浪的声音，可我只听到空调在喘着粗气。我感到呼吸不畅，胸闷气短。

事实告诉我，安眠药也不是解决失眠的良方，用安眠药借来的睡眠，在你戒掉它的时候，会用更多的无眠去偿还。所有的药物，都是表象的舒缓，暂时的麻痹，要彻底解决与改变，只有靠自己。

我一回到家，就去看了中医。我不能依靠安眠药过一生。我确定我的身体出了问题。难道是更年期？当这三个字蹦出来之后，我自己把自己吓了一大跳。难道我竟然就浑然不觉地走到了更年期？是生命的重大转折在对身体做出提示？它用一种乱象一种停滞来昭示生命的衰退肌体的老化？中医讲究溯源，提倡调理与平衡。或许中医能找到症结。

我去找了一个熟识的老中医。这个老中医，我曾经在一篇散文里写到过他。几年前，因为父亲的病我跟他打过交道，他也是一位文学爱好者，又博学又智慧。这个七十多岁的老中医，头发花白，面色红润，坐在那里气定神闲地跟我说，孩子，什么情况？随便跟我聊聊。我说了前后两个多月的失眠经历，并犹犹豫豫地提到了更年期。他说，你这年龄，还早吧。失眠很正常，引发失眠的原因有很多种。然后他跟我闲谈，说现代女性因为各种压力确实也会出现早更现象，其实就是身体的一种自然反应，但女性总是特别抗拒更年期，好像更年期就走向老态了。其实没什么，就是一个阶段与过渡。老，更多的是心态。身体的状况，坦然度过就好了。他说起他见过的一些中年女性更年期的各种异常与症状。有位女性，身体严重失调，上身燥热，要吹风扇；下身却寒凉，得包裹棉裤。还有一位女性，见人就流泪。莫名其妙，控制不住地流泪，好像身体打开了一个泉眼。他说，各种情况都有，因人而异。不要抗拒，更不要恐惧，都不是大事，身体有身体的情绪与拥堵，你就让它发泄与疏通一下就好了。他帮我开了一些中药。他说，中药以调养为主，不一定马上见效，睡不着，你也可以配着安眠药物一起吃。孩子，失眠不是什么大事，你就是自己太焦虑了。心态很重要，不要焦虑，你不把它当一回事它就不是什么事了。

焦虑。他也几次提到了焦虑。是的，它便是这场突如其来持续不断的深度失眠的罪魁祸首。

在失眠的那段时间，不少身边的亲人朋友关心地问我，是发生什么事了吗？是什么事想太多了吗？我很肯定地说，没有啊，哪有什么事！我的生活平顺单纯，有什么可想的呢？可细细想一想，不就是想太多吗。我就是一个多思与悲观的人。那些放不下的工作与文字，那些走不远的牵挂与追忆，那些不可言说的焦灼与胶着，那些生活里零零碎碎的思虑、枝枝蔓蔓的牵绊，我的矛盾人格、完美主义，强迫症，都是身体的负荷，都是失眠的伏笔。我不得不承认，我是天生的焦虑体质。焦虑体质的人一般都伴有神经衰弱，最为常见的现象，便是睡眠障碍。我的母亲就是典型的神经衰弱，睡眠几乎是她这辈子最难攻克的城池。无论是来自遗传，或是出自思虑，我都无从逃避，也无法回避。

人到中年，在各种生活体验里披荆斩棘，时而踉跄，时而无力，这种体质愈发显山露水，像一副加于肉身的镣铐。

9

我在知乎上看到一个话题：怎么对抗焦虑型失眠？里面提到四个点：不要强逼自己睡觉；不要在意脑子里突然蹦出来的念头；释放你那可恶的情绪；不要过度关注躯体的感觉。大概的意思是要顺从身体，让它得到释放与舒展。就像一件织物，你若顺着它的纹路触摸它，会觉得光滑平顺，如果逆着它的纹路，会感觉毛刺刺的扎手。我试着一一照做，感觉身体有了明显的松弛，似乎真没那么焦虑了。

为了系统性了解失眠，我特地读了一本书——《与身体对话》。我是被书名吸引的。我从第一章慢慢读来，一点一点走进自己的身体。书上说，身体语言，才是值得我们信任的真相。我们要学会深度聆听自己的身体，把身体当朋友，善用身体智慧为生活导航。先与身体对话，才能与生活对话。言语初听上去有些虚浮，可慢慢深读下去，便融会贯通，找到了源头与支撑。焦虑与失眠是互为因果与作用的。它们一找到合适的对象，便会沆瀣一气，推波助澜。事实证明，对于焦虑体质，失眠是个顽疾，只要沾惹了它，别想着轻易就把它甩了。那就去接受，去适应，好好地和它相处，慢慢培养感情。

我平和下来，试着去倾听与服从身体。我开始做瑜伽。尽量放慢节奏，放空大脑。我放下写作，去看一些自己愿意看的闲书，追一些轻松的剧，做一些无用的事。我试着去接受失眠，去与它相处与磨合。我为它准备了充分的耐心。我并没有急迫地戒掉安眠药，一边喝中药，一边减药量。我将一片药丸掰成数份，三分之一片，四分之一片。我等待它慢慢地从我的需求里自行消失。我发现，当我变得不着急之后，我的身体也像云朵一样渐渐柔软与舒展。直到有一天，我忘记了睡前服那四分之一的药片，一夜安睡到天亮。

　　身体有身体的悲欢，身体亦有身体的哲学。我们总是企图通过各种方法去获得更多的生活智慧，却不经意间丢失了本能的身体智慧。我在失眠过之后，才深刻地体验到一种来自身体的巨大的无助感与悲凉感。当身体背叛我们的时候，所有的一切都会弃我们而去。

　　我们对于身体总是后知后觉。失眠，也许就是人到中年的一个警示，像一个暗语，它是要提醒你，先去跟自己的身体对话。只有先跟自己的身体和平相处，才能与这个世界和平相处。

　　当我做好准备与失眠和平共处的时候，它却突然丢盔弃甲转身离我而去了。倒像一场闹剧一般。我随后过了一段好眠的日子，仿佛从来没有患过失眠一样。有一次，我收拾屋子，发现客房的抽屉里静静地躺着一盒佐匹克隆。

我打开来，里面还剩了几粒，有一粒已经被剥开了，被撕开的膜虚掩着。我拿起来一看，不是完整的一粒，是被切分过的，确切地说，应该是三分一粒吧。我看了一会儿，拿起盒子准备丢到垃圾桶里，想了想，只是把那三分一粒给丢了，把剩余的药片连同盒子重新放回了抽屉里。

白日梦

1

寒假之后，小区像遇着寒流，骤然寂冷起来。一些人忙着返乡，一些人忙着迁徙。日子，像一条河流，往前奔涌。

我的生活却有些停滞不前。乡下的房子还在，却回不去了。我在县城的这个小区一住便是十五个年头，从青年到中年。房子里已经有了明显的陈年迹象，地面的边角总会冒出些老年斑一般顽固的污渍。卫生间的顶开始渗水，时不时滴答几声，那水不仅来历不明，也毫无规律，什么时候滴落全凭心情。卧室的米黄色墙纸有些斑驳黯淡了。客厅的布艺沙发颜色浑浊，弹性也弱了，像极了中年人疲惫松垮的体态。房子在二楼，采光不太好，下午四点之后，整个房子便暮气沉沉。我总是很早便拉亮灯，坐在沙发上，看书，打盹，有时会产生某种幻觉，仿佛提前到了老年。

停滞不前的还有其他，比如工作，比如写作。我感觉自己迫切需要一点改变或者突破，但我毫无头绪。我每天按部就班地生活，仿佛一只被遗忘的猫，一边昏昏欲睡，一边充满警觉。

有人做着白日梦，也有人梦想成真。楼上的邻居最近搬了新居，在东湖边一个高端小区买了套两百平方米的复式。这边的房子也转卖得很顺利，刚挂到中介就有人看中。谈好了价，整整八十万，比一年前涨了近二十万。前两天，他特地过来跟我们告别，站在门口对先生说，你们也赶紧换一套，咱这小区真落后了，不宜居！先生连连称是，送上些应景的话。彼此客套了两句，邻居便一脸欣欣向荣地奔新生活去了。

我住的这个小区是当年县城开发的第一个楼盘，位于荒郊般的城北。十年后，城北成为县城政治活动中心，带动一众高端楼盘在这里生根落地。我的小区因此沦为商品房前辈，规划设置显得过时，物业疏于管理，周边环境嘈杂老旧，像个聒噪的老妪，让人着实爱不起来。好在是学区房，生活便利，转卖与租赁倒颇为抢手，且获利可观。先生当初买这套房首付只花了三万八，仅用了他从部队转业所得补贴的三分之一。他用剩下的三分之二做了生意。生意做得有些波折，像一条起伏不定的线，始终没有高点。当他回过头来算这笔账时，才发现十年的奋斗，倒不如投资两套房。早知道，当初多买两套房就好了，也不至于这么折腾。先生叹息着。他刚遭遇一次创业寒流，正处在进退两难的境地。

自疫情之后，小区周边的商铺眼见着清冷了不少，像阴雨的冬日，有种藏不住的萧瑟。一些店铺比赛似的贴着转让与招租。东门对面一家排场很大的火锅店，热热闹闹没开张多久，便在拆换门头。过了两个月，门头还在，店名又变了。繁华的门面映照着里面的清冷，门头上那盏火红的灯笼仿佛一个烫手的山芋，任谁也无法握住。隔壁的一家"乡村柴火鸡"，被火锅店衬得低调质朴，室内室外均是木制的墙壁，漆了深褐色的桐油，崭新锃亮，店内没有多余装饰，简单摆了六张八仙桌子，也是那种敦实的原木，有种乡下人的实在。唯一的看点，是吧台处一堆烧得通红的柴火，火光灼人，仔细一看，原是一种插电的装饰。乡村柴火鸡，这名字自带一种烟火气与人情味，很是给人好感。开张的时候，我和儿子路过，许诺找个时间带他来品尝。后来下班屡次经过，里面客人寥寥，一个长得像观音一样好看的老板娘坐在厅堂里烤火打瞌睡。看样子，这把柴火没怎么烧起来。许诺终没兑现。也就几个月吧，它便柴灭楼空。那个好看的老板娘再也不知道去向。

我几乎每个周末都会去小区附近的一家拌粉店吃早餐。地道的南昌风味，筋道的米粉，经典的瓦罐汤，是南昌人嘴里"绝杀"的味道。我喜欢去这家店，不仅仅是因为食物。我喜欢开店的这对小夫妻。清爽的店堂，同样清爽的小夫妻，很是给人好感。初去的时候，妻子还挺着肚子，约莫六七个月。丈夫长得温文俊朗，妻子略显得普通，但喜欢笑，一口白牙齐整整的，再加上隆起的肚皮，便有了一种动人的美。小两口一个在后厨忙碌，一个在前台招待，两个人一递一声，不紧不慢，温声细语，就像拌粉与瓦罐汤一样和谐般配。过了几个月，妻子的肚子平了，店堂内多了一个电动的粉色小摇床，里面安睡着一个小天使。夫妻俩照例是不紧不慢地做着生意，客人不多，年轻的母亲便分了心，不时地过来看看宝宝。半蹲着，将脸凑近着摇床的纱帘，痴痴地看。年轻的父亲忙完手头的活，也绕到厅堂来，蹲在妻子身边，看着褓褓中的孩子，偶尔侧过脸来，对妻子微笑。背井离乡，初为父母，忙于生计，可我在他们身上看不出一点生活的窘迫与艰难。这对小夫妻，像极了曾经的我们，仿佛有爱便有一切。我多希望这样的好景常在。

就在几天前，我晚上散步路过，却瞧见店门漆黑紧闭，玻璃门上贴了一张转让启示。我呆呆站在那里许久，感觉眼前的世界突然黯淡了几分。

2

生活就像一场场白日梦。

先生前几年在乡下包下了二十亩地，建养猪场。在养猪之前，他开过广告公司，做过婚纱影楼，都做得不好不坏，拿他的话来说，没什么事业成就感。先生的意思，干了这么多年的个体，想在老家做项实业，也能带动家乡的发展。做什么呢？他灵光一现，竟想到了养猪。他说，谁的餐桌上能离得开猪肉呢？

这个爱穿白衬衫有轻微洁癖的男人孤注一掷，回乡僻荒山，建猪舍，学着给猪接生，为猪拢粪，与猪崽子们相处甚欢，两年之内把规模做到了全镇前列。为了不让妻子嫌弃，先生每次从猪场回家第一件事便是洗头沐浴，家里倒也没有沾染什么猪味。开业之初，先生为企业名称颇费了一番脑筋，最后取名"百年牧业"。他似乎对"百年"有一种执念，之前的影楼名字里也有这个词。可事与愿违，"百年牧业"最终只存活了三年。先生没有将养猪进行到底，当然不是因为妻子虚荣，对这个行当有所介意，也不是养得不好自个打了退堂鼓。而是不能养了。因为场址离河水较近，不符合环保要求，政府要求拆除。凡事成之难毁之易。挖掘机轰隆隆地开过来，钢臂一挥，十几栋崭新的猪舍瞬间成为残墙断垣。先生的百年梦想随之灰飞烟灭。不养猪倒也没什么，只是之前奋斗的所得以及三年的时光全部付之东流。

东边不亮还有西边。先生去外地考察回来另起炉灶，开起了奶茶与轻食店。奶茶店近几年像赶着好天的庄稼长势喜人，成为各大城市的网红行当。从乡土到网红，先生自然过渡，做得像模像样，奶茶店一度在县城声名鹊起，成为时尚青年的打卡点。就在先生开始规划开分店时，风向又突然不对了。先有疫情，后遇修路，一条红火了十几年的商业街空空荡荡，像染上了重疾，一家店接着一家店地绝迹。我们的网红行当在现实的风雨中摇摇欲坠，不到十个月，再次夭折。我们为此折了一大笔钱，先生每月与银行账号的还贷往来愈发密切，他笑着安慰自己，人活一世，不就是折腾？不就是活个体验？

我不管家里的财政，倒也不觉得有多慌，只是有种梦想破碎的无力感。一想起那家大门紧闭的奶茶店，心里就像被某根细线牵扯了般隐隐作痛。它毗邻东湖，有一扇梦境般的窗户。我第一次看到它，便怦然心动，兴致勃勃地参与设计，特地把临窗的位置做成了一处独立雅座。一把松软的布艺懒人沙发，一张原木色的小茶几。茶几上置了一个复古的陶罐，我打算往陶罐里插上四季的鲜花。坐在那里，看书，喝茶。或者什么也不干，就看着窗外。窗户正对着东湖，可以看见翡翠般透明的湖水，几棵遗世独立的垂柳，以及偶尔出来闲步的白鹭。我可以想象春天到了，那里饱含汁水的绿，一定可以滋润与抚慰世间所有干燥疲惫的心。

可我们终是没有等到春天。

就像做了一场梦，我们灰溜溜地退回原处，日子又回到了我们初来县城的十多年前。一切需要重新开始。这是先生的第五次创业，他做过广告、影楼、中介，养过猪，卖过奶茶，每一次创业，他都像一个运筹帷幄的将军，又像一个豪情满怀的战士。二十年前，为了挣一份属于我们的好生活，他毅然放弃了部队的工作安置，选择自主创业。

他从不眼高手低，也从不拈轻怕重，他天生擅长适应环境进入角色，方正，周全，努力，靠谱得像一座承重墙。可这么些年，忙忙碌碌，兜兜转转，生活都给了他一些什么呢？

疫情反反复复，先生创业的步子也迈得犹犹豫豫，把自己困在家里半年。我以为他会像一头困兽，多少表现出困兽的焦灼。但他依然乐呵呵的，买菜做饭，在厨房哼着小曲。还像从前一样，打着十二分的精神，按日给汽车加油，给房子还款，给保险续费，不拖延，不慌乱。他仍和妻子说笑与画饼，话里依旧充满天真。明年吧，明年一定会更好。他说。他说了一年又一年。仿佛他是那个永远打不败的小强。仿佛他从未被生活辜负。最先露出破绽的，是他的白发。他的白发像是突然觉醒，正在悄无声息地大肆扩张。他眼角的皱纹也愈发密了，笑起来，眼纹松动得仿佛都能抖落下来。我的爱人，才刚过不惑之年啊。

我有一次翻到他在部队的照片，那像小白杨一样俊秀的兵哥哥，那眼里落满了光的兵哥哥。我看着，看着，鼻子竟酸了。

3

生活不能被境遇绊住，它得往前走。那些小老板们只能重新抖擞了精神，像纤夫一样，拽着生活前行。我们的生活也得往前走。困滞半年后，先生调了航向，受朋友之邀去外省重新创业。

我成了一家之主，与儿子相依相伴。儿子刚升初中，正式进入关乎人生命运的学业关键期。学业加重，生活节奏骤然加快，母子俩的步子都显得有些趔趄。我把床头柜的书籍全部收回了书柜，只放了一个闹钟。我成了一个精于算计时间的人。单位工作繁杂，也足够应付。我还偷空写作，用文字做做白日梦。但我不太好意思声张，因为时间割裂，心境浮躁，文章写得像哮喘病人一样气息不畅，让人灰心。好在，我不靠写作吃饭。我更多的精力用来当一个母亲。这才是我的主战场。我是孩子的天。天有阴云晴雨，但我不能。我必须晴空朗照，风和日丽。在做母亲这件事上，不容半分懈怠与商量。除了儿子在学校的时间，我像空气一样参与渗透着他的全部生活。膳食的烹制，营养的搭配，睡眠的保证，情绪的调控，习惯的养成，成绩的掌握，性情的培养等等。从有形到无形，从宏观到微观。每一个环节都密切相关，不容忽视。

儿子才十二岁，正是身体发育，综合养成的时候。儿子发育比同龄的孩子略有迟缓，在班上个头偏矮，自小体质较弱，小问题小毛病不断。儿子自嘲说自己深受基因之害，我的近视，先生的鼻炎，通通被儿子遗传，且有青出于蓝的架势。小小年纪就戴上了近视眼镜，度数比体重长得还快。每到秋冬，一睁开眼睛就是跟鼻子较劲，像深度感冒患者，喷嚏一个接着一个，床头总是堆满了纸团儿。

儿子的运动能力也不发达，体育表现比学习成绩差好几个档次。在一个母亲眼里，这每一项都是大事。就像一棵树的虫眼，隐疾，急需对症下药，未雨绸缪。我需要通过管理时间，来将与儿子独处的这段生活，这属于他成长的关键期，制定一个最优的时间规划，科学分配，精准补救。

我不自觉地紧绷了起来，对生活摆出了一种迎战的架势。我的睡眠又出现了裂缝。我曾费了很大的周折去修补它，好不容易与它重修旧好。可它像瓷一样，说碎就碎。自从有过失眠以来，我的睡眠便对我体察入微，只要神经稍一紧绷它都能率先感知，并做出呼应。我拿它毫无办法。我的身体又开始僵硬酸疼，脑袋与耳朵总是嗡嗡作响，每天混混沌沌像做梦一样。我总是走神，不管是参加会议，还是对面交流，我老是发怔，听不进别人讲什么。我还出现了很多类似阿尔茨海默病的前兆，经常忘事，突然愣神，走在路上常有恍惚飘虚感。

有一次，正上着班，邻居打来电话，问我有没有在家。我说，上班呢，怎么了？她说，我刚路过你家门口，见你家门没锁，是虚掩着的，还以为你在家呢。我慌忙挂了电话，火烧眉毛般往外跑。一路跑着，脑子里闪现各种家被洗劫一空的画面。一边默数家里的钱物。家里没放现金，值钱的也就一台电脑、两块手表、几块纪念币。这样想着，发现也不是什么天大的事，一颗心才回了原地。回家一看，啥也没丢，压根就没进过人。虚惊了一场。还有各种健忘与迟钝，电动车钥匙挂在车上忘了拔，打开电脑半天不知道要干吗，说起某个熟知的人，却一时脑子空白，怎么也想不起了名字。诸如此类的事，越来越频繁。

我很怀疑，人的状态与情绪是具有传染性的。自从上初中以来，儿子突然变了一种样子。他总显得忧心忡忡，有时候还长吁短叹。有一天，他突然跟我感叹，妈妈，我好怀念我的小学生活啊。我有些被惊吓到了，这个朝阳般的少年，竟也开始使用"怀念"这个词了。

我每天清晨从窗口望着他离开。天还没亮透，灰色的晨光里，他的身影有点单薄，沉沉的书包像一座小山一样压着他瘦小的身子。是有风吧，他缩了一下脖子，将冬季校服的帽子戴上，接着把帽扣也扣上了。这让他的背影显得有点滑稽。他走得不急不缓，很沉稳的样子。他从前总喜欢蹦蹦跳跳，专门走一些边边角角不寻常的路，像一匹欢脱不羁的小马驹。现在的他，规矩多了。他是什么时候变的呢？他的身子微微向前佝着，不时地耸一下肩——是去提背上的书包。那书包，是真沉呀，我还特意用体重秤称过，超了二十斤。儿子在旁边淡淡地说，还没装全呢。我看着那个熟悉又似乎渐渐有点陌生的身影，深深地吸了口气。我必须用深呼吸来压制住体内翻涌着的冲动，不追下去，不赶上他，从他稚弱的肩头移走那座小山。我默默地站上一会，直至他的身影渐渐消失。

屋子里安静空荡，窗外渐渐亮白，光像水一样漫进来，恍若一个白晃晃的梦境。我将沉重的身体交还给被窝，时间还早，那就再睡个回笼觉吧。可我的身体像长了刺一般，翻来覆去不得安生，梦越来越远，被窝越来越凉。

我偷偷备了佐匹克隆，放在床头柜的抽屉里。失眠这事，就像牙疼，事好像不大，却是要命的。好在，我已经习惯一个人去应对它。

4

某天清晨，我发现我家楼下那块废置的空地突然变了模样。地面修整一新，铺了红色的塑胶，还安装了些健身器材。最重要的是装了两把长椅。看上去，是个有模有样的休闲小广场了。我住二楼，从窗户望下去，像是自家的小院，不禁心生欢喜。

我偶尔在窗前忙活，会有熙熙攘攘的声音从小院传来，老人们就着太阳唠嗑，孩子们追打嬉闹。声音里有种细碎的家常与温暖，让人心头宁静。

我常在黄昏去小院坐上一会儿。

黄昏，只有这个时间段，我才能从生活的战场里暂时剥离出来。我的下班时间与儿子的放学时间，有近一个小时的时间差。在县城生活，最大的好处是生活便捷。我们很少把时间浪费在路上。从单位到我家，步行不到十分钟。从单位后门，穿过一条弄堂，再过一个马路就到了。我每次回家，步子都迈得比较快，像是急着赶某个场子。其实，我的时间掐得很准，我可以走得很从容，像漫步一样。但我总是很急。秋冬的五点半，阳光已经歇了，天阴下来，像女子卸了妆容的脸，显出一种暗淡与沧桑。这种渐渐涌来的暮色，像某种隐喻，催促着我的脚步。

黄昏的小院空无一人，正适合我在这里闲坐上一会儿，发个呆，或造个梦。从早上六点，到现在，将近十二个小时，我被生活与工作弄得团团转。我有点累了。我需要在这里停顿一下。这日子，像水一样流淌，像梦一样虚无，一日重复一日，急促，决绝，追赶着你，却又让你什么也抓不住，叫人心慌。

这个时段，正是各家飘出菜香的时候。妇人们大多在厨房里忙碌着，男人们结束了一天的工作，正在回家或赶饭局的路上。在外面玩乐的孩子们被父母召回了家，正耷拉着脑袋借着最后一点光亮写作业。也有些孩子，还在拉亮了电灯的教室里做着最后的坚守，他们揉着发涩的眼睛，歪头耷脑，期盼着放学铃声早一点拉响。

暮色将远近的楼体轮廓打上剪影，飞鸟寥落，市声渐远。每一天，都在这里流转，飞逝。秋天似乎才刚站定，冬天便急急地追着来了。这干燥的冬日，常让人莫名心烦。体内仿佛积了虚火。喉咙老感觉焦渴。头发总是起静电，动不动飞起来，毛糙，凌乱，像无分寸无着落的梦想。我近来写不出任何文字，一坐在电脑前，思绪就像这头发，乱糟糟的，摁不住，又理不顺。叫人抓狂。可我非得写下点什么，似乎，这是我唯一能拽在手里的东西。

身边的人每天都在追赶着生活，挣钱，吃瓜，旅行，晒照，大家赶着新鲜，凑着热闹，一窝蜂似的。就算那些原地踏步的柴米油盐的一地鸡毛的，也有她们热气腾腾的战场——麻将与广场舞，某音或某多多。在这个县城里，谁的生活还需要文学呢？

从去年开始，几乎每个月，我和云、华都会找个时间聚上一次。我们从县城的三个方向，各自开车、打车、骑电动车，在某个约定的地方会合。餐馆、茶吧、咖啡厅或面包店，地点无所谓，重点是，有那样一个小空间，能坐下来，聊聊文学。三个人到中年的女人，有着不同的身份，穿着家常的衣服，在食物的香气与人群的喧哗中，纯粹地，热情地，聊文学。我们为什么需要文学，我也说不好。但我们聚会聊文学这件事，让我觉得很浪漫，很青春，很酷。仿佛我们是三个叛逆的孩子，对这庸常的生活表达那么一种坚持或者是抗争，也像是一次精神的出走。

有时候，想象也可以完成一次出走。

我坐在小院的长椅上，会想象我前面是一条河。我面对着一排长得齐整雷同的居民楼，它们像八股文一般方正而陈旧。但它是当初某个售楼小姐许诺的人工湖的位置。我相信它曾经以湖的形态存在过，在一些梦想里，它也曾波光潋滟。它只是在现实里夭折了。我只有用想象来实现它，修复它。湖与河，无非叫法不同，都是水。我想象成一条河，是因为我的老家前面就有一条河。那是一条年轻又苍老的河，清澈，宁静，有婀娜的线条，秀丽的波纹。它安静地流淌着，平和，从容，触手可及。微风抚过，它荡起的微澜，像老人的皱纹，又像孩子的笑脸。从前，我每个周末都会去探望它。在那个又熟悉又陌生的村子里，一个人在河边坐上很久。我会在河边想起很多波光粼粼的往事，想起一些永恒的事物，想起外婆，以及父亲。老家没人了之后，我便不再回去了。但我总会想起那条河。

小院四周的空地，全被画上了白色小方格，是给汽车们安的家。这个时间段基本满员。看上去，像是砌了一堵汽车围墙。我老家的院子墙是用花台筑的。院子里怎能没花呢？我老家的院子，我只要一想起它来，就能闻到满鼻子的香味。我任想象驰骋，将汽车们想象成树，桃树，桂花树，还有柚子树。柚子树是一定要的。我老家的那棵柚子树是父亲种的，柚子入口微微有点酸，但回味清甜，尤其汁水充足。比它的味道更迷人的是它的体香。谁能抵抗柚子花香呢？它的纯粹浓郁简直能抵挡世上所有污浊。自从闻过柚子花香后，我便觉得其他的花香都是假的，像加了添加剂。花台当然还得有花，紫薇、月季、海棠，茶花是一定要的，得种上好几株，它特别好养活，只需要偶尔去看看它，它便会一次比一次开得更好看。我老家院子里的茶花，上次去看的时候已经高出院墙了，它卖力开放的样子，简直让我震撼。我很久很久没去看它了，也不知道它们在这个有疫情的冬天过得好不好。

那个有院子的老房子，那些花香四溢的好日子啊！

一个中年男人的出现打断了我的白日梦。近一个月，他也常常在这个时段来到小院。他不像我一样，在长椅上闲坐上一会儿，而是去健身器材那里扭扭腰，压压腿，做些拉伸运动。他穿着浅灰色的运动服，脸上有微微的汗。应该是刚跑步完。我对于爱运动的男人有天然的好感，他们看上去总是更为清爽，对生活充满热情与规划。这个男人应该就住在小区附近，我偶尔碰见过他，但没有搭过话。衣着得体，印象不坏。但他现在无疑是一个入侵者。他在一旁拉伸，弹跳，弄出些声响，有时候趴下来做俯卧撑。我瞄过几眼，好像每次都做几十个的样子。他一丝不苟地做完一套运动拉伸程序，便自顾自地离开了。他的样子让我莫名联想到父亲。父亲年轻的时候，也是这个样子吧。严谨严苛，一丝不苟，喜欢规划生活。我的父亲，一直坚持长跑，一年三百六十五天，不管刮风下雨，每天五点起床，一个人，跑五六个村庄。跑了半辈子。他总说，生命在于运动。我越跑越有劲呢！那样生机勃勃的人，那样热爱生活与生命的人，突然地，就得了绝症，急急地就去了。一点缓冲都没有，一丝转圜都没有，让人不敢相信，让人回不过神来。

前不久重看了一遍《阿甘正传》，计划着要跑起来。可我只热乎了两三天。在坚持这个品格上，我显然没有遗传到父亲的半点基因。如果，父亲还在，这个七十岁的老头，还跑得动吗？我总会由阿甘想到父亲，出生穷苦，受人欺凌，孤单，服役，奔跑。父亲也是个一生都在朝着梦想朝着阳光奔跑的人。可结局为什么不一样呢？

　　这个男人，他为什么选择黄昏的时段运动呢？我有些好奇。有一次，我听到他接一个电话。他正抱头做深蹲，电话放在一旁，他摁了免提，一个很有些年岁的妇人声音火急火燎地蹿出来，你赶紧回来！声音背后一片嘈杂，隐约有婴儿哇哇的哭声。他语气急切地答应两声，挂了电话，慌慌张张地离开了。

　　想必，是个刚转换角色的二孩他爸吧。生活里突然多了一项繁杂的工程，节奏错乱，空间逼仄，趁着一点黄昏的空隙做回一下自己？

　　生活总有太多的雷同。

　　我在小院里坐上半个小时，便起身回家。晚饭的食材是早上就已经备好了的。我系了围裙，从容地开火。食物让人安静与专注。锅里慢慢溢出香味，楼下准时传来儿子的声音，妈妈，我回来了。我如梦初醒，仿佛一缕甘泉潺潺而来，这干燥喑哑的一天一下子变得温润有光了。

栖身

1

我家住县城山水花园小区二十一栋。

房子是十三年前置的，是县城第一批商品房。当时在城北郊区，周遭一片荒芜。我记得，看房的时候，售楼小姐指着一片空地说，你家这个位置最好，视野开阔，下面是休闲广场，前面有一个人工湖及假山公园，真正是山水花园。我被她描述得心驰神往，脑子里当即蹦出海子的著名诗句来。但我对小区的名字颇有些看法，把山水与花园这两个概念捆绑在一起，就像拉拢一对不般配的男女，让人觉得别扭。住进来了才知道，所谓山水只是个噱头。除了楼下有块空地，前面有个小山坡，根本没什么湖与公园。但也有惊喜，才几年工夫，这地段华丽变身，荒芜里不但长出了绿树，还开出繁花。城北成了县城政治活动中心，小区方圆一公里之内有县委大院、大型超市、电影院、夜宵街等城市地标，商店、银行、学校、菜市场更是四面环绕，一应俱全。由于紧邻学校，生活便捷，小区显得生机勃勃，但同时也鱼龙混杂。因为建得早，物业管理像个年迈老妪，有点迷糊倦怠，各类业主商户纷纷趁虚而入，一楼的车库与人家变成了便利店、理发店、按摩店、餐饮店，以及各种口才、器乐、书法、教辅培训中心。便利的反面是纷乱与嘈杂。随着其他高档小区一批批建成，原先的房主们便花了心，一个个弃旧迎新，另择良居。不少房子关门闭户贴上了招租启事，但很快便被撕掉，一些乡镇的陪读家长们接踵而来，成为小区流动的新主人。

我住的二十一栋对面的楼，开了两家餐饮店。店名冠以"雅居""人家"字眼，朴素温馨。择址小区，店主便刻意营造一种家的感觉。"雅居"是家私房菜馆，开业以来，食客络绎不绝。店主据说有点来头。还真有不少人把"雅居"当成家，频频往来，恋恋不舍。眼见着客满为患，店主便动了点小心思，在门口的一棵银杏树上挂上了灯笼，另辟出一块空间，设了两桌露天雅座。露天雅座自问世以来，从没闲着。一些男男女女就着月光，豪迈地喝酒猜拳，笑声一浪接着一浪。偶尔有风吹过，几片银杏树叶在半空翩翩起舞，画面看上去颇有些情调。我有些替银杏树委屈，有谁在乎过它的感受呢？

我有时候下班回来，老远看到高朋满座，还以为误入了哪家的酒宴。我回家的路也因此变得有些曲折，不但常找不到车位，还经常被路边某辆率性的电动车拦截，汽车像醉酒一样在小区里来回转圈圈。说到醉酒，我偶尔会在深夜，听到窗外某个醉汉在路旁呕吐，声音浑浊刺耳。夜像被搅动的污水沟，让人窒息与抓狂。我不止一次想过去某个主管单位举报，但从没付诸行动。主要是嫌麻烦。疫情防控期间，"雅居"歇业了好长一段时间。从窗户望过去，大门紧闭，一片寂冷。门前那副对联还在："宁可此生居无所，不可一日食无鱼。"鱼，是这个以湖著称的县城最拿得出手的美食。可那个时候，大家都居在"所"里，谁还顾得上鱼呢？那是怎样一种萧瑟啊，明明是春日，可一切的生机都冬眠了。一眼望过去，像梦境一样空寂而诡异。谁能想到呢？我竟无比怀念那些影影绰绰宾客喧哗的日子。

我家客房正对着另一户"人家"。"人家"在装修的时候，楼上的邻居们便来找我，有人写好了几份给小区物业及城管的投诉状，要大家都在上面签名捺手印。这小区真他妈越来越差劲，这样下去还能住吗？邻居们义愤填膺，一副要将权益维护到底的样子。装修暂停了两天之后，我接到一个陌生电话，是个女人。声音沉静温和，犹犹豫豫的。她自我介绍，说是"人家"的女主人。很不好意思，打扰到各位邻居。我也知道在小区开饭店影响不好，但实在是没办法，但凡还有其他活路，我都不会来这里做。她慢慢说开来，诚恳而舒缓，像泡茶一样。她夫妻俩刚从深圳回来，本来是在深圳开饭馆，去年她突然查出来宫颈癌，便没了做生意的心思，草草把饭店低价盘了，回老家来疗养身体。她说，妹妹，总还要生活不是，这些年在外面挣的钱全给孩子读书与看病了，还好当时买了这个小区的一楼，我男人又只有做饭这门手艺，就想着在这开个私家菜馆。自己的房子，不需要什么开销，多少能赚点。你放心，我们店小，也不会去做什么宣传，就是糊个口，不会有太多人的……我打断她，说，其实，也没什么，在这开个饭馆，挺好的。我脑子有点蒙，不知道再说点什么，挂了电话。我没想到会突然听到一个悲惨故事，有点儿猝不及防。没过几天，装修又继续了，邻居们进进出出，都缄口不提，心照不宣的样子。

"人家"开张后，有一次留个朋友吃午饭，想着添个菜，便去了一次"人家"。一户三室两厅的房子，经过改装，成了一家颇有风格的小型菜馆。厅前用鹅卵石码出了一个小水池，池里养了一些活鲜。几只鱼儿正游得欢脱。一旁的大冰柜里，各种时蔬齐整又水灵。吧台背后是一个中式装饰柜，大小不一的格子里摆放着一些绿萝、摆饰及一些烟酒饮料。女主人寂寂地坐在吧台前，客人清冷。我叫了盘辣椒炒肉，女人很是客气，死活不肯收钱，说下次吧，下次再来。那盘辣椒炒肉炒得很漂亮，肉比辣椒多得多。我很是不好意思。

"人家"果真如她所说的，一直没什么人气，也许是因为刚开张便遇着疫情。生活总是此起彼伏。有一次，我买菜回来，看见女人在门前晒太阳，老远看着我笑，我走过去跟她闲聊。她看上去比我大几岁，阳光下，眉眼有点暗淡。没看见过你孩子，上大学去了吧？我随口一问。是哦，我儿子，在国外留学呢。女人笑，眼睛里跳动着火光。真好。我由衷地说，孩子培养得好最要紧。她说，我们这种人家，常年在外面做生意，哪谈得上培养。她谦虚着，又有点得意，好在，孩子自己挺争气，没让我们操过什么心。我犹豫了一下，忍不住问起另一件事，你的病，没什么事吧？她说，还好发现得早，开过刀了，医生说要好好休养。女人顿了顿，叹了口气，我倒是不担心自己，人各有命，就是不放心孩子。因为疫情，孩子都一年多没回家了。千辛万苦地去留个学，怎么知道会碰着这事呢？女人眼里的火光淡了下来。我不知道该说点什么。

2

我住的二十一栋旁边杵着个方方正正的巨型机器人，成天嗡嗡地喘气，像夏天的蝉声，执拗而聒噪。那是个高压变电箱，就挨着我家卧室。

我搬到这个小区十多年了，它陪伴了我十多年，像个不离不弃的家人，只要我不搬走，它还会一直陪伴我。我有一阵很是在意它，一度在网上密集地搜索过与它相关的信息，才知道它表面看上去笨拙本分，但其实暗藏杀机。有信息表明长期近距离生活在变电箱周边，会对人体产生极大的辐射，影响人的中枢神经，使人疲劳或兴奋，失眠、记忆力衰退，甚至波及人的心血管及生殖系统，继而产生病变、诱发癌症。我看得心惊胆战。

那年，父亲突然患癌离去。父亲仓促地去了，但那个叫癌症的东西，从此闯入了我的生活。我得了一种病——癌症臆想症。我总觉得那些长在父亲体内的癌细胞，迟早要长到我体内来。我的身体里流着父亲的血。我与父亲有着同样的身体环境，适应癌细胞们生长的身体环境。我害怕体检，抗拒医院，对身体每一处的疼痛与不适，都变得敏感与惶恐。我总觉得癌细胞们时刻在暗中窥视我，它们埋伏在空气里，食物里，岁月里，伺机对我下手。我很怀疑，这个长在我家附近的像机器人的东西，就是癌细胞们的帮凶。它发出的嗡嗡的声响，其实是一种咒语，一种通往生命暗处的摩斯密码。我有一段时间，耳朵像是被它绑定，成天地嗡嗡作响。我每天神思恍惚，夜不能寐，食不知味。我不确定这是不是身体病变的一种表现。

我专门去找过物业，对变电箱的存在提出异议。我小心翼翼绕过"癌症"两个字，以孩子的身体健康做说辞。一个物业大姐说，网上的话你怎能信呢？什么事都去网上查，能把人吓死！哪个小区离得了这变电箱？这都是经过了严格的安全测试的，影响居民身体健康那还得了？你相信姐，只管放心住。物业大姐长得淳朴壮实，拍着胸脯信誓旦旦。我觉得挺有道理。怎么办呢？我又挪不动它，也没有再买一套房子的可能性。生死有命，那就住着吧。我只是默默把儿子的房间做了调换，把离变电箱距离最远的书房换成了儿童房。我后来渐渐把它给忘了，是因为，我的癌症臆想症竟然自愈了，我湮没在俗世生活的琐碎与忙碌里，那些深重的悲伤与恐惧，终是被流水一样的日子给冲淡了。

现在我已经完全无视它的存在了。我晚上听着它有节奏的喘气声，就像听着先生的鼾声一样。

在我适应了变电箱之后，又来了一件更让我心塞的事。我楼下的车库住进了一个收破烂的老头。那个车库，空置了多年，我其实对它觊觎已久，想象着哪天将版图扩张，直接将它拿下。可生活一直没答应。突然有一天，老头搬了进来，在屋子里倒腾起破烂来。于是，我被迫和破烂们成了邻居。每天进出，无论是视觉还是嗅觉，都备受煎熬。同样受到煎熬的还有虚荣心，无论我出门穿得多光鲜，它都会给我一些灰暗的心理暗示，仿佛自己住在贫民区。

老人的行踪有些神秘，来去不定。车库的卷闸门大多数时候紧闭着，偶尔老人骑个三轮车过来，叮叮当当拖了一车，像宝贝一样一件件藏进屋里。过段时间，又把宝贝一件件地从屋里运出来，像小孩玩家家。我从没见过老头的家人，也不知道他平时住在哪里。他总是一个人，骑着一辆小山一样堆满了破烂的三轮车，苍老瘦小的身子缩在小山之下，像一只老迈的蜗牛。那间屋子，是破烂们临时的家，堆积着纸箱子、空瓶子、旧衣服、废物件。我路过的时候总忍不住往里瞧，里面潮湿，杂乱，气味混浊，魅影憧憧，我常会莫名联想到某部电影里的作案现场。

这样一间屋子就在我楼下，与我的生活隔着一层地板。我一直以为，我们毕竟隔着一层地板，但有一天，一只老鼠越过界限打破了平静。它从那些来路不明的物件里窜了出来，顺着我的窗户，爬进了我家。接着，这只老鼠呼朋引伴，开始带着它的家人朋友，也许还有病毒细菌，熟门熟路地在我家自由出入。我实在没办法跟老鼠们做朋友。我想着去找那老头谈谈。谁愿意楼下住着一个收破烂的？虽然我并没有瞧不起收破烂的意思，但是破烂们有气味，那莫名的气味，有时候会掺着垃圾味、饭菜味，各种混搭与发酵，像一条蛇一样，顺着墙体往上爬行三米，张嘴对我热情地吐着信子。有气味便也罢了，问题是还招老鼠。是可忍孰不可忍。可我总是碰不到他。有时候碰见了，又把老鼠给忘了。先生在连续两晚跟老鼠作战之后，果断去买来了捕鼠夹老鼠药，更换了纱窗，双管齐下，终于清静了一阵。我后来又想过去找物业。但我有点怀疑，这老头说不准是某个物业的亲戚。不然，一个收破烂的老头，怎么会去租这么一间学区房的车库，这个租价够他收多少破烂啊！也或许，是那物业老家的一个孤寡老人，人家趁着点手头的权力，做了个善事？我总不能没有一个物业的觉悟高吧！还或许，这车库就是老头自己的呢？谁还没有点收破烂的自尊与自由？

前些天，我突然发现车库的卷闸门全部卸了，里面一搬而空，几个工人正在清扫。上前一问，原来是被物业租了出去，卖烟酒。我长吁了一口气，然而，心里又空落落的。那个老头，去了哪儿呢？

3

好友云突然搬到了我的小区，成为"山水花园"一家智能教育培训机构的合伙人。

培训机构离我家五十米左右，是"山水花园"临街的商铺，两层楼，装修得颇有样子。我第一次去看云的时候她一边给前台的绿萝浇水，一边笑意盈盈地招呼着进出的学生。大厅的墙壁上手绘着一些充满童趣的 IT 机器人，明亮的橱窗里挤满了书籍与绿植，孩子们三三两两地穿过。云站在那个画面里，整个人看上去像她面前的绿萝，一片葱郁。

一个月前，云还是颓废的。有一次，她发给我一个视频。背景是附近的一个高端小区，一个女人，从二十三层的顶楼一跃而下。在那个监控视频里，女人像一只折翅的飞鸟俯冲下来，但落地的时候，变成了一个西瓜。一只西瓜发出了清脆而决绝的声响。

这是怎样的绝望与勇气呢？云说，为什么会有人对自己这么狠呢？

那段时间，云也对自己的生命发出过追问。她单身，几年前她净身出户，逃离了一段不堪的婚姻，在外面漂泊无果，便回到县城重新开始生活。但命运好像总是跟她过

294 暮色明亮

不去，逃脱了家暴的丈夫，却躲不过糟心的儿女。她刚成年的儿子陷入一场牢狱之灾，被关进了千里之外的某个省某个城市的看守所。在这之前，为了帮儿子还赌债，她掏空了积蓄，还在银行贷了款。她的努力仍没能阻止儿子向更坏的轨道滑行。她为此几次奔波到那个陌生的城市，企图打捞一点积极的消息，求人无门，一个母亲的焦心全是徒劳。接着，她上大学的女儿突然告诉她自己有些抑郁。自卑封闭，常常做噩梦，在夜里哭醒，讨厌现在的生活，恨爸爸恨弟弟，觉得生活没意思，想死。云打开她和女儿的聊天记录给我看，全是些冰刀一样的句子。你说，像我这样的年纪，没家，欠债，儿子坐牢，女儿想死，我干吗还活着？云问我。

可活着毕竟比死还是更容易些。她自嘲地笑笑。

云给女儿写了一封长信。手写的，六张信纸。云说，我写给她，也是写给我自己。

她怎么不抬头看看天上的云呢？二十三层的顶楼，应该离天空很近吧。有一次，我们坐在我楼下广场的长椅上闲聊，云又说起那个折翅的女人。她那么年轻，能比我更糟吗？怎么就活不下去了呢？我们靠在长椅上，看着天空上的一朵朵云发呆。云说，你看，它们多美，自由自在，从来不固于一种形态，从来都不怕风雨。那是一个黄昏，满天绚烂，所有的云朵都被彩霞镶上了金边，每一朵云都像一个发光体。天空像是飘满了金色的翅膀。我们简直被震慑到了。

云说，有什么大不了的呢？这生活里暂时的一些窘困，阴霾，不过像天上的这些云罢了。等一等，就会被风吹散了。

云之前跟我聊过投资培训机构的事，说是一个特别信得过的朋友邀约，条件成熟，机会难得，智能教育又是朝阳行业，前景美好，巧的是校区就开在我的小区里。她说，多好呀，这行业，这地段，又离你家近，实在太理想了。她的声音像窗外射进来的阳光，灼热而亮堂。可我有些隐忧，总觉得她有点病急乱投医的意思。以她的情况再向银行贷款投资压力太大了，而且投资总有风险。但她前所未有的坚决。我知道她看中的是一份与教育相关的事业。对自己孩子教育的缺失，是她的一块心病。而且，她太想改变现状，也太想给自己找到一个安身之所了。

云几年前在县城买了一套两居室，一直没钱装修。房子离一所高中比较近，她姐姐赶上拆迁便借住过去给孩子陪读。云的家庭有些复杂，她生母早逝，父亲将她与姐姐拉扯大之后又重组了家庭，后母带来两个儿子与他们一起生活。那年云正好在省城读书，避免了与后母及两个从天而降的哥哥的尴尬相处。让云没想到的是，二十多年之后，她依然逃避不了这份尴尬。前两年房子拆迁，父亲便住到了妻子的儿子家，她因此也寄居在这个没有血缘关系的哥哥家里。房子里住着八十岁的父亲、后母，以及哥嫂、两个侄子。云说，一大家子呢，热是热闹，可终究还是不自在。她住的那间屋子原本是个杂物间，十来个平方，寒暑假女儿回来还得跟她挤一张床。她不是没想过租房，可老父亲怎么也不同意，说她未再嫁之前就应该住在家里。当然，父亲的意愿是一个方面，云考虑的还是开销。她去看过房子，但凡像样一点的，都得过一千。她左右思量便放弃了。反正单身一人，能将就就将就吧。但云总感觉那间屋子像个笼子，让她憋闷，不仅仅是憋闷，还有委屈，还有难堪。有时候下了班，云便会生出一种无依感，她不知道她该去哪。她像是在这个城市飘浮着的一片云，找不到属于自己的天空。

云每次来我家，都会发出一声叹息。多好呀，有个自己的家。她说。

云在一个事业单位上班，为了攒钱装修，她还兼做一个进口品牌的直销。直销的生意做得不太乐观，因为云的朋友圈子较少，对朋友她又常开不了口。她每个月都要花不少钱去备货，货越备越多，亏空也越来越多。我时不时会在她那里买点小东西，每买两样她总要想法子赠送一样，一副很亏欠我的样子。我有次跟她聊起孩子不长个儿，她便送来一些那个品牌的保健品与果汁，说东西怎么好怎么好。我问多少钱，她说，是我送来的，怎么能给钱？你要给钱，我就拿回去了。好像这东西是她家地里种的一样。

这怎么去推销赚钱呢？我很是替她发愁。

云做的是护肤品与保健品，但说实话，云的皮肤与体形都很缺少说服力。云有点胖，是那种日积月累的有些顽固的虚胖。为了能让自己成为产品的代言人，她多次立志减肥，但总是轻易就败下阵来。她说，不吃东西真难受，感觉生活都没什么意思了。她对我笑笑，我虽然体重没减，但感觉身体紧实了很多呢，这产品真的有用。她说。你知道吗，从心理学上来说，长胖其实是缺少爱的一种自我保护。说真的，我有时候真觉得胖一点才有安全感，才能在生活的风雨里扛下去。

云的脸，有明显被生活欺负过的痕迹，脸上的斑斑痘痘，就像她生活里的沟沟坎坎，好像从没消停过。我说，你别做这个了吧，现在人家都做抖音小红书，直播带货，你这样不好做的。她说，不做怎么办呢？做总还有希望，万一做成了呢。我的伙伴，谁谁谁，她们都做得可成功了，我就是还不够努力。她的声音低下来，你不知道，没钱心里会发慌。我刚给我女儿打了三千块钱去。我每天都在靠信用卡活着。我的账单，全是负数。这些亏空，我得想办法填呀。我做的这个产品，是真的好，我自己亲自测试过的，只要我够努力，肯定能做好。云坚持用自己的产品，每天在朋友圈里发她用产品护肤的视频，手法像模像样，程序一丝不苟。美颜滤镜下的她有种梦幻般的美。她的每一条视频都会郑重其事地配上一句话：每天最值得做的事，是坚持护肤，与爱自己。

做了教培之后云明显忙碌了起来，她利用上班的间隙，像刚入职的小青年一样，穿着印有某某培训机构的T恤，去各个学校门口发传单，晚上还去机构给孩子们义务做教辅。她有时候中午会就近来我家沙发上躺一会儿。我之前被那个女人的坠落带来余悸，一度有些担心她，但我发现她很正常，完全没有坠落的迹象。她基本上一躺下就能发出鼾声，中间没有任何的滞阻，就像是按动了一个睡眠启动键。睡觉对她来说就是一个修复仪器，一觉醒来，她又能抖擞着精神地去收拾生活的狼藉了。有一次我们谈起睡眠，我说我真是羡慕她的睡眠质量。她讪讪地笑了，你说我是不是没救了，把日子过成这样了还这么能睡，是不是太缺心眼了？我说，能睡多好呀，我就羡慕别人能睡。她说，我总算还有让你羡慕的地方。我们都笑了起来。云告诉我，她的努力有了回馈，校区运转得还不错，其他股东们还答应单独腾出一间房给她做个人工作室。

我有一阵子没看到她了。前两天，她来我家邀我去她的工作室坐坐。全都布置好了，买了沙发、茶几、茶具，产品也都摆上了，以后我就可以在那儿会朋友，谈生意了。主要是，还解决了住处。她说。她的脸正对着光，像加了滤镜，有点容光焕发的样子。她还告诉我她给女儿写的信女儿已经收到了，还特意给她打了一个电话。你知道吗，

299

她很久没主动给我打过电话了。云有点激动地拉过我的手，她的手有点厚，肉肉的，手心里热乎乎的。她后来还犹犹豫豫地跟我聊起一个男人，他爱看书，性格很温和，我们，挺聊得来的。云的脸像染上了晚霞，有点儿妩媚。真的，想有个家了。云低低地说。

在时间里

1

2020 年的这个春天来得有点晚。已经三月了，我还见不着一株油菜花。没有油菜花的春天，真是叫人悲伤。在突然而至的灾难与困守里，人人都像憋着一口气。时间变得漫长而混沌，所有的事物与情绪，都变得奢侈与无意义。连悲伤也是。

好在，我的生活终于有了变动。我被单位安排到邻近的小区值守，并因此获得了一些口罩及一张蓝色的通行证，成为家里第一个突围的人。我开始每天戴上口罩出门。说实话，我很不喜欢戴口罩。戴上去憋闷难耐，呼吸不畅。久了，有种窒息感。据说新冠肺炎也有这种症状。遇着天气晴好，春光扑面，我便为自己压迫在口罩下的口鼻感到悲哀。一路空荡，反正没人，我便忍不住将口罩摘下来，狠命呼吸几口。这春天的气味，草木的气味，生命的气味，本是人类的福泽，是自然的赐予。我怎能在这样大好的春天，自我捆绑，失去嗅觉？

我厌恶它，却又不得不依赖它。我专门认真学习了正确科学佩戴口罩的方法，怎么防感染，怎么再利用。为了省着用，我一般持续用两三天才更换一个。每一次回家，都把口罩挂到窗台上去，吹吹风，下次又接着用。口罩，在当下，是稀缺物资，是爱心，是网红。有多少人为了口罩使出浑身解数？网上关于口罩的新闻，简直是五花八门，有坐地起价的，有贩卖伪劣的，有无私捐献的，有私自截留的。各种故事，各种人性，都在一纸口罩面前现了形。这当口，还好意思嫌戴口罩难受？有那么多医护人员，不仅戴口罩，还穿防护服，据说，为了不浪费防护服，那些逆风而行的白衣天使们，竟用上了尿不湿。简直无法想象。谁看到这样的新闻，能不动容？不羞愧？

值守，其实并不辛苦。就是坐在小区的出口，把门。有通行证的可以出去，但要做好登记。没有通行证的，一律不放行。纪律严明，条框明晰。基本上，也就是闲坐。这样的形势，这样的阵势，谁还敢出门呢？但守还是要守的。我值守的小区是个小巧雅致的高端住宅，配有二十四小时保安，地下车库。以公园命名，草木繁盛，花香怡人。在疫情几乎四周包围的时候，这个小区始终没有出一例病例。

小区寂静无比。甭说人，连猫呀狗呀的都见不着。我趁值守的闲暇，走遍了小区的角角落落，寻找到一些新鲜的活物：山茶花，石竹，茶梅，蝴蝶兰等等。我每天像会朋友一样去看它们，它们一天比一天明媚，从不懒怠与沮丧，比任何事物都更具有正能量。有一株碧桃才两天不见，竟满树娇艳。这春天的容颜，任是什么也挡不住的。我忍不住凑在花前拍了张照，发到朋友圈，有人留言，戴着口罩赏桃花，正应了那句"人面不知何处去，桃花依旧笑春风"。神联想啊，我难得地被逗笑了。

我居住的小区离值守的小区步行大概十五分钟。其实它们相距并没有那么远，只是正好与出口方向相悖，得绕一个大弯。我很喜欢这个距离。在家待久了，巴望着出来透口气。一路慢行，街道空旷，清爽，有一种独属于自己的自由感。最初的不适已经过去了，我喜欢这样寂静的行走。气候乍暖还寒，风吹在脸上，清冽，也柔和，是春天的感觉。天气晴好的时候，天蓝云白，鸟鸣花开，所有的喧嚣纷争阴霾病毒都淡去了，世界赤裸着，肌肤明净，眼神纯净，叫人恍惚与爱恋。也有小雨淅沥的夜晚，一个人走着，灯光下的小城，又温柔又寂冷。我在手机里找到自己喜欢的音乐与歌声，朴树，李健，毛不易。世界不一样了，但他们的歌声还一样。让人对生活重新生出眷恋。伴着夜雨，伴着歌声，就那样走着，在那样空旷的世界里，在那个熟悉又陌生的境地，走出了一种天荒地老之感。有一次，走着，走着，突然就泪流满面了。这个让人感伤的春天啊。

生活停摆了一段时间之后，终于渐渐明朗有序起来。开始有了些上门服务，送快递的，送物资的。还有一些办理复工返工证明的。有了出入与响动，值守更为重要了。有一天，风奇大，呼天喊地，像是人憋久了要抓狂的意思。在外面实在待不住，值守的三个人便都缩进保安间。屋子很小，不太通风，连着卫生间，保安进进出出，有打卡的，有方便的。他们基本都戴着口罩。也有个别的，口罩拉在下巴以下，抽烟。九点多了，还有菜贩子在小区门口，大概有居民约好了拿菜。卖菜的大叔趁着闲也进来躲个风，是个热心活络之人，难得闲着，便与两个值守的男同志唠点闲话。他的口罩也是拉到下巴以下，说话的时候肢体动作挺大。我自觉退到门外，觉得一屋子都是他的唾沫。他这一天到处奔波，给多少小区送过菜，见过多少人，接触过多少东西，谁知道呢？我隔着玻璃门，提醒他把口罩戴好。他笑笑，挺配合地往上拉好。也难为他，这一整天地憋着，谁不想透口气呢？

　　每次值守回家，我都觉得自己是个可疑分子，想把自己扔进卫生间，从头到脚地洗换。但实难做到，只得一遍一遍地洗手。进门先洗手，摘了口罩再洗一遍。换下外套，还得来一遍。手可以一次次洗，可手机呢？头发呢？总有不安全的因子在。警报还没解除，万一呢？家里还有孩子呢。

　　日子一天天地过着。不好过，似乎也没想象中那么难过。禁足已经一个月了，很多人心头紧绷的弦松了下来，不再那么焦灼地刷疫情动态，频繁关注疫情信息了。人们似乎习惯了，或者说麻木了。在我们这个小城，虽然疫情一度形势严峻，但毕竟还是稳住了，关键是没有死亡。武汉的死亡，终究有点远。大家唏嘘一下，感伤一时，悲愤几次，便也过去了。没有什么比眼前的生活更重要。

大多数人的朋友圈开始生动起来。宅家的空闲大大激发出大家的创造力，朋友圈兴起了一股晒美食风，晒包子的、晒煎饼的、晒油条的、晒糖糕的。大家纷纷发挥出超常潜能，证明存在感。食物，确是人间最温暖美好的所在。活着，是大事。吃，亦是大事。

也有一些人，真正开始焦虑起来。最近有不少人徘徊在小区出口。务工单位急需人，可办不了出行证。也有千方百计办了出行证的，却没有车可通行。私家车不能出入，班车没有复运。他们只有干着急。口罩蒙着他们的脸，焦虑蒙着他们的眼。一年之计在于春啊，春天眼看着都要过去了。这个年头，注定了无比艰难。

我的妯娌，被封在老家的村子里。她在城里开着一个烧烤夜宵店，生意红火，夫妻俩在年前备了七八万块钱的货，准备着春节大干一场。他们原本过着黑白颠倒的日子，每天凌晨五点打烊，睡个囫囵觉，又得准备第二天的生意。妯娌之前跟我说，她新年最大的愿望，就是不管不顾睡他个三天三夜。大年三十，我们一大家子吃完年夜饭，开始看春晚，他们夫妻却连夜开车赶去县城开门营业。妯娌说，过年的一晚，要抵平时好几晚。就指着这几天呢！正月初二，她打来电话，说街上没什么人，生意冷清得很。第二天，就全城封店了。她回来老家，二话没说，倒头先睡。禁足的头几天，她还开玩笑说，没想到新年愿望一下子就实现了。可谁想到呢，这一封一个月了还没到头。从前倒头就睡的她，这几天开始失眠了。冰箱里冻着几万块钱的货。三个孩子的教育与吃喝，一年学费用度加起来好几万呢。这日子，得拼命挣出来。她在朋友圈里发些春意盎然的乡村图景，可我知道，她心里的春天，还很遥远。

好在，时间从不懈怠，熬一熬，春天总是会来的。

2

2020 年 9 月，儿子升入初中。上初中后，儿子学业加重，学习时间拉长，我们的日子突然变得紧绷，像一根被拉得笔直的弹簧。

我并没有做好应对的准备，有点手忙脚乱。每天跟在他屁股后面，督促他抓紧时间。我不停地说，快点，快点，快点。尤其在夜晚，我的催促，像雨点一样，紧凑，急切。雨点落下的频率与力度，会随着夜的加深而加重。

儿子低着脑袋，将自己埋在作业里。有时候，他的手会撑着耳朵，我不知道他是不是借这个动作有意将耳朵捂住。我不确定，我的催促会不会像孙悟空头上的紧箍儿一样，让儿子脑壳胀疼。我只得尽量控制与修饰，在音量上，在形态上，在感情色彩上，试着将雨点变成温水、轻风或其他。儿子，能稍微快一点吗？儿子，我们要学会做时间的主人。儿子，要加速哦！我还试着改变一些方式，买沙漏，许承诺，用观察的方式，游戏的方式，奖励的方式，提醒他，最有效地利用时间，珍惜时间。可是，我那些费尽心思的花样并不是很奏效，所以，我不得不重新将它们变回雨点，噼噼啪啪，快点！快点！！快点！！！

儿子写作业的过程不是紧凑而流畅的，但也不是故意拖拉。像一条溪水，常会因为某个石块或枝蔓而出现滞堵，或生出支流。他有时候会去喝口水，去找点吃的，要不修理下手里的修正带，或拿手机找一首音乐。总之，他总会用很多的小动作，像一个个逗号般，间断与延长写作业的时间。我一次次提醒他，能不能专注一点呢？专注才能高效。儿子反问我，妈妈，你为什么总催我，能不能让我偶尔歇一歇，能不能不要那么急？

属于儿子的自由快乐的小学生涯就那样无声无息地过去了，他的初中生活毫无商量地摆在眼前。每天早上六点起，晚上十一点才能睡，这中间，整整十七个小时，除了三餐饭，除了中午打半小时的盹，全是学习。听课，考试，做作业，刷题。没完没了。在第一个家长会上，班主任就给家长们打了预防针，初中完全不同于小学，学习科目，学习节奏，学习难度，都是跨越式增长。当前的教育改革，不再是拼高中而是拼初中，初中不达标，直接与大学无缘。初中成绩，基本上决定了孩子的未来走向。班主任一字一顿，重锤一般，向家长们猛砸过来。家长们如梦初醒，一下子乱了分寸。

班主任只抓成绩，可我是母亲，我得关注更宏大的东西，成长。成长是一棵庞大的树，需要众多枝干来支撑与延展。枝繁叶茂，蓬勃茁壮，才是一棵树最好的样子。我掐着时间，不过是想他尽快从写作业吃饭等常规动作里挣脱出来，挤出一些时间，做点其他动作，在课本以外的阳光雨露里去获取他所需的营养与钙质。我给他制订作息表，见缝插针地加上一些与学习无关的项目，打球，跑步，跳绳，书法，阅读，做眼保健操，以及，睡觉。事实上，那些计划表纯属我的一厢情愿。我不得不根据实际情况一次次地进行删除与修改。书法首先被划掉了，这是儿子继钢琴之后学的第二项才艺。他是个有些笔力与灵气的孩子，隶书与楷书都写得颇有样子，在小学毕业留言册上，被同学一致赞扬的便是字写得漂亮。有不少同学郑重其事地评价，"字如其人"。这四个字颇让儿子受用。可是才刚迈入初中，这项爱好就要遭受与弹钢琴同样的命运。接着，跑步被删除，跳绳被削减，连阅读也受到排挤。儿子在尖子班，不管是老师还是孩子，都像打了鸡血的斗士。老师们连绵不断地在班级群里通报小考成绩，用密集的考试，稳稳掌控全局。为了巩固课堂，不节外生枝，课外的时间，也被作业填满。

每个夜晚，我都会拿一本书，坐在一旁陪他写作业。

我其实总是走神，我的眼睛像患了眼疾一样频繁移动，从书移向时钟，从时钟移向他。每看一次，我的心就会揪得更紧一些。我恨不得用手去按住那些指针，让它停下或放缓脚步。我内心的焦急只能通过嘴巴释放出来，我催他，快点写，快点！好像我的每一句快点，能给他手中的笔插上翅膀。九点半，十点，十点半，当儿子揉着眼睛打着哈欠合上书本，我再也顾不上其他。夜已深，对于一个十二岁的孩子，还有什么比睡觉更重要的事！

我和儿子中午搭在我婆婆那吃饭。我婆婆住在我妯娌家。妯娌的两个孩子和我儿子一般大，都上初中。夫妻俩因为经营烧烤夜宵店，顾不上照看孩子。顾孩子当然重要，但生存更重要。于是便把两个老人从乡下叫来，照管两个初中孩子的起居吃喝。为了节约时间，我中午在婆婆那里吃完午饭，再接儿子回家午休。

对于一个每天超长学习的初中生，午休太重要了。为了让儿子获得一个相对充裕的午休，我只得尽可能催促与压缩儿子吃饭的时间。

可他的嘴有一大半的时间并不用来吃饭，而是用来说话。他一边吃饭，一边跟两个堂弟堂姐叨叨个不停。有时候，他的吃和说不是同时进行的，他会干脆将筷子搁住，专心地说，尽情地说，还配以表情与手势。说些什么呢？有课堂趣事，同学八卦，路途见闻，音乐，游戏，总之，天马行空，仿佛是只要他们在一起，便可以一直不停地说下去。我在一旁，一遍遍抬手，看手表。我不止一次在脑海里闪现这样的画面，掰开他的嘴，将他面前的饭直接倒进去，以迅雷不及掩耳之势。

事实上，我不太忍心打断他。因为我发现，只有在这个时候，儿子是轻松的，自我的，快乐的。他恢复了他的活泼生动，整个人眉飞色舞，妙语如珠。有时候还会笑出声来，笑得喷饭。这漫长的紧张的一天，只有这个时候，他抖开了课业的包袱，在他们自己的世界里撒着欢儿。这一刻多么珍贵。这片刻的喘息与自由，才是日子骨缝里的宝贵的"钙"质。

我强忍着不再去看手表。我耐着性子，打开笑容，安静地看着眼前这张生气勃勃的少年的脸。我想忘掉一会时间。在漫漫的人生路上，也不差这一时半会吧。

3

在我等儿子吃午饭的时段，我的妯娌会突然从卧室出现在餐厅，穿着睡衣，蓬头垢面，惨白着一张睡眠不足的脸。她及时掐断她本来就断裂的睡眠，是为了促成她两个孩子的午睡。她跟我说真不能全指望老人的，他们根本管不到孩子睡觉，有一两次竟然还跟孩子们一起睡过了头。所以她每天中午都提前起床，从一个烧烤夜宵店老板娘站回母亲的岗位。她靠在门边，锁着眉头，煞着脸，像门神一样，守着孩子们进入梦乡。这中间，有好几次，她的眼睛就要闭上了，但她定一定神，总能稳稳对抗住扑面而来的睡意。

当初夫妻俩决定转行做烧烤夜宵生意，也是纠结了一番的，主要是怕耽搁了孩子们，但考察来考察去，县城没有更稳当的生意可做。小叔子有个当兵的哥们在邻市景德镇做烧烤，据说生意火爆夜均营业额近万元。妯娌在这个县城还租着房子，房子倒是勉强买了一幢，小区环境与位置都极不理想，也没钱装修，便一直搁置着。房子可以搁置，但孩子不能。夫妻俩要拉扯三个读书的孩子。除了两个上初中的，还有一个大女儿，在外省上美术学院，学的是书法专业。艺术生都是吃钱的小主，妯娌每月得按时给大女儿打去三千元至五千元的生活与学习费用。生活像一头猛兽向他们张着血盆大口。做夜宵看上去是个投资小来钱快的靠谱行当，因为吃一向是这个县城的人们最为热衷的事。但做夜宵意味着生活的颠倒，意味着缺席两个孩子的日常。怎么办呢？夫妻俩左右权衡，最后心一横，就做烧烤吧。

妯娌每天早上五点多结束营生，回到家正好赶上孩子们早起。胡乱抹一把脸，强撑着要罢工的脑袋，去检查两个孩子的作业与试卷。两个孩子的学习成绩，远没有她的烧烤生意乐观，这让她总是从熬了一晚后的收获中瞬间焦虑来。她责骂几句，或者叮嘱几句，来不及收拾情绪，便在孩子们渐远的脚步声里，在渐渐喧闹的晨光里，倒头睡觉了。

这短暂的与孩子们相交的时光，是她每天最为闹心，也最为安心的吧。这片刻的介入，是她作为一个母亲在场的证明，也是她苦熬一个个夜的光亮。

开烧烤店的妯娌颇擅长书法。她的租房里贴满了书法作品，一幅幅都装裱过了，颇为精致讲究。是用小楷写的一些名篇，《岳阳楼记》《陋室铭》《爱莲说》等。一进屋便墨香扑鼻，很有些文化氛围。作品全是出自妯娌之手。大女儿读高二的时候，成绩平平，大学基本无望，妯娌临时决定让女儿学书法，用艺术敲开大学之门。她那时还没开店，时间较为自由，便每天陪女儿一块去学书法。学着学着，女儿顺利考到了美术学院，她也将一笔小楷写到了县书画展优秀作品的展示墙上。

因为儿子学书法，我也有过学书法的念头，跟着去试写了几次。我发现它比我想象中要难许多。它是个慢活，需要沉下心去，一笔一画，一招一式，都得聚着神，提着气。可我总有些急躁，写着写着便不耐烦了。才明白书法也跟写作一样，是件清苦耗时，需要入心入境的事。我由此很是对妯娌另眼相看。

妯娌只读过初中，青春懵懂时遇到我当兵的叔子，便从外省嫁了过来，最初随着老公在菜市场做生意，辗转蔬菜、干货、卤味等门类。也开过餐馆。生意做了很多年，起起伏伏，境遇不是太好。在我的印象里，她只是一个聪明能干的女人，跟文化毫不沾边。我没想过她那双倒腾着鸡鸭葱蒜的指节粗大的手，有一天会拿起毛笔，并且拿得这么稳健漂亮。我特别去书画展看过她的字，写的竟然是张岱的《湖心亭看雪》。字和文一样，干净，流畅，秀丽。有种岁月静好的娴静之气。谁也看不出她生活里的潦草与滞涩。

她家的烧烤店有个很文艺的名字，"春风十里"。她自己取的名。烧烤生意不错，在县城颇有些小名气。我有时候会在朋友圈里看到有人发圈，拍一些烧烤的画面，以及写有"春风十里"的店招牌。看来这店名给她家的生意带来不少春风。她从下午四点开始在店里忙碌。烧烤店吃食繁多，各种海鲜腥荤，她要备菜，切肉，腌卤，串串。将双手浸泡在血腥与料渍里。但她每天都会坚持在烧烤店里写一会书法。深夜，在店冷下来的时候，她便在角落的桌子上铺开宣纸，洇好墨，开始写她的小楷。偶尔有顾客来，她便搁了毛笔，去招呼来客，点单，记账。闲下来后，又接着写。有顾客会过来看她写字，先是好奇，接着便是一番惊叹赞美。为了守最后一个可能出现的顾客，夫妻俩每天都要守至清晨的第一缕曙光。在很多个夜里，吃客已散尽，但店不能打烊，店堂空寂，夜凉如水，夫妻俩，一个在厅堂写字，一个在厨房打盹。一个又一个长夜便相安着过了。

她与大女儿也因此有了共同话题。她在母性还未开启的年纪做了妈妈，对这个孩子极少爱护，简单粗暴换来的是关系的疏远与僵硬。书法，打通了她们多年来的情感与交流障碍，她们在电话里聊颜真卿、王羲之，说些与书法有关的专业术语，像两个趣味相投惺惺相惜的学者。寒假女儿回来，母女俩脑袋凑在一块写春联，红色的春联像炭火一般，将烧烤店衬得一片春色与暖意。有顾客建议，你们干脆搞个活动，吃烧烤赠春联。这个创意颇受欢迎，在微信朋友圈里被人频频转发，母女俩愈发写得有滋有味。

我总觉得妯娌自从写了书法之后，有些变了样子。之前那个在菜市场里忙碌着的脾气暴躁形象潦草的女人，渐渐有些远了。仿佛是，她性情与生活中的那些张牙舞爪的东西，都在那一笔一画的专注里驯服了消融了。她整个人温柔敦厚沉静了起来。也有可能，我之前看到的，只是她某个空间里的某个面。是书法，把她从生活的泥沼里拉了出来，让她变得丰富了。

生活多不容易啊，它总是与我们的意愿梦想错道而行。妯娌通过书法，在时间的缝隙里对抗生活漫长的庸常与粗粝。在这里，她遇见了那个曾经走失的自己。

创业记

　　我在二十来岁的时候，猛然想起至今都称得上伟大的词眼：创业！作为一个年轻姑娘，有一份体面的工作，我的人生看上去有着主旋律电影般的光明与稳妥。而我却像个孤胆英雄，从深圳辗转省城，毅然开启了一条茫茫创业之路。

　　那是中专毕业的第二年，我分配在镇工商所。九十年代后期，镇上的年轻人纷纷南下，潮水一般，录音机里终日飘荡着令人心猿意马的靡靡之音。一首《外来妹》被杨钰莹甜美的声线唱得又清纯又梦幻，像早春绵绵的雨。我按捺不住内心的摇曳，在单位办了停薪留职，去了深圳。南下的三年，活得并不惨淡，却总有水土不服般的郁郁寡欢。直到2002年，我通过自考去江西师范大学函授。从人流汹涌的深圳，回到省城南昌，初秋的校园正一片葱茏，女学生们拿着书本或是吉他，在草地上，在林荫道间，悠然自得，自成风景。我痴望良久，心潮起伏。像是在对的时间遇上了对的人，南昌，彼时以一种恰到好处的距离与气质，俘获了我。我热血沸腾地为自己定下人生方向，我要留在这里，留在南昌。

以一种什么样的方式留在这个城市呢？我于是想到创业。一个文艺女青年脑子一热，立马将仅有的商机嗅觉与个人爱好进行各种配对，最后锁定了摄影行业。

我对摄影的情结由来已久。九十年代初，正是港台剧风靡的时候，我的花季被港台文化浸淫，"小虎队"、"四大天王"、琼瑶、三毛占领了我们的青春与梦想。我所在的古南集镇活在纷繁的世界之外，只有巴掌大的街面，几家没有招牌标识的单一店铺，一些写着计划生育标语的粉刷字像白癜风一样长在灰褐色的墙壁上。贫瘠单调的生活里，我们的青春依然像青春痘一样不安分地生长。我和一些作款的女同学从口粮里偷偷抠出些零花钱，买港台明星贴纸，租港台言情小说，被明星贴纸与言情小说激发了审美，既而迷上了照相。

照相馆在河对岸的古北镇街上，摄影师是一个比我大几岁的女孩，胖胖的圆脸，爱笑，跟着父亲学徒，女承父业。照相馆平日里生意寂寥，胖女孩常在店里打盹，对于照相这门技术看不出多少热情。那个时候，照相是件与日常生活不相干的事。人们都攒劲忙着各自的活路，下田的下田，赶集的赶集，起早贪黑，生活与衣着都朴素规矩，照相这种花哨的事就像邪念一样不好意思被提及。只有逢些正经大事，老人做寿、学生毕业、青年当兵、过年团聚，这才想起照个相，隆重地梳洗换装，庄重地留个纪念。

古北照相馆里的相机是那种老式的大家伙，用支架撑着，罩着神秘的黑帘子，女摄影师在黑帘子后面咋咋呼呼，来，看镜头，笑一个。然后，"咔嚓"一声。特别有仪式感。照相用的是胶卷，日本进口的。拍完照取照片大概需要两三个星期甚至更长，因为要等那一卷胶卷拍完，再搭班车送去省城冲洗。每次等照片我都心怀期许。对我来说，照相有它别致的意义，那方寸之间承载着一个少女蓬勃纷乱的小心思小憧憬，它是一种青春的安放，是献给自己的隐秘的成人礼。

那时还没有艺术写真照之说，但我们早就知道怎样用照片来满足自己萌动的审美。我们学着城市女孩的样子，散起长发，眼神迷蒙，手里抱书本或吉他（照相馆道具），营造出一种文艺气息，像琼瑶小说描述的女主角那样。我们并不满足照相馆单一的布景，煽动着胖女孩子，将相机挪到平顶上，让室外的湖水，稻田，山峦，成为我们的背景。胖女孩被我们的创意弄得两眼发光，调动着全身的艺术细胞来配合我们。我们的照片因此很有种不寻常的洋气，常被胖女孩留在店里作为样照，吸引了不少镇上女学生的效仿。我由此认定，对于照相，也就是摄影这门艺术，我多少是有些热爱及天赋的。

2002 年，正是艺术写真照在全国风靡的时候。我在深圳体验过一次，完全被惊艳到了，那是一种我从前无法想象的全新拍照模式。那种包装下的闪耀新生，明星般的礼遇，没有哪个普通女孩不为之心动。说回那一天，我站在江西师大的林荫道上，一通考量与回忆之后，突然萌生了一个大胆念头，我要在省城创业，在这个大学附近，开一家摄影书吧——一个为自己的理想量身定做的兼顾摄影与阅读的行当。

那个年纪，梦想与勇气，可以撑起一切。我起草出了一份洋洋洒洒的创业蓝图，按照规划，鼓动正待业的妹妹一起远上北京，从零开始学习摄影与造型。为了深入这个行业，那年七月，我从北京完成了形象设计的专业课程后，返回深圳继续向着梦想前行。

我是从深圳出发的，打了一个圈又折了回来，表面一切依旧，身份与目标却迥然不同。在离开深圳之前我在一家坐落在某摩天大楼十二层的外贸公司任着文职工作，重返深圳，我却由一个白领丽人成为一个从零开始的影楼业求业者。

七月总是漫长而煎熬的，那年深圳的七月更是如此。从 1997 年中专毕业开始陆续的求职经历中，我从来都是幸运的，曾经在身上仅剩下三十元钱时应聘上了一家实力雄厚的台资企业的人事文员，当时那宽敞气派的接待室里挤满了一屋子前来应征的大专及本科生。而唯一的幸运者是我——一个刚出校门的中专生。

可是那年的七月却截然不同。重换角色首先是要熟悉目标所在地。深圳的影楼业对我而言是完全陌生的领域，据说大小影楼有三百余家之多。无法记清自己是怎样摸索着将一家家影楼走遍，只记得无数次毛遂自荐，无数次失望后再继续、再重复。最终在十天的时间里，我记下了深圳几乎所有影楼的地址，留下了厚厚一沓名片，可我仍然被那个行业硬生生地拒之门外，理由是七月是影楼业真正的淡季，而我只是一个没有任何工作经历与实践经验的造型行当小白。

在一个如同我心情一样灰暗的阴雨天，我在深圳帝王大厦二楼灯火通明美丽洁净的一家快餐店里坐了整整一个下午，没有钱叫任何食物，一个人坐在角落里默默挥洒泪水，尔后擦干泪融入步履匆匆的人流（那时我多么感激这家快餐店的仁厚宽容）。

在走完所有影楼第三遍的时候，我偶然发现华强北一家俪人购物广场五楼新开的写真影楼张贴着招聘化妆助理的广告（后来才知道，所谓的化妆助理，其实就是学徒工）。自我降低求职标准后我终于是被接纳了，得到的待遇是：工作十二个小时，包揽影楼所有杂活，薪水六百元，不管吃住。我几乎没有犹豫，因为根本没有退路。

在之后的日子里，我早上六点起床，去住处附近的菜市场买菜，然后在租房不足三个平方米的狭小厨房里挥汗如雨。用饭盒把中午的饭菜打包装好，匆匆赶往公交车站，挤上永远拥挤不堪的206路普通公交车，站上四十分钟经过十五个站台到达我的工作地。

影楼的老板是两个年纪相仿的湖南女孩，有着与年龄不相符的狐媚与泼辣，她们兼做影楼的化妆师与财会，却通常是上午十一点后才姗姗而来。生意冷清的时候，两个女孩拉着脸对我颐指气使，仿佛我是一个吃白饭的扫帚星。除了忍受我只有默默卖力地工作，不放过任何一次动手实践与学人所长的机会。每天晚上回住处点灯熬油对着镜子拿自己的脸进行操练，在假发上反复苦练造型，把胳膊累得酸痛双眼熬得通红。

有一次我正吃着自带的午餐，两个女孩兴致颇好地过来尝我做的菜，连夸有家乡风味（可能够辣）。于是蒙她们厚爱我又多了一份兼职，为她们代做两餐的饭菜（她们每天多给我二十元钱）。我当时在心里迅速盘算，每天可以拿十五元钱出来买菜，除了能改善我的伙食外，还剩下五元钱可以用来坐车，便满心窃喜欣然应允。

我重新调整作息时间，早上五点起床，去菜场选购三个人一天的菜肴，在喧哗的菜场与小贩为几毛钱斤斤计较耿耿于怀，然后在顶楼的三角形厨房里汗流浃背，煎炒烹炸使出十八般本领。一切妥当后将饭菜分别装进饭盒，再用大旅行袋装好，然后扛上沉沉的大背包去挤公交车。那个形状可笑的大背包常常会不小心烫到某个乘客的背，也会吸引许多好奇与疑惑的目光，我总是默默致歉，淡然微笑。没觉得苦累，也没觉得委屈，一种莫名的动力让我从容面对着从未有过的生活经历。

晚上十时许，灯火辉煌人头攒动的华强北俪人大厦的站台旁，总有一个素衣长发女子，青春明净的脸上有着与繁华夜色截然不符的忧郁与孤独，尽管疲惫困乏，却为了等一趟票价一元五角钱的普通公交，而有意错过很多趟只贵一元票价的空调双层巴士。

我的影楼从业经历在两个女孩经营不善店铺转让中结束。那个让我永远铭记的工作环境在瞬息万变的深圳仅仅维持了两个月的寿命。而我经过了那个七月，终于有底气让梦想照进现实，正式开启我的创业之路。

2003年春天，我和妹妹凭着一腔孤勇筹借了十万元巨款进驻省城，在江西师大旁一家超市二楼租下一间近三百平方米的店面。设计、装修、购书、拍样片，两个女孩发挥着超常的能量，一点一点把梦想拉到眼前。

那是一次几乎耗尽了所有能量的浪漫而冒险的创业之举。

开张那天阴雨霏霏，爆竹的硝烟在风雨里无比虚弱。我的店门前，路人寥寥。我站在我美丽的店堂里，心像天色一样一点点暗沉。我的妹妹，勇敢地站进雨里，一次次向偶尔经过的路人展露笑容，邀请他们去店里参观小坐。我听不到她说什么，只看到她在雨中单薄而执拗的身影，看到她天使般微笑着的脸。她不顾路人的反应，或漠然或不屑，只是不停地笑着说着，终于，我的书吧里开始有了无比悦耳的声响，那些善良的学生们，对着我笑，说那个门前的女孩真可爱，我们是被她打动了才进来的。她们还说，你们的店真美，美得让我想到了爱情。

那是我创业的第一天，刻骨铭心。

没有开店经验，没有人脉资源，我们像那个城市的一根浮萍，凭着一点技术与信念，支撑起了一个白日梦。婚纱影楼行业早已兴起，南昌有不少成熟的大型婚纱影楼，大多是加盟的台湾品牌，也有些颇具个性的女子写真馆，比技术更令人吃惊的是价格。写真照的受众大多是高校女生，有些家境与长相都很优越的大学女生一年拍数套，频率差点能赶上月经周期。我的摄影书吧在师大旁边如鱼得水，一度门庭若市，师大的学生们渐渐习惯周末到这里拍照泡吧谈恋爱。最忙的时候，我们一天拍过十余单写真照。均价两三百元的套餐，加上预订款，我们有过日进账五六千元的最高纪录。在 2003 年，对于一个年轻女孩，那是一笔能让人产生幻觉的数字。

2003 年，对国人来说是个梦魇一般难忘的年份。正当我的创业渐入佳境的时候，一场席卷全国的灾难——非典来袭。在愈演愈烈的疫情中，英雄城一片惶然，街市寂冷，高校封校，人人自危。摄影书吧一时陷入瘫痪境地，我的创业遭遇迎头痛击。那个时候，我们谁也不会料到，十七年后，会有一场类似的灾难弥漫全国，无数创业者分崩离析，坠入人生低谷。

唯一走进摄影吧的人，是房东。

那个坐拥几家茶楼、旅馆及批发部的富到冒油的老板娘房东，每日必在滋润消闲里抽出个空当，准时出现在我店里催缴房租，任凭我极尽讨好求缓之词，也从未松弛一下线条僵硬的脸。她把前台的桌子拍得啪啪作响，一口蛮横的南昌话，从她嘴里蹦豆子般铿锵尖厉，将我的耳膜震得嗡嗡作响。

在如同火炉般的炎夏里，我和妹妹们守在空荡荡的店里，内心被炙烤得一片焦黑。店在二楼，也是顶楼，西边的墙体全是玻璃，整个店堂就像个蒸笼，我们不做任何事依然挥汗如雨。为了度过那个漫漫长夏，我们于困窘中挤出六百块钱，在旧货市场淘了个二手空调，那个笨重的旧家伙每天在偌大的空间里累到喘粗气，依然带不来想象中的清凉。每个稍有凉风的晚上，我和妹妹坐到窗台上，对着茫茫夜色，感叹青春，大声唱歌，偶尔也会心血来潮地点根烟，借颓废表达感伤。夜色像深渊一般，只有许巍的歌声在远处挣扎："心中那自由的世界，如此的清澈高远，盛开着永不凋零，蓝莲花……"

暑热一过，非典的阴霾渐散，高校陆续恢复出入。正当我们开始筹备活动准备大干一场时，因为房租无法如期交付，房东毫不客气地下了逐客令，命令我们三天之内搬离。某天夜里，我们租了一辆大卡车，将剩余的物品及冷却的勇气默默打包，就着夜色匆匆逃离。

我人生中的第一次创业，仅仅维系了十个月。

仓皇地回到家乡，夹起尾巴重新去单位报到。第二年，因工作调动，我来到了介于城市与乡镇之间的县城。

2004年的鄱阳县城格局还很小，最繁华的地段是不到一公里的建设路，刚建成的帅特龙商业街不太被人看好，第一个商品房小区刚进驻城北，周边一片荒芜，比乡下还要偏僻。街上往来的是一种随叫随停的面包的士，两块钱包到。人力黄包车随处可见，不急不缓，荡荡悠悠，踩着小城的节奏，给人一种现世安稳、岁月静好之感。

我有一次坐在黄包车上，将鄱阳城细细打量了一番。小城虽小，但商铺密集，生活娱乐休闲一应俱全，也有点让人眼花缭乱的小繁华。我发现整个县城婚纱影楼只有两家。拍婚纱照之风早已从城市刮向乡镇，家家日子都在往上奔，人生大事蜜里调油的时刻怎能不来点仪式感？我在这个管辖三十个乡镇一百多万人口的县城里嗅到了商机。

那年，先生从部队转业，与我一起定居鄱阳县城。我们和妹妹重新谈起创业之事，一拍即合，决定一起在县城重续我们的摄影创业梦。因为资金有限，我们将店址选在了城乡接合部——城东。城东是居民老区，生活便利，街市喧嚣，有浓郁的生活市井气息。我们每天在那里打转，像所有讨生活的民工一样，起早摸黑，一起吃五元的快餐，住廉价的旅社，一点一点向这个县城渗入。2004年秋天，我们的婚纱摄影正式落户鄱阳县城城东。我们为它取了一个寓意美好的名字——"浪漫百年"。

一栋五层的商铺，承载了我们在县城的创业梦，也安顿起我们的家。影楼靠近县城的一所重点高中，周边因此形成颇为密集与热闹的商圈，遍布着各种平价杂货店、餐饮店、文具店，整日萦绕着嘈杂的叫卖与浓重的油烟，我们很快融入了这个聚集了农村民工及陪读家长的生活圈。我住在影楼五楼，窗户临街。记忆深刻的，是一些声响。每天清晨，比晨光更早扰醒我的，是来自街面的喧嚣。汽车碾过路面的声音、喇叭声、叫卖声，老城区的日常，在各种声响里铺陈开来，如热浪翻滚。夜晚，所有的生气都消匿了，风像鬼魅一般，打得窗玻璃啪啪作响。影楼是一栋新楼，除了一二层的店面与住处，其他房间都空置着，晚上走在楼梯间，会听到一些诡异的回音，楼道往下深坠，像个黑洞，我会突然被一种隐秘的荒芜感包裹。我们的住处只是个能睡觉的地方，没有任何装饰与电器，也没装热水器，洗澡要去城东菜市场附近的公共浴池。影楼打烊之后，我们在寒冬的深夜摸黑去浴室，脚步深一脚浅一脚。浴池里蒸腾着雾气，一些人进进出出，看不清脸。温州老板娘坐在吧台上嗑瓜子看电视。一切都像是梦境。我偶尔会生出错觉，好像还在广东某地的台贸村，我还是那个漂泊异地的打工姑娘。

我们在鄱阳的生活渐渐深入，小城也在随着时代缓缓变迁。除了照相馆变身婚纱摄影，美发店与卡拉OK厅也升级为形象沙龙与量贩KTV。只有躲在一隅的粉红小屋，还保持着原貌，以某个姑娘的名字做招牌。比粉红色灯光更撩人的，是坐在门前的白花花的姑娘。这些姑娘里的某几个姑娘，总是在夜色暧昧之前去我的影楼化妆，素白着一张脸进来，妩媚艳丽地出去，像聊斋里变身的狐。

我们的摄影店，在城东的市井与喧闹中夹缝求生，因为稀缺，也因为在省城积累的技术与经验，慢慢做出一些名气，生意渐有盈余。那些年，县城正飞速发展，摄影行业也随之迎来了大数码时代，与相机相濡以沫的胶卷一夜之间沦为弃妇。数码摄影的强大与灵活让影楼生机盎然，在民众的需求与推动下，各种婚纱、写真、儿童主题摄影馆在县城各大繁华街道应运而生。

在大环境的冲击下，择址略偏的"浪漫百年"显出疲软之态，接单的频率明显减少，原地踏步的局面，也越来越消耗团队的激情与干劲。我仿佛，又被置于了2003年那个艰涩而窘迫的夏。

我突然发了疯般想改变这样的状况，想实现缠绕我多年的创业梦想，在一个相对繁华的地段拥有一个浪漫雅致规模像样的摄影基地。我在正午时间，顶着白花花毒辣辣的太阳，一次又一次在小城的街道寻觅。可是，高速发展中的小城，店租更是高速发展，相对理想的店铺年租对于我们而言高得像天文数字。

在不甘中，我们只有退而求其次，在新开发的车站路租下了一间五十平方米的单间店面。我们将它作为形象展示店，不接任何拍摄只作为一个门市接单点。这种模式在城市里非常普遍，却并不适应小城的消费观，很多顾客仅仅被店内的格调所吸引，却没有在一间不能拍摄的店内下单的习惯。由于脱离管理，又终日清闲，请来的店员大多百无聊赖无法坚持。我每日紧张地变换着角色，一到下班时间便急匆匆地赶去换班，有时候甚至来不及脱掉身上的工商制服，一个人守店守到街道繁华落尽。那是一段紧张而又压抑的日子，形象店出不了想象中的成绩，像个美丽而寂寥的少女，终日碌碌。

分店坚持到了年底，在寒风凛冽中越发虚弱。城东店迎来旺季，稳定而忙碌，我们无暇分心来顾及分店的营生，请不到合适的店员，只是平添开销与疲累，我们终于决定放弃。那个几乎是全城最美的店，仅仅支撑了五个月，我们为此耗费了大量的精力，还亏损了近四万元。后来，那家店改姓他人，我每次路过，都会莫名地心痛。

2007年，我们搬离城东，在县城城北买了房，将店址迁入城区芝山路口。那是一家占地面积一千余平方米的大型婚纱影旗舰店，比邻芝山公园，四周风景秀丽，店堂豪华浪漫，与爱情特别匹配。我们因此赢得了更多的关注与口碑，县城的新人说起拍婚纱照，总会自然而然地说起"浪漫百年"，像说一个蜜甜响亮的誓言。那个地段后来被我们盘活，成了县城的婚纱摄影一条街，店面紧俏，租价飞涨。这是后话。

那是县城婚纱数码影楼的黄金时期。随着日子的富余，结婚的成本越来越高，新娘们对于仪式感的讲究毫不含糊，拍婚纱照俨然成了结婚的必备程序，不去正经拍一套婚纱照，差不多等同于没到民政局领结婚证。每到年关，乡镇的打工青年们扎堆返乡结婚，县城各家影楼都人满为患。我们曾在某年的腊月二十六当天接待过一百余位新娘，由于时间排不过来，有些乡镇新娘头一天晚上就来店里过夜，凌晨一两点开始排队化妆。新娘们一个个双眼熬得通红，像结结实实地哭过一场嫁。我常在寒冬腊月的凌晨从家里赶去影楼帮忙，开车穿过一条深睡的长街，远远地，看到万籁俱寂的黑幕里婚纱影楼灯火通明一派繁忙，像是舞台幻象。

近些年，婚纱摄影玩起了高端旅拍模式。地域受限，技术滞后，县城婚纱影楼的存在感极速缩水。相机功能在手机里的强大植入，更是迎来了全民拍照时代，拍写真照这种极具仪式感与专业性的技术活，像曾经的裁缝一样，一不留神被时代挤对。来不及唏嘘慨叹，县城影楼业集体步入了中老年。

某一天，我们心平气和地终结了我们的摄影创业之路。妹妹将她改头换面，做起了韩式文绣的美容行当，一时间又在县城风生水起。在时代的大舞台上，只有跌宕的剧情，没有永恒的主角。

前不久回乡，我发现古北照相馆还在，只是招牌换了，变成了金光闪闪的首饰店，那个胖女孩变成了胖妇人，穿一身毛茸茸的皮草，老远就对我笑。

后记

　　2023年，无论如何，是个值得欢喜与纪念的年份。像是穿过了一段沉沉的暮霭，迎来了光明，我们沉浸于许多失而复得的欢喜里。这一年，我们心里仿佛总是蓄着太多的情感，急于去表达，去释放。2023年岁尾，《暮色明亮》即将面世，于我而言，像是一份隆重的年终感言。岂止是年终感言，它还是我对生命深情的致敬词。

　　倏忽之间，我竟走过了不惑之年。不由记起第一本散文集《幸福温度》的出版，那是十多年前的事了。县作协要出一套文学丛书，因为我在县报上发表过不少千字散文，被文学前辈关注，成为那套丛书里唯一一个女性作者。那个时候，刚三十岁吧，其实也算不得年轻，但生活闲适，家庭圆满，从没受到命运的虐待，文字便也清浅自得，眼睛里没有任何人间疾苦与人世风尘，一股脑地自说自话，清水寡汤地烹晒着个人幸福。我后来有一段时间，特别羞于对别人展示那本文集。我不得不承认，它们其实算不得文学，不但缺少营养还先天不足。但现在再回过头来，又释怀了。虽然它在文学上露了些怯，但在岁月面前，却是再也追不回的青涩与轻盈。

日子如镜，一片明艳，却冷不丁地碎了一地。生活到底还是对我施了虐。

2014年8月，我父亲猝然离世。从确诊患癌到去世，仅仅五十天。那五十天，是人间地狱，我的精神受到了极刑。只有体验了关乎生死的大悲痛，才能对生活生出切肤剜肉的体悟来。在极度的伤痛中，我写了九千余字的散文《身体里的兽》。

这篇文章发表在省刊《星火》上。这是我第一次在省级纯文学刊物发表作品。《身体里的兽》，无论是写作框架还是情感浓度，对我的写作而言，都是有突破的。但对于这篇用血泪和就的文章，我不愿意用文学价值来探讨与衡量，它对我最大的意义，是情感上的救赎与安放。

我后来平静下来，写了很多关于父亲的文字。我似乎执意通过文字，回到过去，与父亲重新相认。在我三十多年的生命里，父亲的走，是我的大劫难，让我一度坠入生命无常的虚无感里。人生在世，取舍之间，爱恨之间，为与不为之间，那些细枝末节的牵连，那一个又一个分岔路口的选择，隐藏着多少奥秘，牵一发而动全身，生命就是一个偶然，一次体验，一个没有答案的谜。

我把这种伤痛与追问交付给文字，写了《叶落知秋》《房子，房子》《汹涌》《秘境》等散文。它们被《美文》《散文》《星火》等刊物收录，其中《房子，房子》一文被

《散文》以头条刊发，并入围第十八届百花文艺散文奖。我在心里，将这篇文章看作我写作路上的一个里程碑。它让我对写作有了新的认识，以及坚持的底气。

我觉出了文学的迷人，执意用笔去记录生活寻找真相，一写便是近十年。十年间，我不可避免地走入中年，走入生活深处，走入一地鸡毛与生老病死。青春清浅随着胶原蛋白一起流失，文字随着我沉淀成长。对于生活的真相与生命的走向，渐渐有了坦然相对的勇气。

在写作中，我发现我属于感受型体验派的写作者。我的作品，大多是基于自身体验的性情写作，写成长，写亲情，写生死。尤其是对于父亲的书写。我一度将它当成我个人的一种使命。这些文字都贴着心脏，它们是从我的身体深处流淌出来的。它们是生命的积淀，是逝去的追思，是情感的救赎，是灵魂的安放。这样的写作很痛，也很痛快。可以说，写作让我找到了一条赎回时光忠于内心的路。但我也认识到，对于写作本身，这也是一条极其险峻而狭窄的路。

近些年，我的文字跟从我的内心走出自我的半径，开始去关注时代，书写地域，去捕捉身边的笑脸，聆听远方的哭声。我将笔置于时代的背景下，去书写身边的生活与底层的人民，在觉出笔端开阔的同时，也重新对写作有了使命与敬畏。我也试着去建立自己的"文学根据地"，以我所处的鄱阳县城为写作坐标，专注书写县城的人与事，记录大时代里的小县城，从一地鸡毛里提炼鸡毛，从波澜不惊里发现波澜。以个体探索群像，以微小展现宏大。努力书写出能引发普罗大众的共情与共鸣的散文作品。

于是有了这本《暮色明亮》。这本集子有对女性群像及母亲群像的刻画。作为万千母亲中的一个，我用自己的理解与深情去写天下母亲。我写老一辈传统母亲，写乡村边缘女性，写现代女性遭遇年龄焦虑、失眠焦虑、容貌焦虑等困境的生命体验。写女性之间的对话、审视、体恤与和解。有对父亲的挽歌与生命的致敬。写疾病与死亡，亲情与追思，写一代"父亲"的瘀伤与隐痛，以及对生命真相的追问与探究。我还写了成长与梦想，写当下的生活，身边的人事，写后疫情时代人们的挣扎与奋斗，奔突与集陈。如果说给这本散文集一个主线，或一个主题，可能是生命吧。那些微小的、坚韧的、蓬勃的、丰满的生命个体，在巨大的时代背景下，在纷繁的世相谱页里，所呈现的生命底色与精神内涵。我所想表达的，正如这本书名——《暮色明亮》，也许，每一个生命都会遇到无可避免的暗淡，走向暮色，而明亮，是人能够自我赋予的底色，归宿。

这本书就像我四十五岁的脸，有了岁月赋予我的纹路与沧桑，以及从容与笃定。对于写作，我也有了自己的理解。我喜欢有烟火气有疼痛感有生命力的作品。喜欢干净节制的表达。喜欢不动声色的汹涌。喜欢抽丝剥茧的质感与密度。不虚饰，不卖弄，不取巧。我个人觉得，打动人心的文字，一定是情感滚烫情绪低温的。我向往与追求静水流深之境。

很喜欢英国女作家伍尔夫的一句话，一个人，能使自己成为自己，比什么都重要。文如其人。无论是写文，还是为人，我觉得真诚比技巧重要，操守比才华重要。一个作家，在坚持书写的同时，要努力保持内心的清澈与宁静，要对写作欲望与表达欲望保持一种警惕与敬畏。

我们每一个写作者，都应该在文字面前，重新成为一个孩子，忠于自己，忠于表达。

感谢一路走来，所有给过我鼓励、鞭策与温暖的人。感谢生命与文学。